キズナキス

梨屋アリエ

KIZUNA+KISS

ARIE NASHIYA

静山社

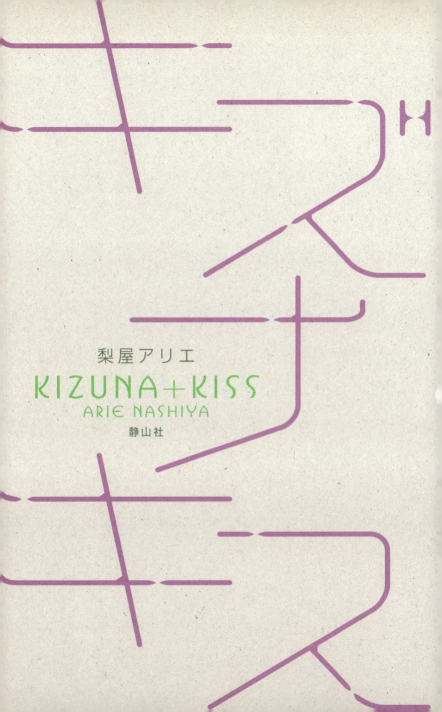

キズナキス

CONTENTS

1 ピチパチソーダ

チャイムが鳴った。

「はーい、いますぐシャーペン置いて！　答案用紙を後ろから前に渡《わた》してすみやかに回収してください」

試験官の先生がピリッとした声で教室中に呼びかける。

巨大《きょだい》なアクリルの水槽《すいそう》の内側で、両手を上げて伸《の》びをする人、「ヤバーい、どうしよう」と振《ふ》り返って周りに騒《さわ》ぎ立てる人、「終わったー」と喜びの声を上げる人。水槽の中の教室にいるそんな人たちをわたしはアクリル壁《かべ》のこちら側から見ている。

「はい、蘇芳《すおう》さん。おい、ほら」

え？　後ろの席の男子に答案用紙で二の腕《うで》をつつかれて、わたしも水槽の中にいる一人だったことを思い出す。

ううん、実際は水槽なんてない。わたしの空想だ。

自分の答案用紙と一緒《いっしょ》に前の席の人に渡す。これで一学期の期末試験の最後の科目が無事に終わった。夕賀《ゆうが》中学校は昔ながらの三学期制だ。でも、すぐに夏休みが来るわけではない。あと二週間半は残っている。

もっと計画的に試験勉強をしておけば……という少しの後悔《こうかい》は抱《かか》え込《こ》まずにぽーんと放り投げて、いまはテスト明けの解放感を楽しもう。

この爽快《そうかい》さが目に見えていたらどうなるだろう。そう、たとえば甘《あま》いソーダ水。

教室が透明なソーダ水に満たされたとしたら、どんな感じだろう？

わたしはそんな想像をするのが大好きだ。

炭酸の丸くて小さい泡粒《あわつぶ》が、机や黒板にびっしりくっついていて、列を作ってシュワシュワ立ち上っていく。耳を澄《す》ますと水面に達した微細《びさい》な泡はピチパチ、ピチパチ、ミニチュアのおもちゃのハープを弾《ひ》いたような言葉で独り言を言いながら、生まれてははじけ、はじけては生まれて……。

「日々希《ひびき》、もう行けるぅ？」

声に反応し、そちらに顔を向けた。森桂奈《かな》がわたしを呼んでいる。楽しいソーダ水の世界が一《いっ》瞬《しゅん》にして現実の教室にもどる。机の上の物を鞄《かばん》にしまい始めながら、明るい声で答える。

「はーい。行けるよ」

久しぶりの部活だ。試験期間で練習できなかった分、思いっきりトランペットを吹《ふ》きたい。

鞄を持って、桂奈のあとに続いてB組の教室から廊下《ろうか》へ。わたしと桂奈は小学五年生の時に、ズッ友——ずっと友だちの誓《ちか》いをした仲だ。

桂奈と一緒《いっしょ》に隣《となり》のA組の教室の中を覗《のぞ》く。

1

ピチパチソーダ

鳩羽蒼《はとばねそう》くんがいた。同じサッカー部の男の子と楽しそうに笑っていた。気のせいなのはわかっているけど、ほんのり真鍮《しんちゅう》色に光って見える。

こっちを見てくれないかな。鳩羽くんとは二年生でクラスが別になってしまって最近は接点もなく、なかなか話しかけるチャンスがない。

「さんごー、ブ・カ・ツ、行こーっ！」

桂奈が教室の中に声をかける。

二年A組の堤《つつみ》さんごは吹奏楽《すいそうがく》部のクラリネット担当で、二年の総括《そうかつ》リーダーだ。良い演奏は体力作りからという方針で、さんごは登校前に毎朝自主的にランニングをしている。そのせいで健康的な日焼けをしていて、美しい馬のようなしなやかな雰囲気《ふんいき》があり、いかにも速く走りそうに見えるので、よく陸上部員と間違《まちが》えられる。

さんごのあとから廊下《ろうか》に出てきたのは宗田可純《そうだかすみ》。楽器はさんごと同じクラリネット。髪形《かみがた》もシャンプーも好きな給食もさんごと同じ。でも最近少し太ってきた。

「試験が済んで気分すっきり。あとは八月のコンクールに向かってまっしぐらだね」

「来海《くるみ》は？」

可純がわたしに訊《き》いた。なんでわたし？　わたしは来海の係じゃないのに。でも顔には出さないで言う。

「来てないね。あっ、来た」

「オッマター！」

Ｃ組の教室から北川来海が廊下《ろうか》に飛び出してきた。長くてボリュームのある暑苦しい髪《かみ》をワサワサさせていて、校門脇《わき》の花壇《かだん》の育ちすぎたリュウノヒゲって草みたい。ゴムで結べばいいのに。吹奏楽部の二年生の中で特に仲の良い五人がそろってから、わたしたちは一緒《いっしょ》に四階の音楽室に向かう。約束をして決めたわけじゃないけれど、二年生になってからはこのパターンが定着しつつある。

「期末テスト、どうだった？」

来海が別の階にまで聞こえそうなほど元気な声で訊《き》いてくる。まず、さんごと可純が応《こた》えた。

「その話はパス」

「わたしもパス」

続いて、桂奈が答える。

「ノーコメントで」

次はわたしだ。この輪の中にいたいなら、うまくやらなきゃいけない。気の利《き》いたことをすぐ言わなくちゃ。緊張《きんちょう》で、背中に汗《あせ》がじわっと出てくる。なにか言わなきゃ。いまわたしが期待されているものはなに？

「じ、事務所を通してください」

「なんの事務所だよ。お騒《さわ》がせアイドルか！」

来海がそう言うと、みんなが笑った。一緒に笑いながら、ほっとする。ノリよく言えてよかった。

1
ピチパチソーダ

音楽室に着くと、先輩《せんぱい》たちはもう音出しをしていた。わたしたちは先輩一人一人に「こんにちは」「こんにちは」と慣例の挨拶《あいさつ》をしてから、それぞれ楽器を取りに行く。

音と人であふれた音楽室より静かな場所で練習したい。パートリーダーの柿渋《かきしぶ》先輩に室外の個人練習の許可をもらうと、楽譜《がくふ》のファイルとトランペットのケースを持って、わたしはお気に入りの場所に向かった。

音楽室がある校舎とは別の、特別教室側の校舎の階段はいつも静か。その一階と二階の中間の踊《おど》り場が去年からわたしのレッスン室代わりだ。

音階の練習。タンギングをしたりリップスラーをつけたりして、音の階段を上がったり下りたりしていく。わたしはこの単調な個人練習の時間が割と好きなのだ。

そのときだ。

「うわあああああ！」

大人の男の人の怯《おび》えた声が踊り場に響《ひび》いてきた。

驚《おどろ》いて一瞬《いっしゅん》、立ちすくむ。だれ？　中学生の声ではなかった。

怖《こわ》さより、好奇心が勝ってしまった。わたしは階段を上がり、二階の廊下《ろうか》を見た。人のいた気配はない。この階とは違《ちが》う。下のほうから聞こえたのだ。きっとパソコン室のあたりだ。

あれはＩＣＴ支援《しえん》員の納戸《なんど》さんの声だったかもしれない。

いつも練習している踊り場を通り過ぎて一階に下りる。

最後の段で一呼吸置いてから恐《おそ》る恐る一階の廊下を見ると、だれもいない。納戸さんは逃《に》げてしまったのだろうか。

階段脇《わき》のパソコン室の前に数本の鍵《かぎ》のついたキーホルダーが落ちていて、入り口の引き戸が半分開いていた。

中にだれかいるの？

じわじわ緊張《きんちょう》してきた。

どうしよう。見る？　危険な人がいたら？　でも確かめたい……。

廊下《ろうか》を早歩きで通り過ぎながら、隙間《すきま》からちらっと見てみることにした。

暗幕カーテンがひかれていて暗くてよくわからないけれど、特に変わった様子はない。隣《となり》の教室まで行ってくるっと方向転換《てんかん》をして、今度はゆっくり近づいて、落ちていた鍵を拾った。

「ねえ、その鍵をもらってもいい？」

だれもいないと思ったのに声をかけられ、仰天《ぎょうてん》した。パソコン室の中に女子生徒がいた。ほんの少し、困惑《こんわく》の微笑《ほほえ》みを浮《う》かべて。

「いい大人がゴキブリ一匹《びき》であんな悲鳴を上げるなんてね」

納戸さんならありえる話だ。体のサイズの割に頼《たよ》りなさげで、いつもうつむいている大人だから。

その子が差し出した掌《てのひら》にわたしは鍵を渡《わた》した。

スパッと切りそろえたボブの黒髪《くろかみ》は光をたたえていて美しかった。一度見たら忘れないようなきれいな顔立ち。手足も含《ふく》めてすらりとバランスよくて、子ども体型はとっくに卒業している。

①　ピチパチソーダ

だけど完全な大人でもない。そして、ほんの少しの暗さがあった。クールビューティーだ。

だれだろう？　制服を着ているけれど、名札を外している。見かけない顔だから一年生だろうか。でも、落ち着いた雰囲気《ふんいき》があるから三年生かもしれない。足元の上履《うわば》きの学年の色は……二年生の色。えっ同い年？

夕賀中学校は各学年四クラスずつで、大規模《だいきぼ》な学校ではない。校内で会っていれば印象に残っていそうなタイプなのに見覚えがないとなると、転校生だろうか。夕賀中学校は地域の三つの小学校から生徒が集まっていて学区が広く、夕賀駅周辺には集合住宅や社宅がいくつかあるので、人の転入出はたまにある。土地柄《がら》、転校生は珍《めずら》しくない。でも、こんなきれいな子が転校してきたとなれば、噂《うわさ》にならないはずがない。

「ありがとう。では、ごきげんよう」

もう用事が済んだとばかり、彼女は背を向けて行こうとする。とっさに前に回り込んだ。

「何組の子？」

なんてきれいな瞳《ひとみ》だろう。形といい大きさといい、絵に描《か》いたように完璧だ。眉毛《まゆげ》の形も濃《こ》さも左右対称でナチュラルなのに知的な雰囲気。鼻筋もすっとして、小鼻の形もかわいい。上下左右のバランスのとれた唇《くちびる》も、きっといい形に微笑むのだろう。肌《はだ》もしっとり整っていてなめらか。しゃべり声だって、水あめみたいに澄《す》んでいる。こんなふうに生まれてきたかった……。

その子はパソコン室の引き戸に施錠《せじょう》し、わたしにお構いなしで行ってしまう。

「あ……ちょっ。あの、わたし、二年B組の蘇芳日々希です。あの……」

もっと話したい。どんな子か知りたい。聞きたいことがありすぎて、言葉が喉《のど》に詰《つ》まってしまう。

「ごめんなさい、急いでいるの。ほら見て、あそこに」

そのクールビューティーは急に、中庭の上の空を指さした。パソコン室から廊下《ろうか》を挟《はさ》んだ少し先の水飲み場のガラス窓の向こうだ。

「えっ、なに?」

「こちらのほうから」

水飲み場に数歩近寄って、わたしに窓際《まどぎわ》を譲《ゆず》ってくれる。

梅雨明けは近いのだろうか。雲は多いけれどきょうは朝から晴れている。雲の切れ目が少しでもできると、噴《ふ》きこぼれるように猛烈《もうれつ》な日差しが差し込《こ》んでくる。

珍《めず》しい鳥でも見えたのだろうか。それとも校舎の屋上を指したの?

わからないので中庭に面した出入り口のガラスのサッシを開けた。七月初めの午後らしい、すがすがしい青空だ。そよ風を頰《ほお》に感じ、思わず微笑《ほほえ》んだ。夏の空に撫《な》でられたみたい。

「なにが見えたの? ねえ」

返事がない。

わたしが上ばかり見ているうちに、彼女は姿を消していた。

からかわれた? バカ正直な自分が恥《は》ずかしくなる。腹が立つより、単純な自分がおかしくて、じわじわと笑いがこみあげてきた。ひっかかってしまった。

①

ピチパチソーダ

いったい、なんだったんだろう。白昼夢ではないよねえ……？

妄想《もうそう》なら、A組の鳩羽くんに登場してもらったほうがよかった……なんて思ってしまった自分の不純さが、ちょっと嫌《いや》。

② ドウチョウリレキ

ラッ　パッパ　パーン……

わたしの頭の中で、王宮の大回廊《かいろう》に響《ひび》きわたるような優雅《ゆうが》でまろやかなトランペットが、アンダンテで鳴りだした。そのメロディーは、わたしが考えたオリジナルのもの。

アンダンテとは「歩くような速さで」という意味のテンポを表す音楽用語。イタリア語の「歩く」という言葉が元になっている。と言ってもサクサク歩くのではなくて、ロングドレスを着た貴婦人が優美な並み足で歩く速さのことらしい。だから、現代人の歩く感覚よりもゆっくりめ。

ラッ　パッパ　パーン　ラパパー　ラッパパーン……

トランペットに合わせて、クラリネットやピッコロの音色もふわりと加わっていく。

そこは王宮。天井《てんじょう》には巨大《きょだい》なクリスタルのシャンデリア。

ラッ　パッ　パ　パーン　タカタ　タッタ　タルルルル。優しいスネアドラムが加わりリズムを刻む。

ロングドレスの貴婦人たちが背筋を伸《の》ばして一列になり、気取った足取りで一歩ずつ、一歩ずつ、大切な儀式《ぎしき》の一つのように、ゆったりと古風なダンスを踊《おど》る。

②

ドウチョウリレキ

その大広間の床《ゆか》はチェス盤《ばん》のような白と黒の大理石の真四角のタイルだ。みんなはチェスの駒《こま》になったように、とりすました顔で位置を変えていく。

「蘇芳《すおう》……聞こえているか、蘇芳?」

「日々希《ひびき》、呼ばれているよ」

担任の淡藤《あわふじ》先生の声。桂奈《かな》の声。

しまった、授業中だった。

がたっと椅子《いす》から立ち上がる。教室の真ん中に七、八人の列ができていて、みんながわたしを見ていた。月曜の一時間目からこれでは、集中力がなさすぎる。

「取りに来なさい。出席番号順に配ると言っただろう」

はい! といい返事をして取りに行く。

担任の淡藤先生は浅黒くて脂性《あぶらしょう》なので、さつま揚《あ》げがゴルフシャツを着ているみたいな感じ。あと数年で定年になる社会科の男性教師で、頭の大半を占《し》めているのは無事に定年を迎《むか》えることと初孫のこと。

先生から渡《わた》されたものは、直径二・五センチ、厚さ三センチくらいで、望遠鏡のアイピースのような円筒《えんとう》形だ。見た目よりも少し重い。本体には小さな文字で年組出席番号が刻まれている。

「えっと、これって……」

「マインドスコープだと話しただろう。長くて言いにくいな。略《りゃく》してマイスコでいいか」

略称《りゃくしょう》がマイスコ……なんとも情けない響きだ。

わたしたちの通う錆猫区《さびねこ》立夕賀《ゆうが》中学校は、今年度、ICT絆《きずな》プロジェクト特別推進校に指定された。

ICTとは情報通信技術のことで、黒板とノートを使う旧態依然《きゅうたいいぜん》の授業ではなく先生や生徒が情報端末《たんまつ》のタブレットを持ったり、電子黒板を使ったりして新しい技術を授業に取り入れていきましょうという話。それ自体は日本のあちこちですすめられていて、先進校がすでにいくつもあるそうだ。

わたしたちの錆猫区は、従来のそれとはちょっと違《ちが》う。四年前にIT起業家の小保方《おぼかた》元社長が新区長に初当選してから、ICT絆プロジェクトという計画がすすめられてきたそうなのだ。そのプロジェクトの一環《いっかん》で、四月にはエデュケーショナル・タブレット——通称《つうしょう》Eタブという備品が生徒全員に配布された。そしてこの七月に、ICT絆プロジェクトの第二弾の備品として、生徒に一台ずつマインドスコープが配られたわけだ。

覗《のぞ》いてみる。電源を入れなければふつうのレンズだ。

「ようし、次はカバーを配布するぞ。何色を注文したか覚えているか?」

マインドスコープはレンズを保護するフレームカバーをつけるようになっている。目印を兼《か》ねたカバーの色は十二色。その中から好きな色を一つ選ぶことになっていた。

だけど、十二色というのは、微妙《びみょう》だった。

たとえば選択肢《せんたくし》が二色しかないのなら、友だちと同じ色になるのは仕方がない。十二も色があるということは、人気が集中しそうな良い色は、押《お》しの強い子に譲《ゆず》れと言われているようなもの

② ドウチョウリレキ

だ。

桂奈は女子の中で一番人気のラグジュアリー・ピンクがいいと言っていたから、わたしはクリアパープルを申し込《こ》んで、同じ色にならないようにした。

教室を見回すと、桂奈が教室で仲良くしている派手グループの子たちは、だいたいラグジュアリー・ピンクかハッピーイエローをつけていた。

そのグループ以外でラグジュアリー・ピンクをつけている女子はいない――いた。土田詩音《しおん》さんだ。詩音さんは地味目の子で、身長が近いので体育の時にたまにペアになることもある「教室友だち」の一人だ。きっと素直《すなお》に、単純に、好きな色を選んだのだろうけど、派手グループの子や桂奈には気に食わないだろう。詩音さんはそういうところに気が回らない。

わたしと同じクリアパープルを選んでいた女子は、バレー部で成績上位の染田《そめた》さんだけだった。あの子ならなにか言ってくることはないと思うから、よかった。

「では、電源の入れ方から説明します。ええと、どっち側から覗《のぞ》くんだったかな」

先生がもたもたと説明書を読み上げる。

「その前に、禁止事項《じこう》だ。授業中は、先生の許可があるとき以外は使用しません。試験中も使用禁止です。貸し出しや交換《こうかん》も禁止。持ち主以外は使ってはいけません。いいか？」

突然《とつぜん》、教室のドアを強めにノックする音がした。養護の先生だ。

「失礼いたします。淡藤先生、ちょっと」

淡藤先生は怪訝《けげん》な顔をして廊下《ろうか》に出る。それから先生の驚《おどろ》く声がした。

「えっ、登校してたって聞いてないよ、おれ」

「本人の希望ですので、ぜひこのタイミングで……」

廊下《ろうか》でひそひそ話が続いたあと、淡藤先生は教室のみんなに向かって言った。

「ちょっと自習！　すぐもどるからそれまで静かにしていろよ。学級委員、頼《たの》んだぞ」

先生がいなくなると、教室はざわつき始めた。


「日々希、こっち見て！」

桂奈の声だ。

きらっとレンズが反射した。

三列ほど離《はな》れた右前の席から、桂奈がマインドスコープを片方の目に当て、こちらに向けていた。

わたしを測定しているの？

とっさに、スマホカメラを向けられた時のように、楽しそうなポーズをとった。

「わー、測定が出た。こんなふうになるんだー」

桂奈は一人満足している。実験台にされてしまった。

「どうなるの？　見せてよ」

席を立って桂奈に近づき、無理やりマインドスコープを覗《のぞ》き込《こ》む。

レンズの奥《おく》にぎこちなく笑ってポーズをとったわたしの姿が写っていた。そして、テレビ画面のテロップのように文字が表示されている。

《ワタシヲ測定シテイルノ？》

さっき考えていたことが、文字になって表れている。

心を覗かれたみたいな戸惑《とまど》い。淡藤先生が説明した通りになっているけど、これ、なんか、嫌《いや》だ。

「内容、合ってる？」

桂奈に確認されたので、うなずいた。

マインドスコープとは、人が頭の中で考えていることを言葉に翻訳《ほんやく》する装置なのだ。つまり他人の心を覗く望遠鏡みたいなもの。

「日々希も自分でやってみればわかるよ。ほら、こうして」

桂奈はわたしの目にマインドスコープをかざしてくる。

ちょっと覗いたふりをすれば桂奈の気が済むだろう。ふりで十分だと思っていた。なのに目に当たらないよう手を添《そ》えたときに、指が偶然《ぐうぜん》、測定ボタンに触《ふ》れてしまった。

スコープの内部にデジタルな画面が現れた。一瞬《いっしゅん》にしてレンズの向きから自動的にターゲットの候補《こうほ》を見つけ、人物の輪郭《りんかく》が予測され、強調され、焦点《しょうてん》が絞《しぼ》られる。振動《しんどう》はないのに、チ、チ、チと精密機器が高速で動くのが指に伝わるような気がする。

たまたまその中心に入ってしまったのは土田詩音さんだった。マインドスコープで覗かれていることに気づいていない。

読み取り中。言語化中。そして、スコープのモニターに浮《う》かび上がった詩音さんの姿に文字が重なる。

《生理、来タカモ》

「なんて出た？」

桂奈には見せたくなかったけれど、これは桂奈のマインドスコープだ。測定データの消し方がわからないので、そのまま返した。

「マイスコって面白いねえ。気に入った」

桂奈は新しいおもちゃをもらったみたいにはしゃいでいる。

だれかがだれかにマインドスコープを向けていて、そのだれかがだれかに向けている。みんな、使ってみたくてたまらないのだ。考えていることを知りたいのなら直接聞けばいいのに、測定したりされたりすることを楽しんでいる。

レンズを向けられることに違和感《いわかん》を持ったのは、わたしだけなのだろうか。

桂奈は派手グループの子たちと測定しあって、「どんな言葉が表示されていたか」の当てっこを始めた。

「日々希も一緒《いっしょ》にやろうよ」

遊びに入らず席で静かに英語の予習をしていたら、桂奈が声をかけてくれた。部活では一緒にいるけど、桂奈にとって教室のわたしは二軍の友だちだ。ズッ友の義理で、人数が多いほうがいいときにはわたしにも声がかかる。

②

ドウチョウリレキ

「ごめん、わたし、英語の予習が終わってないんだ。ゆうべ途中《とちゅう》で寝《ね》ちゃって」

今年の英語の先生は厳しくて、授業の前に教科書の英文をノートに書き写しておくというルールがあった。

「じゃ頑張《がんば》って」

「ありがとう。桂奈、優しーっ、大好き」

桂奈が機嫌《きげん》を損《そこ》ねないよう、おだてておく。

「日々希はいつも褒《ほ》めてくれるね」

桂奈は上機嫌で派手グループにもどっていった。

しばらくして、淡藤先生が教室にもどってきた。

「静かに。着席。えー、突然《とつぜん》ですが、天狼《てんろう》さんが来ました」

淡藤先生の声が珍《めずら》しくおろおろしている。英文を写しながらノートから顔を上げずに聞いたせいか、いつもと声が違《ちが》うのがよくわかった。

天狼さん？　だれのこと？

「机はあるよな。ほうら、だれか早く後ろの机の上の荷物を寄せて」

後ろの机と言われてわかった。

ずっと不登校をしていた人だ。中一の途中《とちゅう》で転入したことになって以来、二年になっても出てこなくて、だれも顔を見たことがないというエア・生徒。使われていない机を教室から撤去《てっきょ》するかどうか先月クラスの議題に出て、学校に来ないとしてもなくすのはかわいそうだから、後ろの隅《すみ》に寄せておくという結論になっていた。便利な物置のように使われていた席の子。

「天狼……ごめん、この字、なんて読むんだっけ？」

「はねずです、万葉集にもある花の色の名前ですが……。テ・ン・ロ・ウ・ハ・ネ・ズです」

わたしはノートにピリオドを書きながら顔を上げた。あっと思った拍子《ひょうし》に、ポキッとシャーペンの芯《しん》が折れてしまった。

きのう、廊下《ろうか》で会ったつや髪《がみ》のクールビューティーだ。突然《とつぜん》消えた女の子。まさかあの子がうちのクラスのエア・生徒だったなんて。

ゴルフシャツを着たさつま揚《あ》げみたいな淡藤先生の横に、透明感《とうめいかん》のある凛《りん》とした美少女が立つ。動くたびにシャラーンと澄《す》んだ音が聴《き》こえてきそうなほどの清廉《せいれん》さ。教室中が音を失《な》くした。そのくらい一気に静かになった。

もしかしたら、わたしは夢を見ているんじゃないだろうか。これって、いつもの〝妄想《もうそう》〟なんじゃない？

あの完璧《かんぺき》な女の子が、不登校のクラスメイトだったなんて！

「みんなに挨拶《あいさつ》をするか？」

「いいえ、授業を進めてください。わたしの机は……あれですね。あの、いままで通り、いない生徒だと思ってください。邪魔《じゃま》にならないようになるべく気配を消していますから」

「なにを言うんだ、きみもこのクラスの一員じゃないか。せっかく学校に出てこれたのに」

「出てこれたという表現は、先生、どうなのでしょう。どこかで詰《つ》まっていたわけではありません。わたしは、最低限の必要以外に人と関わりたくありません。先生とも、です。内容のない会話は疲《つか》れるだけです。なので、むやみに話しかけないでください。学校に来ただけで騒《さわ》がれなくてはならないって、おかしなことですよね？　みんなふつうに来ているのに」

せっかく登校できるようになったのに、大丈夫《だいじょうぶ》かな。いまから友だち、作れるのかな。この子がこのクラスになじむところをわたしは全然想像できない。

落ち着いた声で淡々《たんたん》と話す美少女に、淡藤先生は困ったように眉頭《まゆがしら》を揉《も》んだあと、みんなに言った。

「そうか。つまり……、天狼はそっとしておいてほしいそうだ。そういうことだからみんな、わかったな？　おうい、授業中にマイスコは使わないルールだぞ。いますぐ置きなさい。いや、机の中にしまいなさい」

美少女が着席するまでのあいだに、教室の中の何人もがマインドスコープのレンズを彼女《かのじょ》に向けていた。


「日々希、行ける？」

桂奈に言われて、我に返る。

帰りの学活が終わっていた。

慌《あわ》てて荷物をまとめて、はーいと答えた。音楽室に行かなくちゃ。

「英語の結果どうだった？」

「ミスばっかり。桂奈はどう?」

「まあ、ふつうかな」

期末テストの結果が出始めた。英語でわたしが減点されたところのほとんどは、しっかり見直していれば防げたミスだった。だから悔《くや》しい。でも、悔しがっているとは思われたくない。成績なんてちっとも気にしていないふうにして、間違《まちが》わせる問題を出した先生にムカつくほうが、中学二年のわたしたちには「大人」の態度だから。

わたしは廊下《ろうか》に出る手前で、ふと気になって足を止めた。

「天狼さん、もう帰っていいんだよ? さようなら」

「……よなら」

うつむき加減でEタブを見たまま、囁《ささや》くような声で面倒《めんどう》そうに返された。反応薄《うす》い。でもきれいな横顔。

「暗っ! 期末テストのあとに出てくるなんていいタイミングだよねえ。どうやって通知表をつけるんだろうね」

自分よりきれいで目立つ子にはさりげなく、何気なく、聞こえるようにさらっと嫌味《いやみ》を言うのは忘れない。それが桂奈だ。不登校から復帰した子にそんな言い方はかわいそうだと思う。でも、わたしは桂奈のことを口に出しては批判しない。人間関係にはバランスが大事だ。

「やっほー桂奈。うちのクラス、きょうは学活が延《の》びずに終わったよー」

C組の来海《くるみ》が先に廊下に出た桂奈に声をかける。

②

ドウチョウリレキ

そして教室にまだ天狼さんがいるのを目にしたとたん、来海の笑顔に好奇心が表れる。

「例のひきこもりだった子？　わー、きれい。ねえねえ、学校来ないでずっとなにしてたの？」

ところが天狼さんはまるで来海の声など聞こえなかったように帰り支度《じたく》をして廊下をすたすた行ってしまう。絶対に聞こえているのに、その態度はないだろう。

来海の笑顔に雲がかかる。

「なに、あれ」

「おとなしい子なんだよ。復帰初日で緊張《きんちょう》しているのかも」

わたしが返すと、来海は遠ざかってく天狼さんの後ろ姿にマインドスコープを向けた。フレームカバーはハッピーイエローだ。

測定を終えるとプリプリ怒《おこ》り出す。

「《保護》って出た。なに？　なんなの」

桂奈が言う。

「なんかねぇ、たぶんねぇ、考えていることを測定されないように保護するやつをつけているみたい」

人と関わりたくない、と先生に言ったこと以上に、クラスのみんなが天狼朱華に近づきがたいと思い、反感を持った理由は、整いすぎた見た目や暗い雰囲気や話しかけるなという態度だけではなかった。天狼さんに向けたマインドスコープの測定結果に、みんな一斉に首をかしげた。《保護》という白抜《ぬ》きの文字だけの真っ黒な画面が表示されたからだ。だれが何度天狼さんを測定しても《保護》しか出ない。

夕賀中学校のＩＣＴ絆プロジェクトのスローガンは「高いコミュニケーションの力と親和性の豊かな人材育成」「思いやりと、生きる力」だ。

『みなさんは最先端《せんたん》の特別な教育が受けられるのです。すばらしい恩恵《おんけい》があるのです』

ＩＣＴ絆プロジェクトの特別推進校となって、マインドスコープの良いことばかり先生や絆委員会から聞かされてきた。そんなわたしたちには、仲間であるはずのクラスの一人から《保護》という形で拒絶《きょぜつ》されたという事実は、とても衝撃的《しょうげきてき》だった。

あとでわかったことだけど、天狼さんが使っていたのは防心具とも呼ばれるマインドプロテクターというものだった。政治家や政府の要人、企業《きぎょう》のトップの限られた人が身に着けているようなもので、当然わたしたち生徒には支給されてない。不登校から復帰するのにプロテクターをつけて登校するなんて、この学校の人には心を許す気がない、と強く意思表示をしているようなものだ。

「なにを考えているか人に知られたくないなんて、気味悪くない？」

桂奈に言われたらうなずくしかない。

「絆プロジェクトが嫌《いや》なら、別の学校に転校すればいいのに」

わたしは来海にうんうんとうなずく。

本当のことを言うと、クールビューティーと同じクラスだったとわかって、きょうのわたしはずっとドキドキしていた。休み時間も話しかけたくてたまらなかった。周りのみんなが《保護》

に反発を感じながら様子見をしているのを刺激《しげき》しないように、わたしは無関心なふりをするしかなくて、話しかけられる状況《じょうきょう》ではなかった。

もめごとは起こしたくない。教室で堂々と仲良くするのは、桂奈やほかのみんなが今後、天狼さんにどんな接し方をするつもりか見極めてからにしたいと思う。面倒《めんどう》なことに巻き込《こ》まれて、自分がクラスから浮《う》いたら困るから。それに、教室にいる天狼さんは有言実行で、まったく人を寄せつけない雰囲気だ。

「マイスコって面白いよねえ。暇《ひま》つぶしのおもちゃに最高」

「そうかな……」

同調しなかったのが不満だったのだろうか、桂奈が言った。

「なんでよ。測定しちゃうぞ」

桂奈がマインドスコープを目に当てて、間を取るように窓のほうに後ずさっていく。桂奈にはきょう何度も測定されていた。いまさら嫌だなんて言えない。これは遊びの測定なのだ。考えなくちゃ。測定されてもいいことを考えなくちゃ。

「いいよ。あはは」

空想の中で遊んでいるところを測定されたら、変な子だと思われる。鳩羽《はとば》くんのことを考えるのも絶対にダメだ。友だちや家族のこともダメ。誤解されたら困るから……。

「なにこれぇ」

桂奈がまず来海にわたしの測定の結果を見せる。二人とも笑い出す。桂奈に近づいていくとわたしにも見せてくれた。

《タブン今夜ハはんばーぐ》

「もう夕ご飯のこと考えてる。日々希の頭ン中は平和だあ」

「だって楽しみなんだもーん。桂奈ってホント、人を測定するの好きだよね。もー、わたしも桂奈を測定しちゃおうかなあ」

ポケットにしまっていた自分のマインドスコープを出して、目に近づける。

「やって。やってみてよ」

ちょっと批判したつもりだったのに、桂奈は乗り気だった。測定されたがる人がいるなんて。桂奈には読まれて困るような隠《かく》したいことが一つもないんだろうか。なさそうだ。

セミロングの毛先を内巻きにブローした髪《かみ》に、しもぶくれの輪郭《りんかく》に、てかてかしたリップグロス。目元はきれいだけど、ちょっと残念な鼻。

測定ボタンを押《お》すと、ピントが合わない。

《エラー》

「こんなのが出たよ」

桂奈に結果を見せた。

「遠すぎたりほかの人と重なったりしたらダメだけど、近すぎても測定できないって、先生が言ってたよ。二メートルくらい離《はな》れないと」

「そうなの？　聞き逃《のが》してた」

②

ドウチョウリレキ

だからさっき桂奈はわたしを測定するのに後ずさったのか。いいことを知った。学校にいるときは、なるべく桂奈の二メートル以内にいるようにすればいい。そうすれば不意打ちで測定されてもエラーになる。

「測定画像って、ずっと残るの？」

「履歴《りれき》は五件まで。新しく測定すると、古いのは消えてしまうって」

残らないのなら少しほっとした。

三人一緒《いっしょ》に隣《となり》のA組の教室の中を覗《のぞ》く。

鳩羽くんがいた。気のせいなのはわかっているけど、ほんのり真鍮《しんちゅう》色に光って見える。

朝のうちなら自然に挨拶《あいさつ》をしやすいけれど、日中になると声をかけにくい。特別な用事もないのに「ねえねえ」って話しかけるほどの仲じゃない。先月くらいから鳩羽くんはサイドの髪に段をつけてちょっぴりふわっとさせている。寝癖《ねぐせ》かなと思っていたけど、どうやらおしゃれでやっているみたい。髪形を気にするようなお年頃《としごろ》になったのだ。眉毛《まゆげ》の形もいつの間にかきれいになっていた。あと十センチ背が高かったら、大勢の女の子から騒《さわ》がれていたことだろう。だから身長はまだ伸《の》びないでいてほしい。

鳩羽くん、友だちとなにを話しているのかな。わたしにも、話しかけてくれないかな。あ、そうか……。

わたしはスカートの上から、ポケットに収めたばかりのマインドスコープに触《ふ》れた。

これを使えば、鳩羽くんが考えていることも測定できるんだ。

どうして楽しそうに笑っているの？　気になる女の子はいるの？

これを使えば会話のきっかけをつかめるのかもしれない。話をするきっかけがないから話せないなんて苦労はしないのだ。知りたい。知りたいけれど、怖《こわ》い気もする。

「さんごー、ブ・カ・ツ、行こーっ！」

桂奈が教室の中に声をかける。

いまここでマインドスコープを鳩羽くんに向けたら、わたしが特定の男子の頭の中を覗《のぞ》き込《こ》もうとしていると桂奈や来海にわかってしまう。それは恥《は》ずかしい。これでは道具があったって、わたしには使えない……。

鳩羽くんばかり見ていると思われないように、桂奈の横で頸《くび》を伸《の》ばして、鞄《かばん》に机の中のノートを詰《つ》めているさんごの姿を確認する。

「あれっ、さんごはいつもEタブを持って帰ってるんだ？」

桂奈がこそっと小声で返した。

「あの子、ランキング入りを狙《ねら》ってるもの」

ICT絆プロジェクトの第一弾として生徒に貸与《たいよ》されたEタブ。その中には、いわゆるSNSのようなアプリ「スクール・ライフ・レポート」（通称《つうしょう》スクレポ）があって、生徒は記事を投稿《とうこう》することができた。Eタブを持つ全校生徒と学校関係者は、気に入ったスクレポの記事を評価することができる。記事にはSympathy《シンパシー》 Button《ボタン》を意味するSymというロゴのボタン

②

ドウチョウリレキ

がついていて、共感できた場合にはオンするルールだ。SNSの「お気に入り」や「いいねボタン」みたいな感覚だ。

シムボタン数は集計されて、絆プロジェクトランキング「共感」部門に加点される。ランキングは「学力」「運動能力」「人望・信頼《しんらい》度」「課題設定・解決力」「共感」「自尊・多尊感情」「芸術・音楽・教養の親和性」「その他」など細かくわかれ、詳《くわ》しい配点は非公開になっているのだけど、毎月、学年ごとに総合評価のランキング上位十名が公表される。

自分には縁《えん》がなさそうなので、わたしはあまり気にしていなかった。そういう評価を気にしたら、褒《ほ》められたがりみたいで恥《は》ずかしいと思っていた。狙って入れるものでもなさそうなものを、狙っている人が身近にいたなんて。

さんごと可純《かすみ》が廊下《ろうか》に出てきた。マイスコのフレームカバーの色は、二人ともエグゼクティブオレンジだった。

「日々希は？」

ポケットから出して見せる。

「クリアパープル？　そんな感じがする」

さんごに言われて、少し複雑な気持ちになる。そんな感じと言われてしまったのは、地味ってことかな。名前にクリアとついている割に、暗めの落ち着いた色なのだ。本当はピンクをつけたかった。

来海がマインドスコープをわたしに向けていた。顔のすぐ前で、レンズが外の光を反射する。

「近すぎるよ」

念のため、お花畑を思い浮《う》かべる。

来海がレンズを覗《のぞ》いたまま面白そうに読み上げる。

「なになに、《愛シテルワ》だって」

ギョッとした。わたしはだれのことを考えていたんだろう。

「うそ！　そんなこと考えてないよ、間違《まちが》いだよ。壊《こわ》れてない？　ちょっと見せてよ」

「冗談《じょうだん》だってば。近すぎてエラーになったよ。日々希ったら、なに焦《あせ》ってるの？」

来海に笑われてしまった。

「焦るよー。全然考えてないことが測定結果に出たら困るじゃない。あはは、驚《おどろ》かせないでぇ」

わたしも笑い出す。冗談で済ますために。

測定されても履歴《りれき》が消えてしまうのだから、おもちゃの一つくらいの感覚でいいのだ。でも……。

マインドスコープを苦手に感じていた理由が、なんとなくわかってきた。本当に自分が考えていたことが相手のマイスコに表示されているかどうかを、事前にチェックすることができないからだ。機械だから、誤作動を起こす可能性はゼロじゃないと思う。間違った測定の結果が表示されていたとき、相手はわたしの言葉とマイスコのどちらを信じてくれるのだろう。

人に伝えたいことなら、自分の口で伝えればいいと思う。頭の中にあることをうまく言葉にできなくて、焦ったり困ったりすることはよくあるけれど、伝えたいことと伝えたくないことは、

②

ドウチョウリレキ

自分で選びたい。

みんなに伝わって困るようなことは、はじめから一切考えないようにできればいいのかもしれない。ただ、わたしはそんなに器用じゃない。考えていることや感じていることを、自分の知らないうちにスコープで覗かれてしまうのはいい気分とは言えない。それが友だちだとしても、うん、友だちであればなおさら……。

「マイスコって、どういう仕組みで測定できるのかな」

「あほくさ。知らなくたって使えればいいし。スマホだって電子レンジだってそうでしょ」

「桂奈の言う通りだけど……不思議だなーと思って」

「うちのクラスの男子が絆《きずな》委員の先輩《せんぱい》が言ってたって話してたんだけど」

さんごが言った。

「表情筋や目の動き、姿勢、体温、発汗《はっかん》などを測定して、そこから推測される思考内容を言葉に当てはめるんだって」

「こんなに小さいのに、そんなすごいことができるのか」

改めて、まじまじと見てしまった。でも、接眼レンズみたいな、ただのツールだ。

音楽室にカピが入ってくると、部屋の空気はがらっと変わる。

カピというのは吹奏楽部《すいそうがく》顧問《こもん》の灰梅《はいうめ》たもつ先生のことだ。

灰梅先生は小さいころから音の出るものが大好きで、中学生だった時に、吹奏楽部の指導をするために教員になろうと決意し、進路を決めたという熱いハートの先生だった。

「起立、礼、よろしくお願いします！」

桔梗《ききょう》部長がピリッとした声で号令をかける。さあ、本物の音楽が始まるぞって、心の弦《げん》を張ったみたいに、ぴんとみんなの背筋が伸《の》びていく。挨拶《あいさつ》のあとは五秒もかからないで合奏のポジションに並び直っている。

先生は身振《みぶ》りで部員たちに着席するように促《うなが》す。若白髪《わかしらが》の灰梅先生は、年齢《ねんれい》よりも老《ふ》けて見える。

普段は飄々《ひょうひょう》としていて優しくて楽しい先生だ。だけど、演奏に関してはとても厳しくて怖《こわ》い。灰梅先生の指揮のことを吹奏楽部のOB・OGたちは「武士」と言っていた。音楽に人生をささげたストイックな面やチャンバラみたいにタクトを返すしぐさを見ると、そうかもしれないと思う。ただ、見た目はカピバラみたいなのだ。

でもこのカピは武士だから隙《すき》を見せたらばっさり斬《き》られる。

集中！

「むうぅ、まずは課題曲を合わせようか。むうぅ、『昇陽《しょうよう》よ、明日も』」

ため息のようにむうぅと言うのは、先生の口癖《くちぐせ》だ。部内では、鳴き声と呼んでいるけど。
二、三年生は祝典行進曲『昇陽よ、明日も』の楽譜《がくふ》を開いて準備し、パーカッションが曲に合わせたセッティングをするのを待つ。これが今年の吹奏楽コンクールの課題曲だ。コンクールまであとひと月あると考えると、まずまずの仕上がりになっていると思う。

②

ドウチョウリレキ

すべての楽器の準備が整い、灰梅先生がタクトを構える。カピバラが武士の顔つきになる。

先生がスッと鼻から息を吸い込《こ》むと同時に、空中で停止していた指揮棒が動き出す。

魔法《まほう》みたいに演奏が始まる。ゆったりしたファンファーレ。

わたしはたちまち音楽の中に溶《と》け込んでいく。

白い山肌《やまはだ》に朝日が当たる。その山はカチカチに凍《こお》ったアイスクリームでできている。巨大《きょだい》なアイスクリームのエベレストを耳の長いウサギが赤いそりで滑《すべ》り降りる。

そりは変形し、いつの間にか小回りの利くスノウボードになって、ウサギは耳をリボンのようにひらひらさせている。丘のあちこちを滑りまわって飽《あ》きたころに飛び降りる。

そして今度は、スノウブーツをはいた足で、雪まじりのアイスクリームの山をどすどす駆《か》け上がっていく。急勾配《こうばい》だけど、背中にはジェットエンジンのついた翼がついているから、壁《かべ》に足をぐいぐいつけるだけで、あっという間に山の頂上に……。

演奏中、わたしはいつも想像してしまう。作曲した人のイメージとはずいぶん違《ちが》っていると思うけれど、自由に曲のイメージをふくらませていくと、映画の中にいるように曲の風景が見えてくるのだ。

曲が終わる。すばやいハエを捕《つか》まえるように、カピが音を手でつかむようなしぐさをパッとする。曲の最後の音がぴたりと揃《そろ》って消えた。

無音。それも音楽だ。休符をしっかりとることにも、灰梅先生は厳しい。

「はい、いい感じですね。試験休みがありましたから、まあこんなもんでしょう」

先生の一声に、みんなはほっとする。と、同時に、まだ不十分な出来なんだと反省する。

「大太鼓《おおだいこ》は短くしっかり。グロッケンはもっと華《はな》やかな音が出ませんかね。チューバは遅《おく》れたり走ったりしないようテンポキープを。むぅぅ。では細かなところ、見ていきましょうか。まずは木管、楽譜《がくふ》のAから音ください」

てきぱきと指導が始まる。

わたしの担当するトランペットは金管楽器だけど、ぼんやりしてはいられない。ほかのパートの演奏や音の意味を知っておくのも必要だし、いつこちらの音を要求されるかわからないのだ。もしかしたら授業中よりも集中している時間かもしれない。

「では、トランペット、次の小節の頭の音からください」

すぐに楽器を構える。遅れないように音がかすれないように先輩《せんぱい》たちのタイミングに合わせて息を吹《ふ》き込《こ》む。

「はい、まあいいでしょう。三連符《れんぷ》を丁寧《ていねい》に。アウフタクトは突《つ》くように鋭《するど》くお願いします。ではその先、フルートだけでトリルを確認しておきましょうか」

無駄《むだ》のない指導が続いていく。

「あとはみなさんで」と先生が音楽室を離《はな》れるまでは、毎回緊張《きんちょう》の連続だ。だけど、みんなが精《せい》いっぱい合奏に夢中になれる心地のいい緊張でもある。

吹奏楽部に入るまで、みんなで合奏することが、楽しくてわくわくすることだなんて知らなかった。ソロでは味わえない高揚感《こうようかん》や達成感がある。うまくいったときのピカピカの演奏を一度味わってしまったら、病みつきになる。

だから練習は大変だけど、部活は楽しい。もっとうまくなって、いい演奏をして、みんなで感動できたらと思う。

言葉と違《ちが》って、出した音には嘘《うそ》がないから。タイミングさえ間違えなければ、すうっと溶《と》け込めてしまえるから。

③ タンジュンギソウ

桂奈《かな》は教室に入ってきて早々に、マインドスコープを目に近づけていった。わたしは桂奈に抱《だ》きつく勢いで駆《か》け寄った。

「おっはよー、会いたかった！」

「なにを大げさに」

桂奈がよけたので、わたしは腕《うで》にしがみつく。そばにいれば、頭の中を変《へん》な機械で測定されないで済む。

「だってうちらニコイチだもん」

「もう小学生じゃないんだけど？　暑いよ。重いったら」

桂奈は天狼朱華《てんろうはねず》を測定した。きょうもまた結果は《保護》だ。

あれから二週間、天狼朱華の態度は変化がない。

いつも一人でいて、だれとも打ち解けようとしない。まるで別世界の入り口の前に佇《たたず》んでいるように、教室のことに関心がない、という確固とした無反応。授業で先生に当てられたとき以外はしゃべらない。勇気を出してだれかが話しかけたとしても、人とコミュニケーションをとろう

③

タンジュンギソウ

という意志がない。その上マインドプロテクターの《保護》のせいで、なにを考えているのか知ることはできない。

そんな態度のままだから、クラスのだれも天狼朱華に近寄ろうとはしなくなった。空気というよりは、湿気《しっけ》みたいな感じ。関わりたくないという人が教室の多数派になってしまうと、うかつに声をかけることはできなくなる。話しかけた子のほうが批判の目で見られるかもって不安になるから。

もっとすてきな女の子だと思っていた。きれいな子は黙《だま》っていても目立ってしまうんだから、反感を買わないように周りに気をつかったほうがいいと思うのに。中身を知る前にわたしが期待しすぎてしまったのだと思う。なにが楽しくて学校に来ているのだろう。不登校をしていた時といま、どちらがマシな気持ちなんだろう。一人が好きなの？　どうして平気でいられるんだろう。少しくらい、好かれる努力をしたらいいのに。

みんなの中にいるときにも、なぜだか寂《さび》しいって感じてしまうようなことはないんだろうか。ないんだろう。完璧《かんぺき》な、完成された美少女だもの。わたしとは違《ちが》うのだ……。

桂奈は次に、特に親しくもない男子をマイスコで測定した。桂奈は間違いなく学年一のヘビーユーザーだ。

「楽しい？」

「楽しいよ。どうせやるならマイスコに送信機能をつけてさあ、スクレポに測定結果を投稿《とうこう》できるようにすればいいのにね」

「桂奈は自分がそういうことされても平気？」

「わたしは変なこと考えないもん。うちらって、裏表ないほうでしょ。みんなにもそれがわかればいいじゃない」

と、当たり前のことを訊《き》かないでというふうに笑っている。

桂奈は、裏表がないと自分では思っている。桂奈くらい強い人ならそう思うのも当然だろう。友だちから一方的に我慢《がまん》を強《し》いられたり、気をつかいすぎて損《そん》をしたり、嫌《いや》なことを嫌と言えなくて悔《くや》しい思いをすることなんて、めったにないはずだから。

知られたくないことは、だれにだってあるものだと思っていた。でも、なにを知られても平気な人も、世の中にはいるということだ。そういう人から見たら、知られたくないことを隠《かく》している人のほうが、悪いことをしているみたいなんだろうか。

「わたし、あんまり好きじゃないんだ。あっ、マイスコのことだよ。Eタブのスクレポの友だちの投稿《とうこう》に毎朝シムボタンを押《お》すだけでも色々面倒《めんどう》なのに、ＩＣＴ絆《きずな》プロジェクトって、どう役に立つのか、わけわかんない」

「面白いじゃない？　わたし、Eタブもマイスコも大好きだけどなあ。使いこなそうとしてないから日々希《ひびき》は好きになれないんだよ」

桂奈が派手グループと話を始めたので、離《はな》れすぎないようにさりげなく後ろに立って聞いているふりをする。

「ねえ、知ってる？　ＩＣＴ支援《しえん》員の納戸《なんど》さんって、クビになっていたらしいよ」

③

タンジュンギソウ

噂《うわさ》話が大好物な若竹さんがEタブを操作し、桂奈にだれかの投稿したスクレポを読み上げる。幽霊《ゆうれい》が出ると言って放課後の業務を渋《しぶ》ったり、厳重に管理することになっていたパソコン室の鍵《かぎ》を紛失《ふんしつ》したりしたせいらしい。

「いたずらで隠《かく》されたんだと思って、あちこち探していたって本人は潔白を主張していたらしいけど。ロッカーの体操着入れに手を入れているのを生徒がマイスコで撮《と》って、それを校長先生に見せて、先生が通報したんだって。逮捕《たいほ》はされなかったようだけど」

「マイスコで測定すれば、嘘《うそ》か本当か表示されるでしょう?」

桂奈の問いに若竹さんは答えた。

「《誰《だれ》ガ鍵ヲ盗《ぬす》ンダ?》って書いてあったらしいけど。だれも信じないよね。女子の体操着に触《さわ》りたくて、自分で隠したんじゃないのって先輩《せんぱい》たちが話してた」

「うげえ、キモ。鳥肌《とりはだ》が立つ。あんなのに触られたら体操着が腐《くさ》るし。この世から消えてもだれも困らない。あはは」

そこまで言わなくてもいいのに、という空気になって、桂奈の笑いだけが水たまりに落ちたゴミのように浮《う》き上がる。

「測定結果が出ているのなら、嘘はついてないんじゃないの? 本当に探していたとしたら、クビってなんかかわいそうだね」

わたしが言うと、桂奈は笑った。

「いいの、いいの。キモかったじゃん。探すったって、体操着入れに手を突《つ》っ込《こ》んでいたんだからNGでしょ。日々希の短パン触っていたら嫌《いや》でしょう?」

「嫌だけど……」

「次はかっこいい人を採用してほしい」

桂奈が言うと、若竹さんたちは笑った。

「それは言えてる。顔で採用してほしいよねー」

納戸さんは好かれるタイプではなかったので、ほとんどの生徒が若竹さんと同じように思っているのかもしれない。気難しい白くまのミイラみたいな人だった。

支援《しえん》員の採用は校長先生に人事権があるそうだ。

「夕賀《ゆうが》中に盗《ぬす》むものなんてあるの?」

「ICT絆プロジェクト推進校になるって決まってから、半年くらいずっとパソコン室のあたりとか校舎のあちこちとか、工事していたじゃない」

「そうそう、パソコン室のドアの鍵《かぎ》、やたらとがっちりしたやつに変わったでしょう」

同調した栗沢《くりさわ》さんは若竹さんと左右対称《たいしょう》な髪形《かみがた》をしている。この二人が派手グループのツートップ。

「盗まれたら困る高価な機材があるのかも」

「オタクにしかわからないよ」

桂奈の一言に笑いが起きる。わたしも笑っておいた。

と、横から肩《かた》をつんと遠慮《えんりょ》がちにつつかれた。教室友だちの土田詩音《しおん》さんだ。

③

タンジュンギソウ

「わたし、蘇芳《すおう》さんになにか悪いこと言ったかな？」

「えっ、なんで？」

「このところわたしのこと避《さ》けてない？」

「避けてないよ。そういえば、あんまり話してなかったね」

測定マニアの桂奈の動きが気になって、休み時間になるたびにマイスコを向けられないよう、ずっとくっついていた。それでたまたま詩音さんとしゃべらなかっただけだ。特にしゃべりたいこともなかったし。

「変なこと訊《き》いてごめんね。マイスコを使えばわかることだったね」

詩音さんは何日も気にしていたのだろうか。だとしたら悪いことをしてしまった。わたしが気にしていたのは桂奈やほかのみんなのマイスコの向きだけで、教室友だちの詩音さんのことなんてまったく気にかけていなかった。

「直接聞いてくれたほうがいいよ。えっとね、あのね、吹奏楽《すいそうがく》コンクールが近づいてきたから桂奈と話すことがあって、それで一緒《いっしょ》にいることが増えるかも」

嘘《うそ》ではない。嘘はついていない。

夕賀中学校の吹奏楽部は、はっきり言うと全国大会に行くレベルではない。全国常連の強豪校《きょうごう》に比べたら、環境《かんきょう》や条件が整っているとは言えず、のんびりしている部分は多いのかもしれない。だけど、灰梅《はいうめ》先生が夕賀中学校の顧問《こもん》に着任して四年目の今年、先生はかなり本気で地区大会での上位入賞を目指していた。

「そうなんだ。いつだっけ?」

「八月五日」

去年は地区大会で銀賞という成績となり、不本意な結果だったので、今年こそは金賞を狙《ねら》いたい。わたしたちの目標は八月五日に金賞を獲《と》ること。そして九月の東京都の大会に出ることだ。現実的すぎる目標だけど、まずは地区の上位入賞をクリアしないことには先にすすめない。

「あと三週間もあるよ?」

「あと三週間しかないの」

わたしが深刻な声で言い返すと、詩音さんは納得してないけど了解《りょうかい》したというふうに笑ってくれた。

「わかった。頑張《がんば》ってね」

「うん、ありがとう」

面倒《めんどう》くさい子。

教室の中に曇《くも》り空。風通しも悪い。息苦しいな……。風が欲しい。青空が欲しい。それから透《とう》明《めい》な光。

ガラスの風鈴《ふうりん》のことが思い浮《う》かんだ。

小学生のころに見た、夕賀商店街の店先に下がっていた、ふっくり丸い、透明な風鈴。なにか模様がついていたけど、光に透《す》けて眩《まぶ》しすぎて見えなかった。

その風鈴の短冊は風にくるくる回転するばかりで、なかなか大きく揺《ゆ》れてくれない。

③

タンジュンギソウ

鳴ってみて。鳴ってよ。

やっとのことでリーンと鳴った。正確にはチリチリとコォーンのあいだくらい。南部鉄や陶器《とうき》の風鈴とは違《ちが》う、グラスを合わせるような柔《やわ》らかな音。

あのガラスの風鈴がこの教室の天井《てんじょう》に下がっていたら、どこからか涼《すず》しい風を呼んできて、きっと青空が天井に透けて見えてくる。三十六個の風鈴が、空いっぱいに短冊をはためかせていたら……。

入道雲が立つ。空に向かって風が通るたびに、音のさざなみがこちらから彼方《かなた》へと遠ざかる。チリチリリリリリーン。キラキラリリーン。夏の光までが音を一緒《いっしょ》に奏でだす。爽快《そうかい》なガラスの風鈴のオーケストラ。わたしも風の音楽と一緒に、どこかへ飛んでいけたらいいのに……。

「オッマター」

来海《くるみ》の声がした。バタバタと廊下《ろうか》を走ってくる。長くてもさもさの暑苦しい髪《かみ》、束ねればいいのに。

「部活行こ！」

桂奈は来海を測定した。

覗《のぞ》き魔《ま》。ううん、好奇心旺盛《こうきしんおうせい》な女の子……。

桂奈は頼《たの》まれもしないのに、わたしとさんごと可純《かすみ》に測定結果を見せてくれた。

《部活行コ！》

「そのまんまでつまんない。来海が単純なのがよくわかったよ」

来海は不機嫌《ふきげん》になるのでもなく、あっけらかんと言った。

「それを言うなら、日々希のほうがガチじゃない？」

なんでわたしのほうが来海より単純だと言えるの？

レンズが反射した。来海から測定される。

わたしは強く思った。

『もうすぐ夏休みだ。夏祭りが楽しみだな！』

来海が測定結果をみんなに見せている。

「ほら、もう夏休みのこと考えてるし」

桂奈は言った。

「そういえば商店街の夏祭りは来週だね。夜、みんなで行かない？」

よかった。うまくごまかせた。

④ ヨマツリサバク

わたしは夢の中にいた。

そこは広大な砂漠《さばく》だった。

黄色い砂の山々が浮世絵《うきよえ》の荒波《あらなみ》のように高くそそり立つ。そして残りは青い空だけ。そんなくっきりした世界。

一つ奥《おく》の砂山にぽつりと点のような人影《ひとかげ》のようなものがある。遠すぎてよくわからないけれど、たぶん、ゆったりと歩く速さで動いていた。

だれ？　どこへ行くつもりなの？　そんな広いところに一人でいて、怖《こわ》くないの？

わたしはぼんやりとその様子を見ていた。とても遠いところにある、街頭の大型ビジョンを観ているような距離感《きょりかん》で。

なのに、なぜだか胸がざわざわしていた。自分とは無関係なはずなのに、あの広くて寂《さび》しい場所に一人ぼっちでいるあの点は、自分自身なのではないかと思えてしまったから。

そして、歌声が聞こえてくる。

るー　るっる　るー

目が覚めた、と意識したとたん、夢の世界がパチンと壊《こわ》れてしまうことがある。とても不思議な浮遊《ふゆう》した夢だったのに、なにも思い出せなくなる。

喪失感《そうしつかん》だけが残る目覚めは、あまり良いものではない。消えてしまった音の悲しさだけが目の前にほわんと浮《う》いていて、しばらくぼんやりしていた。

もう朝？　ここはどこ？　学校は？　違《ちが》った。いまは夏休みだった。家のソファーでうたた寝《ね》をしていたんだ。

はっとした。時間！　きょうはみんなと夕賀《ゆうが》商店街の夏祭りに行く約束をしたんだ。

夏休みに入って最初の木曜の夜。夏祭りの夜だった。

夏休み中の部活から帰って、シャワーを浴びて、出かける時間までソファーでテレビでも観るつもりでいて、横になったとたん寝てしまった。思いの外、疲《つか》れがたまっていたらしい。

時計を見る。大丈夫《だいじょうぶ》、待ち合わせには間に合う。コップ一杯《ぱい》水を飲んで、すぐ家を出た。もう日は落ちて暗くなり始めている。夕焼けが西の空にほんの少しだけ残っていた。

「日々希《ひびき》ったら、なにしてんの、早く！」

最後に到着《とうちゃく》した桂奈《かな》がわたしをせかす。待ち合わせのコンビニの前にはほぼ同時に着いたというのに、「なにしてんの」はないよ。桂奈は遅刻魔《ちこくま》のくせに、人に待たされることにはとてもうるさい。

とりあえず「ごめん」と言っておく。

焼きそば屋台の、香《こう》ばしく焦《こ》げたソースのにおいが漂《ただよ》っている。

「遊んで行ってよ！　ヨーヨー釣《つ》りだよ」

　おそろいの青いTシャツを着た地元の大学のボランティアの学生たちが、活気づけるために声をかけている。小中学生のグループのほか、幼児連れのファミリーもいる。七時を過ぎて、人が増えているようだ。

「なにしよう。わくわくするね」

「あれ食べたーい」

　来海《くるみ》と可純《かすみ》がはしゃぎだすと、落ち着きのあるさんごが調整をする。

「まずは全部の出店を見てからにしようよ」

　夏休みに入ってからも、毎日朝から夕方まで、お弁当と水筒《すいとう》を持って学校に行っている。吹奏《すいそう》楽部《がく》は八月五日のコンクールを目指して、練習に明け暮れている。みんな疲れているはずなのに、遊ぶためのエネルギーは「別腹」みたいに用意できるみたい。

「この浴衣《ゆかた》、変じゃないよね？」

　ミニ丈《たけ》のおしゃれ浴衣を着て来た桂奈が、褒《ほ》めてほしそうにしている。

「似合ってる」

「かわいいよ」

「アイドルみたーい」

「浴衣を着てくるなら、言ってくれれば良かったのにねぇ？」

　歩き出しながら、来海がちょっと不満そうに言う。でもその発言はほかのみんなにスルーされた。

　わたしは微笑《ほほえ》みを浮《う》かべて黙《だま》ってついていく。まだ夢の続きをみているような気がする。生ぬるい水の中にいるみたいな錯覚《さっかく》。夢から覚めきっていない気がした。いまも家のソファーでうたた寝《ね》をしていて、お祭りの夢をみているのではないだろうか。

　そうだ。わたしは夢をみていた。パチンとはじけて消えた夢の風景が、突然記憶《きおく》によみがえってきた。

　ここに来る前、わたしは黄色い砂漠《さばく》にいた。そこにあるのは浮世絵《うきよえ》の荒波《あらなみ》のように高くそそり立つ黄色い砂の山々と、青い空だけ。

　正確には黄色というよりは少しオレンジがかった色で、真っ青な空が補色になっていた。そこはとても静かだった。砂漠の砂は砂時計に使えそうなほど細かくさらさらしている。折り紙を使った貼《は》り絵のように、地平線は砂丘《さきゅう》の形で色がくっきり分かれていて、なにもかもがはっきり目に見えていた。眩《まぶ》しさの割に空気は冬の朝のように冷えていて、かすかに感じる風はシナモンの香《かお》りに似ていたと思う。

　現実では、夕暮れ過ぎの群青《ぐんじょう》色の薄明《うすあ》かりに、カラスウリの実のような赤い提灯《ちょうちん》が等間隔《とうかんかく》でぽうっと灯《とも》って浮いている。そして、空の一角には長方形の巨大《きょだい》な影《かげ》。夕賀駅前の錆猫《さびねこ》ビジネススクエア、通称《つうしょう》、夕賀タワーと呼ばれているこの町で唯一《ゆいいつ》の高層ビルだ。

　地上二十八階の寸胴《ずんどう》のオフィス階からは、まだたくさんの窓明かりが漏《も》れている。その北側の瓦《かわら》色の石畳《いしだたみ》の広場がメイン会場だ。

夏祭りの赤い照明と夜色の浮《う》わついた人ごみの中にいるというのに、ぼんやりしてしまう。あの補色で二分された静寂《せいじゃく》の世界から一瞬《いっしゅん》にしてはじき出されて、強制的にこちらにもどされてしまったような違和感《いわかん》。鮮《あざ》やかで不思議な砂漠の夢の景色が、迷惑《めいわく》なたばこの煙《けむり》のようにいつまでもまつわりついてくる。

「待てえ」

チビッコ軍団がサーベルのような光の棒を振《ふ》りかざして走ってきた。目が痛くなるくらい濃《こ》い緑色のケミカルライトが光っている。遅《おく》れてついてきた一回り小さい体の最後の一人とぶつかりそうになった。

「危ないよ」

「待てえー！」

注意したのに無視された。混雑した中を走ったら危ないのに。

夜色と夏祭りの赤い照明と緑の蛍光色《けいこうしょく》。強烈《きょうれつ》な色彩《しきさい》に頭が混乱してしまう。これは現実？

「あれ？　みんなは……」

ぼんやりしていて、人ごみと闇《やみ》の色に友だちを見失っていた。

車両を通行止めにした一車線だけの通りに人が集まりすぎている。駅を利用する人の流れもあるから、にぎわいの中でごちゃごちゃだ。せっかく五人で待ち合わせたというのに。

「日々希、こっち！」

呼ばれた。夜店のライトの当たるところで、桂奈が手を振っている。ミニ丈の浴衣《ゆかた》のデザインはかわいいけれど、アイドルの舞台《ぶたい》衣装やコスプレみたいで、ここでは浮《う》きすぎていると思う。前にいた人が移動して、わたしと桂奈の間が偶然《ぐうぜん》すっと開けた。

いけない！　桂奈がマイスコをわたしに向けている！

『桂奈ってかわいい！　浴衣《ゆかた》が似合ってる！』

わたしは強く思った。笑顔のハイテンションで、すっからかんの頭の中にお花とハートをたくさん飛び散らせる。

桂奈はマイスコを目から離《はな》すと、げらげら笑って近づいてきた。

「日々希って、わかりやすすぎ！」

「やめてよ、もう。恥《は》ずかしいじゃない」

わたしは大げさに照れながら桂奈に駆《か》け寄った。測定されたくなかったら、離れていてはいけないのだ。

「なんでお祭りに持ってきてるの？」

「だって、これでみんなが楽しそうなところを見れるでしょ？　人の頭ん中が覗《のぞ》けるって、面白いもん。ほら、日々希もあたしのマイスコでちょっと覗いてよ」

桂奈はわたしの目にマイスコをかざしてくる。

たまたまその中心に入ってしまったのは、来海だった。

来海はひらひらした淡《あわ》いピンクのチュニックに白いショートパンツをはいていた。骨太のがっしり体型なので、きょうのコーディネートでは膨張《ぼうちょう》して見える。長くて多い髪《かみ》をまとめていないので、暑そうだ。

はぐれてしまったわたしたちを探していたのだろう。ミニの浴衣姿で目立っている桂奈の後ろ姿に気づいたようだ。

いますぐスコープのモニターをオフにしたほうがいい。でも、迷いがなかったわけじゃない。友だちだから、見てはいけない。友だちだから、見てみたい……。

読み取り中。言語化中。そして、来海の姿に文字が重なる。

《ナニ、アノ幼稚《ようち》ナ髪飾《かみかざ》リ。馬鹿《ばか》ミタイ》

わたしは桂奈にばれないように履歴《りれき》をクリアし、見ず知らずの男性をターゲットに入れてから桂奈に返した。

人をかき分けて、来海がこちらに近づいてくる。

「桂奈！　あ、日々希もいたのね。あんた地味すぎ。背景に溶《と》け込《こ》んでたわー」

ずばっと言うことはない。少し傷ついた。わたしの服は洗いざらしのグレーのギンガムチェックのコットンワンピースだった。髪は暑さ対策のために黒いゴムで一つにまとめているだけ。来海の言う通り、確かに地味だ。待ち合わせ場所でみんなのおしゃれっぷりを見たとき、実は後悔《こうかい》していた。学校行事ではないんだから、髪にシュシュくらいつけてくるんだったって。ソファーでうたた寝《ね》なんかしていた時間を、身だしなみのために費やすべきだったって。

「はぐれてマジ焦《あせ》った。見つかってよかった。桂奈の頭が目印になったよー」

「なんでわたしの頭なの？」

「遠くからもでっかいリボンが見えたから。えっと、とても似合っているし、そのミニの浴衣《ゆかた》にぴったりだし。えっと、なんて言ったらいいのかな、華《はな》やか、あでやか？」

嘘《うそ》だ。

《ナニ、アノ幼稚《ようち》ナ髪飾《かみかざ》リ。馬鹿《ばか》ミタイ》

マイスコで覗《のぞ》いてしまった思考の言語化表示が、目に浮《う》かぶ。見なければよかった。知らなければ、こんな複雑な気持ちにはならなかった。

「さんごと可純はどこ？」

わたしの声にかぶさるように来海が言った。

「あっ、ゆっきーがいるよ。一緒《いっしょ》に写真撮《と》りたかったなー」

夕賀商店街のゆるキャラのゆっきーは、休憩《きゅうけい》時間に入るようだった。ゆっきーはピンクのお猿《さる》さんで、花笠《はながさ》をかぶって紺《こん》の前掛《まえか》けをしているシンプルな人型のキグルミだ。

「そうだ。ゆっきーの心を読んじゃおー」

桂奈は、囲いをつけた休憩用の特設テントに入っていくキグルミの背中にマイスコを向けた。

「やめなよ。かわいそうだよ。夢を壊《こわ》さないでよ」

手をかざして止めようとすると、来海はそんなわたしの腕《うで》をつかんで妨害《ぼうがい》した。

「読んで読んで、面白い。キグルミ着てるし、ちゃんと測定できるかわかんないよ。なんて出た？　桂奈教えてよ」

桂奈は身をよじって笑い出した。

「やっだーあ！　《サッキノ女、オッパイ大キカッタナア》だって。エロキャラ〜！」

夏休みの開放感が、夜の賑《にぎ》わいに向かってロケット花火のように放たれていく。

「えっ？　測定できたの？　なんでできたの？」

「できたんだからいいじゃん」

回ってきた桂奈のマイスコの測定結果を見て返し、バカ笑いする二人に愛想笑いを浮かべながら、ゆっきーの中の人がかわいそうと思う。

桂奈はもう、別の人にマイスコを向けていた。ボランティアの女子学生に話しかけている若い男性だ。

わたしの言葉なんて聞こえていないだろうけど、不思議に思ったことを口に出した。

「でも……キグルミの中の人の頭の中を、マイスコはどうやって測定したんだろう。直接表情が見えていないのに、どうして考えがわかったのかな」

くすっ。

すぐ後ろでだれかが笑ったような気がした。

わたしが気づくと同時に、その気配はすっと離《はな》れていく。

そういえば、少し前からわたしの後ろに、影法師《かげぼうし》のように人がぴったり張りついているような気がしていた。

だれ？　探すと、女の子の後ろ姿が見え隠《かく》れした。うちの学校の制服だ。お祭り見物の人の流れに混ざって遠ざかっていく。

あれは、同じクラスの……天狼朱華《てんろうはねず》？　なんでいるの？

突然《とつぜん》、わたしの顔に空想の風が吹《ふ》きつけてきた。絵本のページがめくられたように、なぜか頭の中にぱっと黄色い砂丘《さきゅう》と広すぎる青い空のイメージが広がった。静かすぎるあの夢の中の、点のような寂《さび》しい人影《ひとかげ》は、あの子だったのかもしれない、と。

「ねえ……」

あの子、お祭りに一人で来ているのかな、と教えるつもりで桂奈の肩《かた》に触《ふ》れたら、跳《は》ね返された。「こっち、こっち」と激しく腕《うで》を振《ふ》り上げたからだ。

はぐれてしまったさんごと可純が、わたしたちを見つけて手を振っていた。

目をもどすと、夏服の少女の姿はなかった。まるではじめから存在していなかったように消えてしまった。

5 ユウジョウエラー

二年生の列の下駄箱《げたばこ》には、どこにも外履《そとば》きの靴《くつ》は見当たらなかった。早すぎた。まだだれも登校していないようだ。

時間を潰《つぶ》すため、わざともたもた行動する。靴を脱《ぬ》ぐためにかがんだら、ぽたっと汗《あせ》が落ちた。額と鼻の頭をタオルハンカチでぬぐう。汗っかきの体質には生まれてきたくなかった。

喉《のど》の渇《かわ》きを感じて、家から持ってきた水筒《すいとう》の水を一口のんだ。水筒には、ふちまで氷をめいっぱい詰《つ》めこんできた。水が減ったら学校の水道水を少しずつ補充《ほじゅう》する。そうすれば氷は午後までは持つ。大半は、溶《と》けるよりも先にかじって食べてしまうのだけど。

「ねえ」

すぐ後ろで迷惑《めいわく》そうに声をかけられて、跳《と》び上がりそうなほどドキッとした。人がいたなんて。

「靴、入れたいんだけど」

天狼朱華《てんろうはねず》だった。幽霊《ゆうれい》みたいに、まったく気配を感じなかった。

驚《おどろ》いたわたしに、天狼朱華が小首をかしげた。

肩《かた》すれすれで切りそろえたまっすぐな黒髪《くろかみ》がパランと揺《ゆ》れる。蒸し暑さで汗だくになっている自分が恥《は》ずかしくなるほど、天狼朱華は涼《すず》しげで、なにもかもが整っていた。それにわたしより約七センチも背が高い。

「靴《くつ》……」

「あ、ごめん。えっと、おはよう」

一歩、脇《わき》によけた。エア・生徒の天狼朱華の靴入れは、わたしと同じ列の一番下の段だった。同じ学年とは思えないほどの落ち着きで、クールすぎて、話すことは簡潔で無駄《むだ》がない。目立とうなんて意識もないのに、ひたすら凛《りん》として美しいのだ。まるで波打ち際《ぎわ》の砂に落ちていた天然の水晶《すいしょう》みたいに。

馴《な》れあうことが友情の証《あかし》なのだと信じている中学生とは別の生き物。近よりがたい。

「なんで来てるの？　部活、やってないよね」

天狼朱華は自分から壁《かべ》を作っている子だから、こちらは緊張《きんちょう》して身構えてしまって、ついきつい言い方をしてしまった。これでは邪魔《じゃま》にしているみたいだ。

「夏休みのあいだ、パソコン室を借りているの」

上履《うわば》きに履《は》き替《か》えた天狼朱華は、余裕《よゆう》をもってゆったりと答えた。話しかけてもどうせ無視されるだろうと思っていたから、言葉を返してきたのは意外だった。しかも、大人が子どもと会話するときのような自信を持った話し方で。そういえば、この子はこんな声で、こんな話し方をする子だった。

不登校から復帰した日に一度話しかけたきり、結局周りに流されて、個人的に言葉を交わした

⑤

ユウジョウエラー

ことがない。

「いつもパソコン室の隣《となり》の階段の踊《おど》り場でトランペットの練習をしているのって、日々希《ひびき》でしょう？」

赤面してしまった。

個人練習を聴《き》かれていたなんて、むちゃくちゃ恥ずかしい。それに、日々希と名前を呼びつけにされたことも意外だった。わたしにとって天狼朱華は、天狼さんでも朱華でもなく、天狼朱華になっていたから。

急に、きのうの夕方のうたた寝《ね》でみた夢を思い出した。あの黄色い砂漠《さばく》の旅人は……。

わたしの反応を待たずに、天狼朱華は廊《ろう》下《か》を行ってしまった。広い玄関《げんかん》の下駄《げた》箱《ばこ》の前に、わたしはまた一人きりになっていた。

きのうお祭りで見かけたこと、言えばよかった。

ううん、あんな子なんて、どうでもいい。

好奇心《こうきしん》から天狼朱華の靴の片足を取り、底を見た。サイズは23・5だった。わたしより背が高いのに靴のサイズがわたしより小さいのは、少し納得がいかない。

「おっはよー」

元にもどしたのとほとんど同時に、来海《くるみ》の声がして、ひやりとした。見られてなかったと思うけど、恥ずかしさでどっと汗《あせ》が出た。

「張り切りすぎて、早く来すぎたかと思った。日々希がいて良かったぁ」

来海はこの暑さなのに長くて広がりやすい髪《かみ》をまとめてこない。本人は平気でも、見ているほうは暑苦しい。ライオンのたてがみみたいに厚い髪《かみ》の層に覆《おお》われていても汗《あせ》をかかない鈍感《どんかん》な皮《ひ》膚《ふ》がうらやましい。

「おはよう。きのう遅《おそ》くなったけど、来海の家は大丈夫《だいじょうぶ》だった？」

「うちは平気だったけど。とんだハプニングだったよね。桂奈《かな》のスマホ直るかな」

ゆうべのお祭りで、家に帰る時間が迫《せま》っていた時、夕賀《ゆうが》タワーの出入り口の長方形の噴水池《ふんすいいけ》の縁《ふち》のベンチで、わたしたちは串《くし》もちを食べながらふざけあっていた。

その様子を動画に撮《と》ろうとしていた桂奈が、手を滑《すべ》らせて巾着《きんちゃく》ごとスマホを水の中に落としてしまったのだ。マイスコも水没《すいぼつ》して、動かなくなった。桂奈は大きな悲鳴を何度も上げて、泣き真似《まね》をして、みんなの注意を引き続けていようとした。

門限があるからと自分だけ先に帰るわけにいかなくなって、桂奈のスマホの修理にすぐ対応できるショップがないか探すのに付き合っていて、遅くなってしまった。それで我が家は親子ゲンカだ。お祭りの夜くらい、遅くても叱《しか》られないかと思っていたら、お母さんのルールではダメだった。ちゃんと謝ったのに許してもらえず、今朝も家に居づらくて、いつもよりも早く出てきてしまった。

上履《うわば》きを履いた来海と一緒《いっしょ》に音楽室に向かう。

「先輩《せんぱい》たち、来てるかな。先に職員室に行って鍵《かぎ》を借りたほうがいいのかな？」

「遠回りになるから面倒《めんどう》くさいんだよねー。部長かさんごが取ってきてくれるだろうから、とり

⑤
ユウジョウエラー

あえず音楽室の前で待とう」

　階段をのぼりながら来海はおしゃべりを続けた。

「でもさ、スマホ溺死《できし》なんて悲惨《ひさん》だよねー。わたしだったら立ち直れない。マイスコも絶対壊《こわ》れたよね」

「桂奈の家なら、すぐ新しいのを買ってくれるんじゃないかな。前からスマホ新しくしたいって言っていたし」

「あっ、そうか。ええええっ。じゃあ、わざと噴水に落としたのかな？」

　来海が意地悪そうににやにやしたので、どういう顔をしたらいいのか、困ってしまった。うっかり「そうかもね」なんて答えたら、来海は「桂奈がわざと壊《こわ》した」とわたしが疑っていたって桂奈に言うかもしれない。

　沈黙《ちんもく》はまずい。来海がわたしに不信感を持つかもしれない。

　タオルハンカチで鼻の頭の汗《あせ》を拭《ふ》いて、わたしは持っていたお弁当バッグを頭の上に載《の》せた。保冷剤《ほれいざい》が入っているから、少し冷たい。

「早くお弁当食べたいなあ」

「朝ご飯抜《ぬ》きだったの？」

「食べてきたけど……」

「なにそれ。まったく日々希ってやつは、もー」

　来海はぎゃはははと笑いだした。笑いすぎだ。でも、どうでもいいような話で笑われているほうが気楽だった。

「日々希って、桂奈のこと好き？」

「好きだよ。ズッ友だから」

即答《そくとう》する。

「それは小学生の時の話でしょ。昔の約束じゃん？　日々希はホント変わってないなあ。桂奈は変わったよね。少し変わった。派手好きなところは同じだけど、なんかさあ、このごろちょっと……」

こういう話、聞きたくない。なんでわたしに話すんだろう。もめごとに巻き込《こ》まないでほしい。話を替《か》えたい。

汗《あせ》がダラダラ出てきてしまった。

「桂奈がすごいわがままっていうんじゃないんだよね。でも結局は桂奈の思い通りになるわけ。きのうのことだってそうでしょう？　……だからさ、もっとうちらのことも考えてほしいと思わない？」

話しているうちに四階に着いた。音楽室を開けると熱風が押《お》し寄せてくるのを感じた。開いていた窓から廊下《ろうか》に風が吹き抜《ぬ》けたのだ。

「あ、部長おはようございます！　いつもこんな早くから来ていたんですか」

丸顔で色白のハムスターみたいな雰囲気《ふんいき》の三年の桔梗《ききょう》部長がいた。

「おはよう。いつもこの時間には来てるよ。どうしたの、すごい汗」

⑤

ユウジョウエラー

言われてしまった。タオルハンカチで顔の汗を拭《ふ》く。恥《は》ずかしい。

「汗っかきなんですみません」

特別教室側の校舎の一階と二階の中間の踊《おど》り場。ひとけのないそこが、わたしのお気に入りの練習場所。

友だちのマイスコを気にせずに個人練習に集中できるのは嬉《うれ》しかった。

トランペットは、中学で吹奏楽《すいそうがく》部に入ってから始めた。

正直に言うと、もともとやりたかった楽器ではなくて、はじめは女の子っぽく見えるフルートがいいと思っていた。だけど、桂奈につられて吹奏楽部の見学に行った時、当時の三年の先輩《せんぱい》から「あなたの唇《くちびる》は金管楽器に合っているね」と言われたのだ。ほかにも見学の一年生がたくさんいた中、わたしに注目してくれたのは、ちょっと嬉《うれ》しくて、それがきっかけとなってトランペットに興味を持った。あとになって、後輩《こうはい》が欲しかったトランペットの先輩が、あてずっぽうで言ったことだとわかったけれど、いまはこの楽器にしてよかったと思っている。

まずはトランペットのマウスピースの部分だけで唇のウォーミングアップをする。ブー、ブーと、あひるのおもちゃみたいな軽い音がする。

それから、トランペット本体につけてロングトーン。

楽器の中から遠くへまっすぐ音が伸《の》びていく感じに音が出せたら、調子がいい。音を揺《ゆ》らさずに小さめにやわらかくポオーッ。それから、パアーンと響《ひび》かせ、華《はな》やかなビブラートをつけてみる。気持ちいい。音が校舎に反響《はんきょう》して、大きな音楽ホールにいるみたい。

わたしの息でトランペットはどんどん温まっていく。きょうは気温も高く、すぐ掌《てのひら》にうっすら汗《あせ》をかいてきた。汗っかきのわたしは、ひどいときは汗で指が滑《すべ》ることがある。

ウォーターキーを開けて息を吹《ふ》き込《こ》み、つば抜《ぬ》きをする。タオルにぽたぽた水滴《すいてき》が落ちた。

トランペットには音を変えるピストンが三つだけ。一般的な奏法で吹ける二十九音を出すのに、たった七種類の運指しかない。あとは唇《くちびる》や息で音を変化させる。それを覚えたころから、楽器につばがたまるのを汚《きたな》いと感じなくなった。一緒《いっしょ》に楽しく歌った汗みたいなものだ。逆に、たくさんたまっていると、よく頑張《がんば》ったねって楽器を励《はげ》ましたくなる。

深呼吸をして、トランペットで、自分で作ったオリジナル曲を吹いてみる。

ラッ　パッパ　パーン　ラパパー　ラッパパーン……

未完成なんだけど、『永遠の輪舞《ロンド》』と名づけた曲だ。続きを吹こうとして、自分の音と頭の中の音のイメージがずれ始めて、間違《まちが》えた。音をさぐりながら無理やり続けようとしたら、メロディーがごちゃごちゃになってしまった。

頭の中だけでなら、最高の出来栄えなのに。

それにしても、蒸し暑い。喉《のど》が渇《かわ》いた。水筒《すいとう》の水がほとんど残っていない。

氷を食べてしまいたい誘惑《ゆうわく》に耐《た》えながら、階段を下りて一番近い一階の水飲み場に行く。

水道の蛇口《じゃぐち》をひねる。ぬるま湯のような水が冷たくなるまで長めに待って、水筒に補充《ほじゅう》する。

氷が解けて、ぱちんと割れた。蓋《ふた》をして水筒を揺《ゆ》らす。おいしくなあれ。冷たくなあれ。

⑤

ユウジョウエラー

踊《おど》り場の楽器のところにもどろうとして、ふと思い出した。そういえば、きょうは天狼朱華がパソコン室にいるのだ。

あの子に練習を聴《き》かれていたと思ったとたん、ぼっと顔が熱くなった。

個人練習の時には、自由に吹けることをいいことに『永遠の輪舞』をよく吹いていた。さっきのも聴かれていたんだろうか。

パソコン室には廊下《ろうか》側に窓がない。部活動でもないのに、どんな人たちが来ているのだろう。なにをしているのだろう？　ＩＣＴ絆《きずな》プロジェクトのために大改装をした割に、生徒がＥタブを持つようになってから、授業ではパソコン室を使わなくなっていた。

中の様子を知りたくて、そうっと引き戸を開けてみた。

あれっと思う。鍵《かぎ》が開いているのに、明かりはついてないし、人の姿がない。でも、音がする。

一台だけパソコンが起動している。

天狼朱華はいないの？　それに、ほかの人は？

わたしは、部屋に一歩踏《ふ》み込《こ》んだ。だって、パソコン室の中はキンキンに冷房《れいぼう》が効いていたのだ。同じ学校の生徒なんだから、少し涼《すず》んだって、ばちは当たらない。

水筒の中身をじゃらじゃら振《ふ》りながら、起動しているパソコンの前に近づいていった。生徒用ではなく、先生用のモニターのスクリーンセーバーが動いている。

一人でなにをして過ごしていたんだろう。

マウスに触《ふ》れたとき、空気の動く気配がした。わたしが入ってきた引き戸とは別の入り口のドアが開いた。天狼朱華が、マグカップを持っていた。コーヒーの香りがする。先生しか入ってはいけない準備室を使っていたのだ。

窓際《まどぎわ》に積み重ねて放置されていたクリアファイルが、真夏の強烈《きょうれつ》な日差しをプリズムのように反射して、準備室の扉《とびら》に虹《にじ》色の飛沫《ひまつ》を浮《う》き上がらせていた。まるでそこに立つ天狼朱華を飾《かざ》りつけるように。

きれいだ。世界のすべてが天狼朱華の味方をしているように感じる。

「珍《めずら》しい人が来ている」

かすかな表情の変化だったけれど、天狼朱華はわたしの出現を面白がっているように見えた。

なにか言わなきゃ。

「あ、あのさ……電気つけないの?」

「蛍光灯《けいこうとう》の光がモニターに移り込《こ》むのが嫌《きら》いなの」

「そう……」

会話の糸口を探す。

スクリーンセーバーが解除されたモニターには、人が写ったたくさんの画像のサムネールが映し出されていた。ゆるキャラのゆっきーの画像も見えた。ゆるキャラ好き? ううん、ゆうべのお祭りの時の写真かな? ボッチで来るような人が、だれかの撮《と》ったお祭りの画像なんて見て面白いのかな。変なの。でも、似た画像をどこかで見たことがあるような気がする……。

天狼朱華はマグカップを置くと、モニターをオフにした。

⑤

ユウジョウエラー

「用件はそれだけ?」

夏休みになってから、毎日ここに通っていたの?

この薄暗《うすぐら》いパソコン室に、たった一人で?

寂《さび》しくないの? 話しかける相手がいなくて、みじめな気持ちにならないの? どうしていつも堂々としていられるの?

「き、きのう、お祭りに来ていたよね? わたし、見た。一人で来たの? 夏休みの夜なのに、どうして制服姿だったの? わたしたちの近くにいたのは偶然《ぐうぜん》? あんなにぎやかなお祭りにまで、一人でどうして平気なの? 恥《は》ずかしくなったりしないの?」

一方的に攻めるような口調になってしまった。

かすかな変化だったけれど、天狼朱華は気を悪くしたようだった。わたしの口調を真似て言い返してきた。

「どうなら気に入るの? わたしの気持ちを知ってどうするの? 仲良しのお友だちにでも言いふらすの? それで日々希はいい気分になれるの?」

わたしは立ち入ったことを訊《き》いたのかもしれない。どこでなにをしてなにを感じていようと、天狼朱華の自由だ。

じゃあなんで、お祭りになんか来ていたの? 本当はわたしたちと友だちになりたいんじゃないの?

言ってやろうか迷っていると、天狼朱華はわたしの心の奥《おく》を探るようにじいっと見つめて、そして淡々《たんたん》と言った。

「わたしのことが嫌《いや》なら、放っておいてくれればいいのに」

「別に、嫌《きら》いというわけでは……」

はっきりものを言う子だ。嫌いなのか、自分でもわからない。嫌いとは少し違《ちが》うような気がする。

気になるのだ。夕焼けの中の一番星がいつもこっちを見ているような気がするみたいに、教室に一人ぽつんと佇《たたず》んでいた天狼朱華の姿がどういうわけか気になってしまうのだ。

わたしは、教室で点のようにじっとしていた天狼朱華の姿を思い出すたび、心がざわざわしだして、不安になってしまう。蓋《ふた》を盗《ぬす》まれたマンホールの深い穴を覗《のぞ》いているみたいに。そこに落っこちるのが怖《こわ》いのだ。なのに、その深い底になにがあるのか、確かめたくて仕方がない。この子はなにかを隠《かく》していると思う。隠していないわけがない。

「ずっと天狼さんと話がしたいと思っていたよ」

「なら、話したいことを話せばよかったじゃない」

「教室の空気があるでしょう。初日に桂奈やほかの人が話しかけても全然しゃべらなかったから、みんな近寄りがたくなって……」

天狼朱華にはわからないのだろうか。シンプルな制服や飾《かざ》り気のない服ほど異様に似合って、地味にすればするほど中身が際立《きわだ》つタイプの女の子だってこと。目立たないようにしていても、周りになんらかの印象を残してしまうってこと。

だから桂奈などは、天狼朱華のことが大嫌いなはずだ。自分よりも目立っている子は基本的に許せないから。

おとなしめの子たちは、我《が》の強い桂奈や派手な雰囲気《ふんいき》で主張できる子たちの言動にすぐ影響《えいきょう》をうけてしまう。わたしもそのうちの一人。だって、集団の中では流れにあらがわずに平穏《へいおん》に過ごせるほうについたほうが、結果的には得になると、小学生のうちにさんざん学んでいる。

「でも、きょうやっと話ができてよかった。教室じゃなければふつうにしゃべるんだ？」

「別に、しゃべりたいことがない」

天狼朱華がもう少し社交的であれば、違《ちが》ったと思う。せっかくの美少女のアドバンテージは、《保護》と無反応ですべてマイナスに作用している。生まれ持った魅力《みりょく》を生かせないなんて、なんてもったいないことだろう。

「みんな内心では天狼さんとしゃべりたいと思っていたはずだよ？」

「なんで？」

「なんでって……」

美少女の瞳《ひとみ》に不思議そうに見つめられ、どぎまぎした。こんな目力があれば、言葉なんていらないのかも。

「あのね、マインドプロテクターを使うの、やめたほうがいいよ」

わたしはお節介《せっかい》な助言をしていた。

「マイスコの測定から保護されているから、なにを考えているかわからない気味の悪い子だと思われて、いつまでも友だちができないんだよ」

「わたしが友だちを作りたそうにしていると思うの？」

予想外の返しだった。わたしの戸惑《とまど》いを面白がっているみたい。

「一人でいるのはよくないと思う。せっかく学校に来ているのだし」

「日々希の言ってる意味がわからない。みんなといることが重要なことだと思ってないから」

「そんなの嘘《うそ》。みんなの中に一人でいるのが平気な人なんて、いるわけがないよ。本当は……寂《さび》しいに決まっている」

「寂しい？」

確認するように訊《き》かれた。

「みんなといても一人でいても、根源的な寂しさは変わりっこないでしょう？　人は独りで生きるんだもの。みんなといたって、だれも心の底までは気を許していない。群れていたってみんなと同じにはなれないし、わたしは同じようには感じない。わたしはしたいようにしかできないの。だから、いまのままで十分」

「そんなことって……」

突《つ》き放された感じがした。せっかく親切に言ってあげたのに。

「仲良くしていたい人同士で生ぬるく仲良くしていればいいことでしょう。放っといてくれればいいの」

開いた口が塞《ふさ》がらない。

5

ユウジョウエラー

心配をした自分がバカみたいだ。

マインドプロテクターをつけているような生徒は、わたしたちとは違《ちが》うのだ。端《はな》から人を拒絶《きょぜつ》している。明晰《めいせき》で、冷静で、いつも余裕《よゆう》がある。高いところからわたしたちを見下ろしている。

「どうしてわたしに関心を持つの？」

「関心なんて……」

天狼朱華はクラスのだれのことにも興味を持っていない。見た目は何時間でも見ていたいほどきれいなのに、きっと中身は全然違《ちが》う。

そのままわたしがパソコン室を出ていこうとすると、天狼朱華が言った。

「森桂奈は、きょう吹奏楽《すいそうがく》部を休んでいるの？」

唐突《とうとつ》な質問だと思った。接点なんてないはずなのに。やっぱり、わたしたちのことに少しは興味があるのかも？

「来てるよ。コンクール前なのに部員が休むわけがないでしょう。桂奈に用事があったの？　放っといてほしいんじゃなかったの」

天狼朱華は一瞬《いっしゅん》口ごもったあと、こう言った。

「あの子、マインドスコープのヘビーユーザーなのね……」

確かに、使いすぎるほど使っているけれど、《保護》されている天狼朱華には関係ないことだ。きのうの夜、夕賀タワーの噴水池《ふんすいいけ》に落として壊《こわ》してくれて、きっと部のみんなも、桂奈の覗《のぞ》きがやんで良かったと思っている。

わたしは普段《ふだん》より荒《あら》っぽい音を立てて引き戸を閉めた。

「きょうのピッコロ、いいですね」

ピッコロ奏者は桂奈一人だけ。すごい。顧問《こもん》の灰梅《はいうめ》先生から名指しで褒《ほ》められた。

桂奈は音楽的な勘《かん》が鋭《するど》いようで、練習嫌《ぎら》いの割に演奏がうまかった。ふつうならフルートの三年生が担当するピッコロを、二年の桂奈が任されている。

「全体的には、拍《はく》の頭と休符《きゅうふ》を意識して、むう、明日のパート練習はアーティキュレーションを課題にしますかね」

楽器それぞれのパートリーダーが同じタイミングでハイと答えた。一年生の時は驚《おどろ》いたけど、いまはもう驚かない。呼吸がそろっていれば合図は要らない。

練習、練習、練習。吹奏楽部は運動部よりハードだ。

「では次。『センチュリア』、行きましょう」

楽譜《がくふ》をめくって、自由曲の、吹奏楽のための序曲『センチュリア』を開く。

その時、いつもと違《ちが》う空気の揺《ゆ》れを感じた。

楽譜から目を上げると、学校事務の男の人が音楽室に入ってきていた。

灰梅先生は事務の人から手渡されたメモを見ると、カピバラからベートーベンみたいな顔になった。二人は余計な言葉は交わさずに音楽室の外に出ていった。

「だれか、マイスコ」

桂奈が囁《ささや》いたけど、もう遅《おそ》い。

フレーズの練習をしながら待っていると、しばらくして事務の人だけが音楽室に入ってきた。

部長はだれかと訊《き》く。ハムスター顔の桔梗部長が不安そうに手を挙げる。

「灰梅先生は急用でお帰りになりましたので、このあと自主練をするか解散にするかは部長に任せたいとおっしゃっていました。なにかあったらきょうはバレー部の先生に対応してもらうよう頼《たの》んでおく、とのことで、時間になったら戸締《とじま》りをして下校するように、と灰梅先生はおっしゃっていました」

灰梅先生が帰った？　こんなこと、はじめてだ。

事務の人がドアを閉める前に音楽室の中はざわつき始めた。

「日々希、マイスコで測定しなかったの？」

「えっと……」

言い訳の代わりにポケットを探る。持ってはいるけど、使ってない。

「来海は？　だめじゃん、もう！」

だめと言われて来海はムッとした。

「マイスコなんて部活中に出しておいたら邪魔《じゃま》でしょ」

「測定しないからカピになにがあったかわかんないよ」

「事務の人は急用だって言ったよ」

「その急用の内容が知りたいんじゃないの」

「急用は急用でいいでしょ」

「隠《かく》すことないし。うちらを置き去りにしてさ」

「置き去りなんて……」

桂奈の言い方が気になって、口を挟《はさ》みかけたとき、部長がみんなに声をかけた。

「あのー、急なことで、どうしたらいいのか……。これから副部長とパート・リーダーで相談したいと思います」

「カピなしで合奏しても無駄《むだ》じゃん。自主練なら帰りたーい！」

桂奈は先輩《せんぱい》に聞こえるように言った。

「桂奈ったら」

「あたし、新しいスマホ買いに行きたかったんだよね。ねえ先輩、ピッコロは抜《ぬ》けても問題ないですよね。灰梅先生、きょうのピッコロを褒《ほ》めてくれたし」

桂奈はフルートの先輩に、少し自慢《じまん》げに言う。

「差が開きすぎないように、まだ吹《ふ》けてない人だけで練習したらいいですよ、先輩」

桂奈には練習嫌《ぎら》いをカバーできる器用さと反射神経と肺活量があり、センスもよかった。桂奈がピッコロを吹くと、だれの耳にも明らかなほど、全体が華《はな》やかになる。ほかのフルートの先輩たちでは、そこまでの違《ちが》いは出ない。

フルートの先輩たちは冷めた口調で「帰りたいなら止めないけど」と言った。

「やった。予定より早くスマホを買いに行ける。日々希も帰る？」

⑤

ユウジョウエラー

「あー、わたしは練習しないと……」

三年生たちがこっちを見てる。わたしを巻き込《こ》まないで。

「そ。じゃ、バイバイ。部長、さんご、用事があるんできょうは帰ります。お先に失礼しまーす」

あっけにとられてしまった。

「なに、あれ。なに様?」

来海も呆《あき》れた顔をしていた。

気を取り直してその場で音出しをしていると、先輩のだれかのマイスコが可純《かすみ》から回ってきた。

可純に言われるままに覗《のぞ》くと、音楽室を出ていく桂奈の後ろ姿の測定の履歴《りれき》が表示されていた。

《最新機種ヲ買ッテすくれぽデ自慢ショウ》《青褐《あおかち》先輩ニこめんとモラエルカモ》

「青褐先輩って、三年の絆《きずな》委員長の?」

「たぶん。前にさんごが試験勉強のスクレポの投稿《とうこう》に先輩からシムボタンをつけてもらったのを見て、すごくうらやましがっていたから」

「そうなの? 見逃《みのが》していた。さんごはすごいね」

Eタブは連絡事項《れんらくじこう》のチェック中心であまり使ってないし、自分は宿題の時以外スクレポを書いていないし、いつもろくに内容を読まないで友だちの投稿に反射的にシムボタンを押《お》していた。ちゃんと読むのは鳩羽《はとばね》くんの投稿ぐらいだ。

「桂奈って、青褐先輩が好きなのかな」

可純に言われて、そういえばそうなのかもと思い始める。でも、青褐先輩《せんぱい》が好きでない人のほうが少数派だとも思う。

先輩のマイスコを来海に渡《わた》しながら可純はぼそっとつぶやいた。

「釣《つ》り合わないよね……」

青褐先輩は、芥川龍之介《あくたがわりゅうのすけ》を今風のイケメンにした雰囲気《ふんいき》の、和服姿が似合いそうな秀才男子だ。

毎月、共感記章を授与《じゅよ》されている。

共感記章とは、人の気持ちに配慮《はいりょ》した行動ができる人を評価するためのバッジで、ＩＣＴ絆《きずな》プロジェクトからランキング総合トップの生徒に授与される。わたしたちは一度ももらったことがない。

——マインドスコープは、平和を実現する道具です。

三年の絆委員長の青褐先輩は、学期末の絆集会でそんなスピーチをしていた。

「マインドスコープは、もともと翻訳機《ほんやくき》として開発されたものだそうです。開発チームが実験するうちに、使い道は外国語の通訳だけではないことに気がつきました。なぜなら、共通の言語を話す人のあいだでも、考えていることをすべて正確な言葉に変えて表現できているわけではない、というのです。

複雑な思いを言葉として表現するのは困難なことです。そんなとき直接、互《たが》いの頭の中が覗《のぞ》けたら話が早いです。些細《ささい》な齟齬《そご》から起きるような無駄《むだ》なトラブルは減るでしょう。そうして、柔《やわ》らかなコミュニケーションをとり、人間関係を円滑《えんかつ》に効率的にするために、マインドスコープは役に立ちます。

他者の考えを知り、相手に配慮することは、道徳的にも大きな成果を上げることになるでしょう。現代の若者の言語力の低下というものが懸念《けねん》されていますが、思考を言葉に置き換《か》えてくれる機器はぼくらをサポートしてくれるでしょう。マインドスコープを使えば、深刻なトラブルやいじめが起きる前に、問題解決に向けた行動ができるかもしれません。

マインドスコープは、平和を実現する道具です。

親がどれだけ子どもに愛情を向けているか。先生たちがどれほど熱意をもって授業に取り組んでいるのか。反抗的《はんこうてき》、内向的になりがちな思春期のぼくらに、大人の深い考えを読み取らせることができるものです。そして大人たちも、言葉にしようとしないぼくらの考えを察知することができます。もちろんぼくら生徒同士でも、友情を確かめあい深めあい、人には人の考えがあると気づき、違《ちが》いをわかりあうことができる道具となるでしょう」

⑥ ジコチュウピッコロ

翌朝、音楽室に入っていくと、すでに部員が数人いるのに妙《みょう》に静かだった。桔梗《ききょう》部長とさんごが暗い顔をしていた。

「おはようございます。なにかあったんですか」

「灰梅《はいうめ》先生、きょう学校に来られないって。家族の具合がよくないみたい」

それできのうは午前中のうちに帰ってしまったのか。

「月曜にはよくなるといいですね」

わたしが言うと、桔梗部長の眉毛《まゆげ》が困った形に変わる。

「どうだろう。先生のお子さんは生まれつき体が弱いって去年の三年の先輩《せんぱい》から聞いたことがあるの。定期演奏会の前に顧問《こもん》に一週間も休まれてむちゃくちゃ焦《あせ》ったことがあるって」

「長引くのかな。コンクールが近いのに」

指揮台に灰梅先生がいない夕賀《ゆうが》中の吹奏楽《すいそうがく》部なんて、考えられない。

それで音楽室が朝から微妙《びみょう》に沈《しず》んだ空気になっているのか。

「えっと、桂奈《かな》は？」

⑥

ジコチュウピッコロ

姿がないので来海《くるみ》に訊《き》いた。

「まだ来てないよ」

桔梗部長が声を張り上げて、注意を促《うなが》した。

「聞いてくださーい！　きのうだらけてしまった分、きょうはしっかりやりましょう。灰梅先生、今年は本気だから、もどってくるって信じるしかないです」

部長の話を聞いて、一同、「はあい」と緊張感《きんちょうかん》のない返事をしながら散らばっていく。

なにもしていないと不安が増してくる。いまは練習することが、一番の精神安定剤《あんていざい》になる。


「集中していこう」

いつも使っている一年生の教室に金管セクションが集結すると、リーダーの先輩が声を上げた。

みんな、体育会系のノリで「はいっ！」と声を合わせる。吹奏楽部の活動の本質は、文化部というより団体競技をする運動部なのだ。それぞれがベストを尽《つ》くしたうえで、全体をバランスよく支えて総合的な結果を出す。

「課題曲は出だしを合わせて集中ね」

偶然《ぐうぜん》、アルトサックスの来海と目が合って、微笑《ほほえ》まれた。なにかなと思ったら、大遅刻《ちこく》をしてきた桂奈が教室の入り口にいた。木管セクションの教室に行く途中《とちゅう》で立ち寄って、わたしたちの金管の練習を見物していこうというのだ。

悠々《ゆうゆう》と教室に入ってきた桂奈は、わたしのすぐ後ろの席に座った。至近距離《きょり》のその場所からならマイスコを向けられても測定できない。ううん、桂奈のマイスコは壊《こわ》れてしまったのだった。

仲の良い友だちだというのに、わたしは警戒《けいかい》しすぎている。自分の臆病《おくびょう》さに、少し笑ってしまった。

セクションリーダーの先輩《せんぱい》がカウントを取り出したので、楽譜《がくふ》に気持ちを集中し、トランペットを構えた。

今年の課題曲はゆったりしたファンファーレから始まる。わたしはたちまち音楽の中に溶《と》け込《こ》んでいく。

白い山肌《やまはだ》に朝日が当たる。その山はカチカチに凍《こお》ったアイスクリームでできている。巨大《きょだい》なアイスクリームのエベレストを耳の長いウサギが赤いそりで滑《すべ》り降《お》りる……。

「はい。音の粒《つぶ》がそろっていい感じだと思うけど、なんだかもやっとするね」

曲の途中《とちゅう》で、セクションリーダーの先輩が止める。すると桂奈がひややかに言った。

「ピッチ、合ってなくない？」

「あっ、きょうはまだ音合わせしてなかった。忘れてた」

「耳があるんだから、言われる前に気づいてくださいよー」

先輩はムッとした。桂奈は先輩を無視して、わたしに手を突《つ》き出す。

「じゃーん、新しいスマホちゃんでーす」

「へえ、すごーい」

口に出た言葉とは裏腹に、あまり興味はなかった。

⑥

ジコチュウピッコロ

遅刻《ちこく》をしてきたんだから、ここで油を売っていないで早く木管セクションの練習に行けばいいのにと思う。だけど、桂奈はわたしのもっと激しいリアクションを期待しているようだった。面《めん》倒《どう》くさい。

「かっこいい。画面がきれい。カバーのデザインもおしゃれで、桂奈にぴったり！」

そうはしゃぎながら、わたしはさっき吹《ふ》いた曲の色彩《しきさい》が全体を通して濁《にご》っていたことを考えていた。たぶん、桂奈が言うように、ピッチが合ってないせいだったんだ。

桂奈がにやつきながらスマホを操作した……と思ったら、すぐにわたしに画面を向けた。

「じゃじゃじゃーん！　マイスコ機能もついてまーす！」

桂奈のスマホには、わたしの顔のドアップと一緒《いっしょ》に《ぴっちガ合ッテナイセイダッタンダ》と文字が表示されていた。

「えっ、なんで？　こんな近くでも測定できるの？」

まさか目の前にいる人に頭の中を測定されているとは思っていなかったので、ゾッとした。平気なふりをしたけれど、顔がこわばっていたかもしれない。

「この機種、学校の支給品よりも性能がいいニューモデルのマイスコが搭載《とうさい》されているの。水没《すいぼつ》して壊《こわ》れちゃったやつ、直るまで使えないと不便だから、マイスコ機能のアプリが使えるスマホをお父さんに買ってもらったんだ」

そういえば、朝の情報番組で見た覚えがある。東京の一部地域で限定販売《はんばい》するって話題。

「でもさ、日々希《ひびき》ちょっと変だよ？」

どきっとする。

「なんで?」

「演奏しているとき測ってみたんだけど、なにを考えていたの」

「曲のことだけど」

やはり、測定されていたのだ。無防備なところを覗《のぞ》かれたと思うと、恥《は》ずかしさと悔《くや》しさでいっぱいになる。

「行進曲『昇陽《しょうよう》よ、明日も』って曲なのにアイスクリームのイメージはおかしいでしょう。いつもあんなことを考えながら演奏しているの?」

「えっと……でも」

演奏していると、勝手に頭の中でイメージが広がってしまうのだ。おかしいと言われても、わざとそう思っていたわけじゃない。

適当に話を合わせておけば済むのに、わたし、なぜだか緊張《きんちょう》してる。わたしの領域を「変」だなんて言われたくない。だけど突《つ》っぱねる自信もないのだ。

たとえば、輝《かがや》かしい音で強くとか、背後から不気味な魔物《まもの》が忍《しの》び寄ってくるぞくぞく感を出すために抑《おさ》え目の音量でとか、音をどう表現するかを統一するのは、指揮者と一緒《いっしょ》にみんなでやるべきことだと思う。

演奏中に自然に頭に浮《う》かんでくるイメージまで統一しなくてはならないのだろうか。

「なになに、どうかしたの?」

⑥

ジコチュウピッコロ

アルトサックスの来海がこちらにやってきた。

「日々希が変なの。昇陽と言ったら日の出ってことでしょう。来海だってそう思って演奏しているよね？　ねっ？」

「えっ……わたしは音符《おんぷ》のことを考えて演奏しているけど。次の音はなにで何拍伸《ぱくの》ばしたらいいかなって。ほかのことを考えていたら間違《まちが》えちゃう」

来海の意見にも、わたしは正直驚《おどろ》いた。だけど、事を荒立《あらだ》てないように、まとめてしまおうと思う。

「人それぞれってことだね」

「日々希ったら、なに言ってるの。人それぞれでいいわけないでしょ。ねえ先輩《せんぱい》！　先輩はどう思っているんですか。もう一回金管セクションのみんなで演奏してよ。あたしがニューモデルのマイスコ機能で見て確認するから」

セクションリーダーのトロンボーンの三年の先輩は、勝手におしゃべりを始めたわたしたち、特に桂奈をよく思っていなかったようだ。

「新しいスマホを自慢《じまん》したい気持ちはわかるけど、自分の練習に行ったほうがいいと思う。木管の子たち、ピッコロがいなくて困っているよ。余裕《よゆう》があるなら後輩《こうはい》の練習を見てあげなよ」

図星だ。桂奈は、一瞬《いっしゅん》、悔しそうな顔をした。

「いいよ、あとで顧問《こもん》に訊《き》いてみるから」

「でもカピは……」

「きょうも来ないの？　わたしたちのコンクールは？　大切な時期に来ないって職場放棄《ほうき》じゃないの？」

「そんな言い方、やめてくれる？　それにスマホを学校に持ち込《こ》むときは電源を切るルールだよね」

金管の先輩《せんぱい》に強く言われて、桂奈は先輩たちに反発するようにじろりと見回して部屋を出ていった。

気まずい沈黙《ちんもく》を埋《う》めるように、先輩たちが小声で言う、

「なんだあれ」

「気にしない。気にする時間がもったいないよ」

「じゃ、じゃあ、最初のファンファーレのところからいくよ。来海、準備して」

リーダーの先輩に声をかけられ、来海は自分の楽器の位置にもどる。

「その前に先輩、チューニング。ピッチを合わせましょう」

「あっ、また忘れてた！」

金管セクションのみんなで笑う。以前のような明るい笑い声ではないけれど。

「きょうは蒸し暑いですよね。湿度《しつど》で頭がぼーっとしちゃいますよ」

わたしがフォローを入れると、だよねーと先輩は照れ笑いをした。

音楽室にもどってパーカッションの一年生としゃべっている桂奈の姿を見かけたとたん、わた

しはまた緊張《きんちょう》した。桂奈はピッコロではなく新しいスマホを手に持っている。

これまでのようなマインドスコープ専用機ならレンズを向けられている瞬間《しゅんかん》がはっきりわかったけど、桂奈のスマホのマイスコ機能ではいつ測定されているかがわからない。スマホをこっちに向けているように見えても、メールを読んでいるのかゲームをしているのかカメラを使っているのか区別がつかない。

わたしは人には良い人だと思われたい。けど、自分がいつも良い性格の人間だとは思っていない。いじわるな言葉を考えているのを知られたら、腹黒いと誤解されてしまいそうで怖《こわ》かった。それに空想癖《くうそうへき》もある。

お母さんから「ふつうのお友だちは日々希みたいにしょっちゅう変なことを考えないのよ」って、小さい時からよく叱《しか》られてきたから、周りの人に知られたくない。

「お昼の休憩《きゅうけい》にしましょう」

部長の声に、わたしたちはお弁当を持ってグループを作る。音楽室には個別に机がないので、机のある教室に行く人もいるけれど、二年生以上になるとお行儀《ぎょうぎ》の悪さを競うように、わざとだらしなくする風潮になっていた。腿《もも》の上に置いたり、床に座って椅子《いす》をテーブル代わりにしたりする。

桂奈はいつまでもお弁当を食べ始めないで、新しいスマホをいじっていた。

「あとにして、食べなよ」

さんごが心配して言う。でもきっと、桂奈は二時間以上も遅刻《ちこく》をしてきているから、わたしたちのようにはおなかがすいていないんだと思う。

「課題曲の作曲者のコメントを探してるの。日々希も来海も、曲のことわかってないんだもん。木管の先輩《せんぱい》に聞いてもちゃんと答えてくれないし」

わたしは平静を装《よそお》いながら訊《き》いた。

「桂奈はどんなイメージで演奏しているの?」

「朝日に向かって出航する軍艦《ぐんかん》」

「軍艦?」

悪いけど、桂奈のほうが変だと思う。

「ピッコロは祝砲《しゅくほう》みたいな……。あっ出た、作者のコメントを見つけたよ」

「なんて書いてある?」

読み上げてくれるのを待っていたのに、桂奈は黙読《もくどく》した。目を通し終わると、桂奈は不服そうに言った。

「あの課題曲は、船も海も関係ないみたい。アイスクリームの山も関係ないけど。祝典行進曲っていうだけに、入学式みたいなお祝いの時の入退場の行進に使える曲として作ったんだって」

さんごと可純《かすみ》が「へえー」と同時に同じリアクションをする。

次の言葉を待ったけれど、桂奈は画面を閉じてしまった。きっと期待通りの内容でなかったから不満なんだろう。

「ほかには?」

⑥
ジコチュウピッコロ

来海が訊くと、桂奈はむっとしてスマホを置いた。

「カピに訊いたらいいんじゃない？　あたし、眠《ねむ》くって。明け方までスマホの設定とかアプリとかをいじっていたし。機種変したこと記事にしてスクレポに載《の》せたんだけど、だれか見てくれた？」

さんごが「シムボタン、押《お》したよ」と答えた。

「ごめん、まだ見てない」

「たまには日々希もコメントつけてよ」

わたしが返事を返す前に、可純《かすみ》が言った。

「青褐《あおかち》先輩にシムボタン押してもらえるといいね、さんごみたいに」

桂奈が応《こた》えるのに少し不自然な間ができた。

「……もちろん」

「なんでいきなり青褐先輩？」

来海には答えず、桂奈はお弁当箱の蓋《ふた》を開けて、イライラと文句を言い始めた。

「あーあ、またブロッコリーが入ってる。嫌《きら》いだって言っているのに、これ虐待《ぎゃくたい》かも」

「食べてあげよっか？」

「やだもう、なんで来海に食べてもらわなきゃなんないの。嫌いだってわからせるように、ブロッコリーだけ残すよ」

作ってもらっているのに、残すなんて。赤、黄、緑と鮮《あざ》やかな色合いの栄養バランスのよい桂奈のお弁当に比べたら、わたしのは、おかかご飯の面積がほとんどで、見た目も地味でたぶん栄養も偏《かたよ》っている。きょうのお弁当は自分で作ってきた。夏祭りの門限でケンカをしてから、お母さんと仲直りしていない。ゆうべのご飯も作ってくれなかった。

「暑くて食欲出なーい。アイス食べたい。海とか行きたい。なんで夏休みなのに毎日部活があるの？　早くコンクール終わんないかな。うちは毎年、お盆《ぼん》休みは家族でハワイなんだー。ハワイはいいよー？」

桂奈はうらやましいと言われるのを期待したんだろう。でもその場のみんなは黙《だま》ってひたすら口をもぐもぐ動かしていた。

桂奈がフォークを置いた。スマホを持ち上げたので、わたしは強く思った。

『桂奈のお弁当って、いつもかわいいなあ！』

測定したのだろうか。わからない。でもきっと、だれかを測定したのだと思う。その場にいた全員かもしれない。みんなは桂奈のスマホのスコープ機能ならば至近距離《きょり》でも測定できてしまうことをきっとまだ知らない。

桂奈は画面を何度かフリックしたあとで、突然怒《とつぜんおこ》り出した。

「わたしがうざいってどういうこと！」

スマホ画面をわたしたちに突《つ》きつけた。

測定画面に来海の顔が映っている。目にまぶたが半分かかっていて、きんぴらを食べようと口を半開きにしている間抜《まぬ》けな表情だった。そこに表示された文字は《桂奈、ウザイ》だった。

来海は、マイスコを使う必要がないくらい、気持ちが素直《すなお》に表情に出てしまう子だ。撮《と》られていたことに驚《おどろ》いているというより、本音を知られてしまったことに傷ついている。

「なにこれ。わ、わたし、こんなこと思ってないし！　全然思ってない！」

それから、桂奈は別の画面に変えた。

下唇《くちびる》を出してお箸《はし》をしゃぶっている部長のさんご。《自分勝手ナ桂奈》

目を開き、ハムスターみたいに頬《ほお》を膨《ふく》らましてイカフライを噛《か》んでいる可純。《桂奈ハワガママスギ》

ぱっちりカメラ目線のわたし。《桂奈ノオ弁当ッテ、イツモカワイイナア！》

来海は信じられないという顔で、抗議《こうぎ》するように強く言った。

「みんなを盗撮《とうさつ》で測定していたの？」

桂奈はお弁当をしまい始める。

「わたしのスマホに搭載《とうさい》されているのはニューモデルのマイスコだから、至近距離でも連続でも一瞬《いっしゅん》で測定できるの。ついている機能を使ってなにが悪いの？　わたし帰るわ。友だちからこんなふうに思われていたら、一緒《いっしょ》に練習なんてしてらんないもん」

思っていても口にしないのが思いやりというものだ。我慢《がまん》して、言わないでいたのだ。なのに桂奈は自分からその優しさの皮を剥《む》いてしまった。

「待って、ごめん。ごめんね」

さんごが引き止めようとする。謝ることはないと思うけど、彼女は二年の総括《そうかつ》リーダーとして、唯一《ゆいいつ》のピッコロ奏者を引き止めなくてはならない。

ガタン。

慌《あわ》てて動いて、さんごは膝《ひざ》の上のお弁当箱を落としてしまった。まだ半分も食べていないご飯とおかずが、音楽室の床《ゆか》に散らばった。

なぜだろう、食べ物がこぼれているのを見ると、とてもみじめな気分になる。床の上で汚《きたな》いものに変化してしまったとたん、周りの人の食欲も減退する。食べ物が粗末《そまつ》に扱《あつか》われてしまうのは、とても悲しい。

女の子サイズより一回り大きいそのお弁当は、総括《そうかつ》リーダーで次期部長として頑張《がんば》っているさんごの楽しみであり、応援《おうえん》してくれる親の思いでもあり、午後の活力の素《もと》だった。

「わ、わたしがやったんじゃないから！」

桂奈は自分のバッグをつかむと音楽室から出ていった。

「ちょっと桂奈！　謝りなよ」

「いいよ、来海」

さんごがしょんぼりと、床のご飯とおかずを手で拾ってお弁当箱にもどす。可純がすぐに手伝う。

「もともと練習する気なんて、ないくせに」

「やめて。桂奈が怒《おこ》るようなことを考えてしまったわたしたちが悪いんだよ」

来海はさんごの言葉に納得いかないという顔だ。

⑥

ジコチュウピッコロ

「それを言ったら桂奈だって、わたしたちが嫌《いや》な感じと思う態度ばかりしていたし」

「そうだけど、悪いことを考えたらだめなんだよ。どんなときでも相手の立場になって共感してあげることが大切って、絆《きずな》委員会の人も言っているじゃないの」

さんごは少しくらい怒ってもいいのに、と思う。そういえば、さんごは共感記章を欲しがっている子だった。制服にバッジをつけている人を、いつもうらやましそうに見ていた。

わたしは持っていたポケットティッシュで、床の汁《しる》気《け》を拭《ふ》くのを手伝った。

「桂奈には、しばらくしてからメールかメッセージしたらいいよ。いまは頭に血が上っているだろうから。さんごの分のお弁当はみんなのをわけよう」

「ありがとう。でもいいの。半分くらい食べたし、もうおなかいっぱいになっちゃった。ごめんね。わあ、手がベタベタ。洗ってくるね」

さんごは明るく言ったけれど、目の奥《おく》はおどおどしていた。隠《かく》れてこっそり泣いてくるつもりかもしれない。いま、マイスコを向けたら、どんな本音が出てくるのだろう。知ってみたいと思う。でも、きっと、さんごは知られたくないだろう。

しっかりもののさんごは、個人としてよりも、二年の総括リーダーとしての役目を果たすことを一番に考えている。共感記章に値するような善《よ》き人でありたいとも願っている。だから実は、よくない感情を整理するのに苦労しているのではないだろうか。

さんごのあとを、「わたしも行く」と可純が追いかける。そっとしといてあげればいいのに。

来海が口をとがらせて言った。

「なんで日々希は冷静なの？」

「えっ、怒《おこ》ってるよ？」

冷静と思われているのは意外だった。

「桂奈のお弁当がかわいいって思っていたんでしょう？」

「あれは……」

マイスコ対策用に思い浮《う》かべたことだけど、それは知らせないほうがいい。

「ごめん。でも、怒ってる。カピのこともあって、みんな我慢《がまん》して頑張《がんば》っているのに」

「でしょ。怒っているときはちゃんとわかるように怒ってよ。自分勝手で自慢《じまん》ばっかで、ムカつくでしょ。友だちだから我慢しているけど、実際うざいんだから、うざいと思われても仕方がないじゃない」

悪口を言ってすっきりしてしまえばあとに引きずらない性格なのが来海のいいところではあるけれど。

「だけど、ピッコロの桂奈がもどってきてくれないと、みんなが困るじゃない？」

「日々希ったら、もう！　そんなことわかってるってば。だから余計に腹が立つんじゃないの。桂奈はうまいから練習しないでも完璧《かんぺき》なんだろうけど、こっちは下手なのわかっているから汗《あせ》だくになって練習してんの。先輩《せんぱい》たちだって、灰梅先生がもどった時にいい報告をしたいから一生懸命《けんめい》やってるでしょう？　みんなだって不安なのに。わたし、そういうところまで桂奈に全部バカにされているような気がする！　違《ちが》う？」

⑥

ジコチュウピッコロ

なだめているつもりだったのに、叱《しか》られてしまった。

わたしだって桂奈のことは怒っている。だけどぶつかりあったら、余計にこじれてしまうと思う。

「もう。かっかするから、ちょっと頭冷やしてくる！」

来海はお弁当箱に蓋《ふた》をして、音楽室を出ていった。

みんなにストレスがたまってきている。夏の暑さと、夏休みだというのに毎日同じメンバーで長時間過ごしている圧迫感《あっぱくかん》。コンクールまであと八日だというのにまだ満足のできる演奏に近づけていないいらだち。そして、顧問《こもん》の家族の健康問題と復帰のこと。これではだれだってイラついてしまう。でも、不満を爆発《ばくはつ》させて、亀裂《きれつ》を作ってしまったらだめなのだ。

グループで一人きりで食べたくないし、空腹感もなくなってしまった。わたしもお弁当箱を片付けた。

さんごと可純は、まだもどってこない。

どうしたらいいの。

音楽室のほかのグループの話し声が、やけに楽しそうに聴《き》こえる。

わたしの周りに言葉がたくさん押《お》しよせてくる。

ああ、やかましい。面倒《めんどう》くさい。

学校にいる全員が、太鼓《たいこ》だったらいいのに。

わたしは大小のバチを持って、ボンッボンッボンッボンッ叩《たた》いて回る。

音の響《ひび》きを確かめて、この子は大きい、この子は軽やか。重くてびりびり、見《み》かけ倒《だお》しで響かない。叩《たた》くたびに表情が豊かに変わる。重量感。晴れやかさ。陰《いん》の音、陽の音。空に向かう音、大地にズーンと響く音……。

大太鼓《おおだいこ》に片面太鼓。ティンパニーに両面太鼓。スネアドラムに鼓《つづみ》の形。ボンゴにコンガ、レク、ジェンベ、ダラブッカ、トーキングドラム。鼓面《こめん》も色々、革にスチールにグラスファイバー。四百個を超《こ》す大小の太鼓が各教室から響きだすのだ。音は気持ちを偽《いつわ》らない。

ボン　タタタ　パパパラパラパ　タッタタア　グオーン　ドロロロロ　クウーン　トトロトロ

パッ　カカポンカカッ　ドォーンドン……。

⑦ キイロイザクロ

週明けの月曜も、灰梅《はいうめ》先生は部活の指導に来られなかった。

代理として副顧問《こもん》の先生が顔を出しに来てくれたけど、それがなんと、音楽経験がカラオケしかない、わたしたち二年B組担任の淡藤《あわふじ》先生だった。副顧問がいたことすらだれも知らなかったくらい部にまったく関わりがなかったし、吹奏楽《すいそうがく》どころか部活動そのものに興味がない先生だ。

顧問の代理でコンクールの指揮者なんて絶対に無理な話。

地区の金賞を狙《ねら》うどころか、出場そのものが危ない。そんな空気が部内に漂《ただよ》い始めている。

「もしカピがコンクールに来れなかったら、だれが指揮をするの？」

さんごに訊《き》くと、言いにくそうに教えてくれた。

「代理の副顧問の先生か、既定《きてい》では部長でもいいことになってるはずだけど」

淡藤先生の指揮なんて、絶対にありえない。

桔梗《ききょう》部長の指揮は先輩《せんぱい》たちの中ではダントツにうまいけれど、ベテランの灰梅先生の代役となるには芯《しん》が細すぎて心もとない。

「つまり、今年も金賞は無理ってこと」

不安なのは桂奈《かな》だけじゃないのに。この連日の努力が無駄《むだ》になることなんて、だれ一人望んでいないのに。

土日に部員全員でメールだのEタブのメッセージ機能だのを使って、いかに桂奈のピッコロが必要かという説得をしたから、きょうはご機嫌《きげん》で練習に参加している。

「コンクール、出られるのかな。顧問《こもん》がこのまま来なかったらどうなるの？」

桂奈が言ってほしくないことを言う。

「辞退でしょ」

来海《くるみ》がわたしを見ている。桂奈への批判を共有しようというわけだ。でも、わたしは気づかないふりをしてうつむいて、楽器の調整をするふりをする。

桔梗部長が言った。

「みなさん、絶望しないで頑張《がんば》りましょう。灰梅先生がおもどりになった時、わたしたちが練習サボって全然吹《ふ》けてなかったら、どうなりますか」

「絶対怒《おこ》る！」

三年の先輩《せんぱい》が即答した。

「ですからみなさん、むうっと唸《うな》るような演奏を、わたしたちの力で完成させておきましょう！」

「わたしたちで練習をして、先生を待つしかないよ。信じよう。灰梅先生のことも、わたしたちがこれまで続けてきたことも」

さんごが言うと、そっくりに可純《かすみ》も言う。

⑦

キイロイザクロ

「信じよう」

桂奈がスマホを構えている。

いま使うの？　だれを測定するの？

さんごに向けた。こんなときに、目の前で。

目の前で失礼な測定をされても、本気になって怒《おこ》ってはいけない。ノリや空気は重要だから、一緒《いっしょ》に笑いとばすくらいでなくては。それが嫌《いや》だったら、常に緊張《きんちょう》していること。測定される前に、作り置きの考えを強く思い浮《う》かべること……。

さんごは測定結果を確認せずに言葉を続ける。

「OB・OGや地域の音楽活動の関係の人たちも、去年はコンクールの前に手伝いに来てくれたし」

桂奈は結果に関してはなにも言わず、今度は可純にスマホを向けた。その次は来海かわたしだ。

嫌だ、測定されたくなんかない。

「せ、先輩、個人練習しに行ってきていいですか！」

まるでトイレを我慢《がまん》している小学生みたいにわたしは挙手をして叫《さけ》んでいた。

あまりに大きな声だったので、無駄《むだ》に注目を集めてしまった。

先輩は勢いに圧《お》されて返事をしてくれた。

「え？　あ、どうぞ。なんなのいきなり」

「どうしてもいますぐ確認しておきたいところがあって」

ぱたぱたと音楽室を出ていくとき、来海が笑いをとるように楽しそうに言うのが聞こえた。

「先輩《せんぱい》、日々希《ひびき》は天然なんですから。いつものことじゃないですかー」

来海に言われてしまうなんて。


火曜日も、灰梅先生は来なかった。

ここ最近の自分をなにかのものにたとえると、ザクロの実みたいだと思う。

外側からはざらっとした地味で平凡《へいぼん》な球体にしか見えないけれど、中には虫の卵みたいに半透《とう》明《めい》でつやのある粒々《つぶつぶ》がぎっしり詰《つ》まっている。

ザクロの実をはじめて見たときは、怖《こわ》かった。小さいころ、父方の祖父母の家に行く途中《とちゅう》、だれかの庭で偶然《ぐうぜん》見つけて、あれはなにという話をしていて、そのあと祖母がどこからか調達してきてくれた。

ザクロが熟《う》れて、内側から裂《さ》けた様子は、凍《こお》った爆発《ばくはつ》みたいだと思う。

その時はまだ、グロテスクという言葉を知らなかった。高学年になって本の中にその言葉が出てきたとき、ザクロの実にピッタリな言葉だと思った。

お母さんに言うと、ザクロの実は「かわいいもの」と訂正《ていせい》させられた。グロテスクなんて言ったら変だって。

ひと粒ひと粒ずつ取り出して見るぶんには、ルビーの赤色でかわいいと思う。

でもたぶん、自分がザクロの実になったとしたら、そんなかわいい色にはならないと思う。そう、たぶん黄色。わたしがぱかっと割れたときには見苦しい黄色い爆発になるんだろう。だから中身が見られないように、しっかりと地味な外皮で守らなくてはならない。

「ねえ」

声をかけられてドキッとする。だれかに測定された?

天狼朱華《てんろうはねず》がそっと階段を上ってきたのだ。

この踊《おど》り場で壁《かべ》を背に立って練習していれば、こっそりマイスコを向けられることもない。だから、ムカつく天狼朱華がすぐそばのパソコン室にいるとわかっているけど、ここにいたのだ。

「森桂奈は吹奏楽部を休んでいるの?」

先週も同じことを訊《き》いていた。なぜ訊くの? 用があるなら音楽室に会いに行けばいいじゃない。

わたしは天狼朱華にわざと背を向け、トランペットの練習を再開した。桂奈のことを考えると、イラついてきて心が平らでいられなくなるから、考えたくない。

一曲吹《ふ》き終わったとき、また声がした。いなくなると思っていたのに、天狼朱華は曲が終わるのを待っていたのだ。

「どうしてマインドスコープを使わなくなったのか、知ってる?」

集中を欠いた音になってしまう。わたしは一気に不機嫌《ふきげん》になり、怒《おこ》った声で返してしまった。

「使いまくってるけど?」

「そんなはずはないでしょう」

天狼朱華の口調が確信を得たもののようだったのが気になった。

楽譜《がくふ》を広げて、違《ちが》う曲を吹《ふ》き始めた。組曲『展覧会の絵』は久しぶりだ。

有名な「プロムナード」のテーマ部分を壁《かべ》に向かって高らかに吹き終えたあと、わたしはふと思いついたことを訊《き》いた。

「どうして桂奈のことを気にしてるの？」

「あの子、ヘビーユーザーだったし」

「それがなにか？　自分では《保護》してるのに気になるの？」

「ただ単に……興味深い」

「興味深いだなんて、変な言い方」

冷たく言って、音階練習を再開させる。でも半オクターブで止められた。

「興味深い」

「は？」

「日々希って、友だちにはいつも遠慮《えんりょ》をしているくせに、わたしにはバシバシ言い返すのね」

なんでもわかっているようなその言い方に腹が立つ。

「天狼朱華は友だちじゃないから」

「友だちじゃない人にはストレートに感情をぶつけるのに、友だちには本音を見せたくないということ？」

「当たり前でしょう。友だちには嫌《きら》われたくないもの。大切な相手だから気をつかいあうんじゃないの！」

感情的になってしまった。

いつも一人でいる天狼朱華に、わたしの人間関係をあれこれ言われたくない。もともと人から好かれていない人なら、嫌われたらどうしようって心配なんてしないんだろう。

友だちだったら、同じ空気の中にいなくてはいけないし、同じノリで返さなくてはいけない。アゲすぎでもウザがられるけど、サゲるのは絶対にいけない。しつこいのもだめだけど、無関心でいてはいけない。深く立ち入らないように、表面のあたりでめいっぱいちやほやして、でも深いところまで大好きだしお互《たが》いよくわかっているんだって思わせなくてはいけない。その面倒《めんどう》くさいもろもろをクリアしないと、友だちなんて作れない。

それを知らない天狼朱華は、わたしたちとは生きる世界が違うのだ。一人ぼっちなのは当然だ。

「日々希って、不思議」

天狼朱華はしみじみと言った。不思議だらけのこんな子に言われたくはない。わたしは皮肉で返した。

「わたしはまだ、天狼朱華ほど『大人』にはなれてないの」

すると、向こうはかすかに、やれやれ、という表情になる。

「大人なんて、どこにもいないよ。先に歳《とし》を取ってズルくなった子どもがたくさんいるだけ」

そういう大人びた言い方が、さらにムカつく。

「大人にならない大人って、最低な大人だと思うけど？」

愚痴《ぐち》るようなわたしの言葉に、天狼朱華はぴくりと反応した。

「先に歳《とし》を取った最低な子どもと、先に歳を取った若干《じゃっかん》ましな子どもがいるだけでしょう。人はね、大人になんてだれもなれないの。だからわたしは大人じゃない。大人になんて一生ならない」

まるで、強く決意していれば時間は止められると信じているような言い方だった。

「大人になりたくないなんて、子どもみたいだよ」

「日々希はどうなの？　早く大人になりたい？」

「よくわからないけど、いつまでも子どものままでいるのは、ちょっと」

「早く大人になりたいだなんて、子どもみたいね」

「だって……子どもだもん」

「あちこちに気をつかう子どもなんて、かわいげがない」

なぜだか叱《しか》られたような気がした。

「子どもだって人付き合いはうまくやらないといけないものでしょう。わたしは友だちが欲しいもの。友だちを作らずに一人ぼっちでいる子のほうが恥《は》ずかしいもの」

「そう？」

言いすぎたかなと心配になったけれど、天狼朱華は自分のあり方を否定されたとは思わなかったようだった。

「わたしは天狼朱華とは違《ちが》う」

「そうね。天狼朱華は一人で間に合っていますから、同じになる必要はないわ」

⑦

キイロイザクロ

きっぱり言われた。わたしにも、その無神経な強さがあったらいいのにと思ってしまう。天狼朱華は中学生が欲しいもののすべてを持っているみたい。友だち以外のすべてを。

「音楽室にもどる。練習できなきゃここにいても意味ないし」

わたしは楽譜《がくふ》をしまい始めた。

すると、天狼朱華は確信をもった口調で言った。

「吹奏楽コンクール、出場辞退したほうがいいと思う」

「いきなりなんてことを言うの？」

「顧問《こもん》がいないのに、練習したって時間の無駄《むだ》でしょう。わざわざ恥《はじ》をかきに行くことなんてないじゃない」

カチンときた。ひどい。

「なんで？　みんなで頑張《がんば》っているときに、部外者から言われたくない」

友だちも仲間もいない天狼朱華に、なにがわかると言うのだろう。わたしの大好きな吹奏楽部のことはだれにも悪く言われたくない。

「あのね、わたしからしたら、夏休みに学校のパソコン室で一人で過ごしているほうが時間の無駄だし、恥ずかしいことだと思うけど？」

強い口調で付け足すと、天狼朱華は少し驚《おどろ》いたようだ。

一言つぶやいて、去っていった。

「価値観の相違《そうい》ね」

⑧ フラワースプラッシュ

長すぎた休憩《きゅうけい》時間のあと、桔梗《ききょう》部長が「合奏を始めましょう」と声をかけた。でも、ほとんどの部員がその場から動かない。

出場辞退は、現実味を帯びてきた。

桂奈《かな》がスマホのアプリのマイスコ機能を桔梗部長に向けている。

いまはやめたら、と言いたかったけれど言えなかった。なんで？　ってこちらにレンズを向けるかもしれない。

「まだあきらめないで」

二年の総括《そうかつ》リーダーのさんごも声を出した。

さんごは「わたしたちがしっかりしないと。部長を支えないと」と逆に燃えあがっているようだった。スクレポにも吹奏楽《すいそうがく》部の活動について投稿《とうこう》することが増えた。部活に熱心な生徒の姿はみんなに好感をもたれるようで、さんごはシムボタンを押《お》される数も増えている。だから、ますます熱心になっている。

「きょうも結局カピは来なかった。先輩《せんぱい》たち、ちゃんと連絡《れんらく》取れてるんですか？」

⑧

フラワースプラッシュ

「メールはしているし、淡藤《あわふじ》先生からも連絡入れてもらってます」

灰梅《はいうめ》先生の不在は、目標に向かうわたしたちを失速させるブレーキだった。部長やさんごが頑《がん》張《ば》ろうとすればするほど、ギヤの外れた車輪みたいに空回りして、痛々しい。

「会場に行ってから顧問《こもん》がいなくて出場できませんってことになるんじゃないの？」

「灰梅先生のご都合がつかない時は、淡藤先生が来てくれることになっていますから」

「カピが来なくちゃ意味ないよ」

音楽室のざわつきは増して、合奏どころではなくなってしまった。

「あのう、失礼いたします」

聞きなれぬ人の声に、みんながだんだんに音楽室の入り口を見る。見知らぬ大人がいた。クールビズ姿の男性だ。黒髪《くろがみ》だけれどおしゃれなカットで、テレビの中の人みたい。はつらつとした二十代半ばのようにも、自信に満ちた大学生にも見える。おじさんぽさはない。

「わたくしは吹奏楽部《すいそうがく》のOBです。灰梅先生からちょっと頼《たの》まれたものですから、近くに営業に来たついでに覗《のぞ》かせていただきました」

若い大人の男性にしてはやや高めの甘《あま》い声で、穏《おだ》やかに話す人だった。そして、妙《みょう》に落ち着いていて、人当たりが良すぎるところがミステリアス。

吹奏楽部のOB・OGが指導にきてくれることは、たまにあることだった。でも、その人のことははじめて見た。先輩たちも不思議そうにしている。

「こちら、部長さんでいらっしゃいますね。黒橡虹《くろつるばみこう》と申します。見学させていただいてよろしいでしょうか」

お金持ちの接客をする高級店の人の演技でもしているみたいに丁寧《ていねい》だった。見つめられた桔梗部長は頬《ほお》をぽっと赤くした。

わたしはきょうまで男性の色気という言葉がどういうものかわからなかった。きっと黒橡さんのような人を、色気がある男性と言うのだろう。満月の晩に咲《さ》く白い花の香《かお》りが似合いそうだと思う。そんな甘《あま》い香りがわたしのところまで漂《ただよ》ってきたような気がする。

「は、はい。あと十分くらいできょうの練習は終わりになるので、副顧問《こもん》の淡藤先生がいらっしゃると思うのですが、あの、よろしかったらどうぞ聴《き》いていってください。あの、灰梅先生は……大丈夫《だいじょうぶ》なんですか？」

「早く復帰したいとおっしゃっていましたよ」

「わたしたち、頑張《がんば》ります。灰梅先生のためにも！」

「ええ、お伝えしておきます」

みんなから安堵《あんど》の声が漏《も》れた。

桔梗部長はよそゆき用の声で言う。

「えっと、じゃあ、なにか聴いてもらいましょう。自由曲の『センチュリア』でいいですか？」

「オッケーです」

桔梗部長の呼びかけに三年生が応えた。スプリング・コンサートの演目でもあった『センチュリア』なら二、三年生は灰梅先生の指導をたっぷり受けている。部長の指揮でもなんとか形にはなると思う。

「じゃあそれでいきましょう」

パーカッションの子たちが曲に合わせた楽器をスタンバイするあいだ、桔梗部長は黒橡さんに椅子《いす》をすすめた。黒橡さんは指揮者の後ろ壁《かべ》の前に、椅子を引き寄せて座った。

でも、座っていたのは一瞬《いっしゅん》だった。

桔梗部長がカウントを取り始めると、黒橡さんはついっと椅子から立ち上がった。

スネアとティンパニーの華麗《かれい》なロールが始まると……。

えっ？　とみんなが目を向ける。

ブラスのきらびやかな導入部の直前に、黒橡さんが両腕《りょううで》を広げてしなやかに動かした。指揮をしているのだ。指先や手首やひじ、首の角度や顔の表情まで細かく使って表現している。

しかし無駄《むだ》な動きは一つもない鮮明《せんめい》な指示だった。

中学生にだって違《ちが》いはわかる。それは歳月《さいげつ》をかけて指揮法を学んできた人の動きだった。わたしたちの楽器から生まれつつある音楽に命を吹《ふ》き込むための魔法《まほう》だ。黒橡さんは曲を深く理解している。体の中に『センチュリア』の音のすべてが入っているのだ。

かっこよすぎる！

みんなが指揮者の背後の黒橡さんに注目していた。桔梗部長だけがまだ気づいていない。

華麗で明快で的確な指示で、音が操られていく。全奏者の呼吸が指揮者の理想の曲の形に集められ、ぐんぐん引っ張られていく。銀色の魚の群れのように、流れに一瞬でひるがえり、渡《わた》り鳥の群れのように、風に形を変えていく。最高のアンサンブルだ。

そうだ、わたしたちはこんなふうに吹《ふ》きたかった！　顧問《こもん》が来なくなってから、これほど気持ちが高まったことはない。

わたしの『センチュリア』は、七つの尖塔《せんとう》を持った金色のお城だ。

その城は巨大《きょだい》な鷲《わし》の背中に築かれている。鷲が真っ青な大空に飛び立つと、塔の壁《かべ》に張られた金の鱗《うろこ》がキラキラと輝《かがや》く。お城はすごい速さで雲を突《つ》き抜《ぬ》けて、フィヨルドの谷や石の城壁に囲まれた古い街、一番星の輝く夕暮れの海辺をぐんぐん飛んで、新天地にたどり着く……。

曲が終わった瞬間《しゅんかん》、だれもが夢から抜け出せなかった。みんなで同じ夢をみていたように思えた。永遠にあの美しい高揚《こうよう》に包まれていたかった。

桔梗部長は途中《とちゅう》で黒橡さんに気づいて、指揮を止《や》めていた。

黒橡さんは、曲が終わったとたん、大きな音で拍手《はくしゅ》をした。それから、すまなそうに身を縮めて言った。

「でしゃばってしまい申し訳ありませんでした。懐《なつ》かしくて、つい」

黒橡さんはさりげなく腕時計《うでどけい》を見た。そのしぐさは俳優さんみたいにみんなをドキッとさせた。

「きょうは突然《とつぜん》押《お》しかけまして、失礼いたしました」

音楽室から退室しようとする直前、桔梗部長が言った。

「また来ていただけないでしょうか。わたしたちを指導してください！」

黒橡さんは「指導なんて、そんな。それにきょうはでしゃばりすぎてしまいましたので」と肩《かた》をすくめた。

「いいえ、いらしてください。五分でも十分でも」

「時間があれば、もちろんまた立ち寄らせていただきますが、仕事がありますので」

「灰梅先生によろしくお伝えください。黒橡先生、きょうはありがとうございました！」

先輩の声に、わたしも、部員のみんなも起立した。それだけの敬意を向けるべき人だ。

「ありがとうございました！」

黒橡さんは照れるように言った。

「先生と呼ぶのはやめてください。じゃ、コンクールのときに」

丁寧《ていねい》にそっと出入り口の扉《とびら》が閉まると、香水《こうすい》のような甘《あま》いよい香《かお》りがぷつんと消えた。離《はな》れた場所にいたわたしのところまで香水が匂《にお》ってきたはずはない。なのに、黒橡さんがいるあいだ、心地の良い白い花の香りのイメージが、頭の中にあったのだ。不思議な人。

桂奈ですらマイスコを向けるのを忘れてしまうほどだった。

「さっきの、すごくいい演奏だったよね？」

「頑張《がんば》ろう！　絶対に金賞を獲《と》るよ！」

「もう一回合わせてみようよ」

わたしたちの吹奏楽部は息を吹《ふ》き返したようだった。

副顧問の淡藤先生が音楽室に現れるなり、拍子抜《ひょうしぬ》けしたように言った。

「なんだなんだ、きょうは妙《みょう》に盛り上がってるな。せっかくいいニュースを持って来たのにこれではつまらん」

「いいニュースってなんですか」

「明日から灰梅先生が復帰するよ」


中学校吹奏楽コンクール三日目、八月五日午後三部のA組二十四番。

午後三部に出るのは六校。三番目が夕賀《ゆうが》中学校の出番だった。A組会場の府中の森芸術劇場どりーむホールは、客席が二千席もある多目的ホールだ。

当日のスケジュールは分単位で決まっている。受け付けは十六時二十九分。チューニングはB室で十六時五十九分から十七時十九分。十七時二十四分には舞台《ぶたい》そでスタンバイ。演奏の持ち時間は十七時三十九分から十七時五十一分。

先に課題曲、次に自由曲となる。

チューニング室に入るとき、緊張《きんちょう》で手が震《ふる》えてしまった。

会場に着いてそうそう「どうしよう。怖《こわ》いです。先輩《せんぱい》、どうしよう」とぶつぶつ言っている後輩に「いつも通りで大丈夫《だいじょうぶ》だよ」と優しい言葉をかけたけれど、その時はわたしのほうが緊張していた。手が震えてしまって、マウスピースが本体に入らない。先っぽがカツッと当たったりかすったりして、やっと入った。思わず笑っちゃうほど、びびってる。手の汗《あせ》で楽器が滑《すべ》ってしまわないよう、タオルハンカチを何度も握《にぎ》りしめる。

チューニングをし、時間になって部屋を出る。

⑧

フラワースプラッシュ

あとで振《ふ》り返ってみると、そのあとの、舞台そでからステージまでの記憶《きおく》がわたしにはほとんどない。

指揮台に上がった灰梅先生が一曲目の前にみんなに微笑《ほほえ》んだのは覚えている。

無我夢中《むがむちゅう》だった。

最高の演奏をすること。ベストを尽《つ》くすこと。わたしたちの演奏が、聴《き》いている人の心にも届くように。

本当に、あっという間だった。コンクールだということを忘れるくらい音楽に入り込《こ》めた。

灰梅先生のタクトは、以前と少し変わった。まだ娘《むすめ》さんが入院しているというし、一週間で激やせしたことから灰梅先生の心労の深さはわかる。それでも、わたしたちのためにここに立ってくれた。

足りないところは、全員でカバーする。みんなで一つのものを作り上げていく。それは目には見えない。けれど、一つに交《ま》じりあい、時に、それぞれを高めあう。これがわたしたちの吹奏楽部なのだ。

ありがとう。

その音がいまこの世界にあることにありがとう。

わたしの音に、ありがとう。そして部員のみんなにありがとう。

この美しいものを、中学生のわたしたちが再現できた幸せに、ありがとう……。

それぞれの楽器から色とりどりの花びらが飛沫《ひまつ》のように噴《ふ》き上がる。あちこちに向かって滞空《たいくう》する花びらの遊泳でステージがいっぱいになる。

そして、終わっていた。

舞台《ぶたい》そでにはけるとき、ほっとして泣きそうになってしまった。

さんごは感極まって泣いていた。部長の桔梗先輩《ききょうせんぱい》と歩きながら肩《かた》を組んで泣いていた。

もらい泣きしそうになる。こらえていたのに、すぐ横で来海が泣いているのを見たら、涙《なみだ》がだーっと止まらなくなった。

「泣くのはあと。早く撤収《てっしゅう》しなさい」

名ばかりの副顧問《こもん》の淡藤先生が、満足そうな顔をしてみんなを追い立てる。

楽器を片付け、ロビーに再集合すると、保護者ボランティアさんが写真を撮《と》ってくれた。地域や保護者のボランティア、OB・OGのみなさんの協力もあって、わたしたちはコンクールの舞台に立てた。いまはとにかく感謝でいっぱい。みんなでお疲《つか》れ様と声をかけあう。

結果発表は午後三部の全演奏が終わった十五分後で、十八時半くらいになる。

客席に入って他校の演奏を聴《き》くのは勉強になるかもしれないけれど、いまは解放感でいっぱいで、そういう気分になれない。

「あっという間でしたね」

「無事に終わってよかったね」

先輩後輩《こうはい》だれにでも関係なく話しかけた。

金賞は無理かもしれない。でも、わたしたちは頑張《がんば》った。もちろん金賞が目標だ。もしかしたら、金賞ということもありえる。少なくとも、銅賞よりはましな演奏だったはず。

吹奏楽コンクールの場合、銅賞は参加賞なのだ。銅よりさらに下に努力賞や奨励《しょうれい》賞というのがあるけれど、それが出ることはめったにない。

このコンクールは九月の都大会の予選会でもある。わたしたちの出場するA組百十校の中から都大会に出場できるのは金賞に選ばれたうちの上位十四校。

正直なところ、いまは審査《しんさ》員の人たちに、点数なんてつけられたくない。点数なんかより、もっと大切なことをわたしたちはやり遂《と》げた。わたしたちのかけがえのない時間に、見知らぬ大人たちから甲乙《こうおつ》なんてつけられたくはない。だけど、演奏の力を試したり競ったりするためにコンクールはあるのだし、出場するのだ。出る以上は、結果を残したい。矛《む》盾《じゅん》した思いが、頭の中でぐるぐるし始める。

ロビーに、午後三部の成績発表と閉会式の開始のアナウンスが流れた。

審査担当のおじさん先生がマイクの前に立って、挨拶《あいさつ》をする。そして、いよいよ結果を読み上げた。

「武蔵野第三中学校。ゴールド。金賞」

きゃあああああ！

会場が歓声《かんせい》にわいた。第三中の部員が一斉《いっせい》に喜びの悲鳴を上げたのだ。吹奏楽部はどこも女子が多いから、耳がきーんとする。拍手《はくしゅ》が聞こえないほどの大歓声だ。

「江戸川女子中学校。ゴールド。金賞」

きゃあああああ！

次だ。

「夕賀《ゆうが》中学校……」

自然に、お祈《いの》りのポーズになっていた。ゴールド、ゴールド、ゴールドって言って。

「銀賞」

一瞬《いっしゅん》、しんとなる。

会場のあちこちからまばらに拍手《はくしゅ》が聞こえ始め、大きな拍手になる。

だれもなにも言わなかった。

さっきまでの耳をつんざく歓声《かんせい》が嘘《うそ》だったみたいに、会場は礼儀正しくてあたたかい拍手に包まれている。わたしたちも手を叩《たた》く。しょうがない。奥歯《おくば》を噛《か》みしめる。わたしたちは色々あったけど、精いっぱいやったんだ。

拍手が完全に止《や》むのを待たずに、審査員《しんさ》のおじさんは次の結果を読み上げる。

「八王子横山中学校。ゴールド。金賞」

ぎゃあああああ！

「小平第三中学校。ゴールド。金賞」

ぎゃあああああああ！

叫《さけ》び声を競っているみたいに、受賞校の歓声は大きく、長くなる。

だめだった。無理だとは思っていたけれど、やっぱり悔《くや》しくて、泣いてしまいそうになった。頑張《がんば》ったのに。あんなに夢中になれたのに。いい演奏ができたはずなのに……。

体がだんだん、感じるはずのない重力を感じていく。

去年も銀賞だったのだから、恥《は》ずかしい結果ではない。顧問《こもん》が休んでいたというのに、よくやった。そう思わなくちゃ。でも、悔しい。この夏の努力が報われなかったのだ。

「北稲《きたいな》中学校。銅賞」

あたたかい拍手。

北稲中の生徒はしーんとしていた。わたしたちの学校の時より、会場の拍手は大きい。敗者には特別、優しくなってしまうのだ。人間なんて、そういうものなのだ。わたしたちもたくさん拍手をしてあげた。頑張ったんだから、それでいいんだよって。

――ビリじゃなくてよかったね。

わたしたちはみんな、口には出さなかったけれど、少しだけほっとしていた。そして、あとからじわじわやってくる無力感を感じないように、悔しがっていると思われないように、それなりに満足していますって表情を作って見せあった。

この結果を、しっかり受け止めなくてはいけない。でも、長いあいだ受け止めていられるほど、わたしたちは大人ではない。過ぎたことは早く忘れてしまえばいい。「なかったこと」にできれば、胸のつかえも消えてくれる。

隣《となり》の席の来海に腕《うで》をつつかれた。

合図するほうを首を回して見たら、灰梅先生が客席から慌《あわ》てて帰っていくところだった。

まだ途中《とちゅう》なのに、どうしたのだろう?

少しして、桂奈のスマホが回ってきた。マイスコ機能で測定された灰梅先生の沈《しず》んだ横顔の横に、文字が並んでいる。

《間ニ合ワナカッタ》

入院中だった灰梅先生の娘《むすめ》の藍《あい》ちゃんが、その日の午後に息を引き取ったのだった。

⑨ ユウジョウソクテイ

「あーあ。コンクールが終わって、やっと夏休みが取れると思っていたのに、休みは一日だけかいな」

淡藤《あわふじ》先生が嘆《なげ》く気持ちはわかる。部活が休みになったのはコンクールの翌日だけだ。

「人数が減ってないか？」

新部長のさんごが副顧問《こもん》に説明する。

「三年生はコンクールで引退するのが慣例です」

金賞を獲《と》れずに引退となった三年生には申し訳ない、という気持ちがかすり傷のように残って、お世話になったパートの先輩《せんぱい》を思うたびにひりひりしてしまう。

月末には区立中学校音楽発表会があって、九月には夕賀《ゆうが》タワーの地下エントランスでの「青空コンサート」がある。三年生が抜《ぬ》けた分、きょうからは一、二年生だけの編成で、全体をまとめなおさなくてはならない。四十五人いた部員が、三十二人に減れば、音のバランスも変わるし、担当の楽器を変えることもある。小編成としての練習は必要だ。

そのことをさんごが話すと、淡藤先生は「新部長に任せる」とろくに考えもせずに答えた。

「でも……」

「灰梅《はいうめ》先生に相談するとしても盆《ぼん》休みがあけてからだろうな。その時になってから考えよう。音楽の先生にも相談しておくから、まあ、きみらのできる範囲《はんい》でうまくやってくれ。おれは職員室にいるから、あとはよろしく」

カラオケくらいしか音楽経験のない淡藤先生では、対応できることではない。変に口を出されるよりはいいのかもしれないけど、さんごの表情は暗くなった。部長になっただけでも重圧を感じているのだろうに、顧問《こもん》の代わりまで任されたのだ。

灰梅先生の娘《むすめ》の藍《あい》ちゃんの告別式は、身内だけで行うとのことで、吹奏楽《すいそうがく》部の保護者たちが相談して、前部長と新部長のさんごが代表者として参列することになった。

Eタブのメッセージで桔梗《ききょう》部長から藍ちゃんの告別式は代表者のみという案内があったほか、今年はだれからもお疲《つか》れ様の会の話題は出ない。引き継《つ》ぎ式も心の区切りもないまま、音楽室にいる。

「えっと、午後の合奏では、小編成でできる曲を、即興的《そっきょうてき》に合わせてみます。練習しておいてください」

さんごの掛《か》け声のあとも、部員たちの体は重かった。この夏、最大のイベントが終わったばかりなのだから、みんなの気の抜《ぬ》け方はハンパなかった。

わたしは楽器ケースからトランペットを出して磨《みが》きながら、みんなの様子をうかがう。まだだれも音を出している子はいなかった。みんなが練習を始めてなくても、個人練習に行ってしまおうか、もう少し様子を見てから行動しようか、わたしは迷《まよ》っていた。

手持ち無沙汰《ぶさた》なので、トランペットの接続部分にグリースをつけてみる。ピストンにオイルを垂らす。手入れをしているふりで間を持たせる。もうやることがない。

桂奈《かな》は座ったままで、楽器を用意する気もない。自慢《じまん》のスマホカバーに傷がついてしまったらしく、そこをしきりに撫《な》でている。

「カピはなんで奥《おく》さんに産ませたのかな。娘が長く生きられないってわかっていたんでしょう？　こんなことになるなら、病気の子なんて最初から産まなきゃいいのに」

桂奈の冷酷《れいこく》な発言に、音楽室がしーんとなる。

桂奈の場合は自分の思い通りにならないことが嫌《いや》なだけだ。イライラを人にぶつけたいだけで、深くは考えてないいんだと思う。

「えっと、でも……産んでみたら病気だってわかったんでしょう？」

さんごが控《ひか》えめに言うと、桂奈はすぐに言い返す。

「出生前検査っていうの、うちの親せきの人はやったってよ。生まれてきても十年も寝《ね》たきりで、結局死んじゃうって、かわいそうなだけでしょう」

「かわいそうって決めつけるのはよくないよ。わかっていたら産まないっていうのも、なんか少し違《ちが》くない？　だって、おなかの中で調べたときには、胎児《たいじ》はちっちゃくても、もう生きている命なわけでしょう？」

さんごが言い返す。その隣《となり》には可純《かすみ》がいた。

可純にはダウン症《しょう》のお姉さんがいることを、こどもの日のころにスクレポに書いていた。桂奈はそのことを忘れている。もしかしたら読んでないのかもしれない。

可純はこどもの日の数日後にはその記事とお姉さんとのツーショット写真を削除《さくじょ》してしまったし、ふだんはお姉さんがいることすら話さない。大切に思っているから、好奇《こうき》の目を向けられることに敏感《びんかん》になっているのかもしれない。

「病気のある子は生まれなくていいって、親が全部決められるものなの？　それに、障害《しょうがい》や病気があったって、健康じゃなくたって、子どもに生まれてきてほしいと思う親だっていると思う。なにもかも完璧《かんぺき》な子どもなんていないもの。どんなふうに生まれても、わたしは親や家族には喜んでほしいよ」

さんごが言う横で、可純が静かに怒《おこ》っていた。でも、桂奈には言い返さない。わたしと同じく、関わらないでやりすごすつもりだ。

「それはそうだけどー。なにマジになってんの？　うちらだってすっごいかわいそうでしょ。ベテランの顧問《こもん》が大事な時に休まなければ吹奏楽部だって困らなかった。今年こそ金賞って、気持ちが高まってきていたのに。うちら、とばっちり世代じゃん。三年生は今年で最後なのに、かわいそう。大人ってひどくない？」

灰梅先生はわたしたちを困らせようとしたわけじゃない。わたしたちのだれよりも一番つらい思いをしていると、桂奈は思えないのかな。

自分の子どもを亡くすって、どんな感じなんだろう。わたしにはまだ親の気持ちは想像できな

⑨
ユウジョウソクテイ

かった。ただ、なにかを失ったときのつらい気持ちは知っている。

みんなが黙《だま》り込《こ》むなかで、一年生のだれかがすすり泣きを始めた。それは波紋《はもん》のように部屋中にゆらゆら伝わっていった。

「仕方がないよ」

可純がぽつりと言った。自分のつま先を見つめながら。

「もう、こうなっちゃったんだから仕方ない」

「でもさー」

桂奈はまだ文句を言い足りない様子。これ以上、変な空気が流れるのは嫌《いや》だ。わたしたちに言ってもなにも解決できはしないし、気がめいるだけだ。自己中心的な意見に、吹奏楽部のみんなを巻き込《こ》まないでほしい。桂奈の考えは全員の意見ではないんだから。

「そういえば、花火大会、観に行く？」

わたしが思いつきで言うと、可純がいまそれを言うのかと怪訝《けげん》な顔をした。でも、来海《くるみ》は変化球を見送れずに反応してくれた。

「いつだっけ？」

話を振《ふ》っておきながら、いつあるのか覚えてなかった。代わりに可純が応えてくれた。

「来週の土曜日」

「えー、わたし、その日はまだハワイだー」

桂奈が大きな声で答える。

「じゃあ四人で行く？」

来海が言うと、桂奈がさらに大きな声で言った。

「わたしがいないのに、みんなで行くの？」

「だって、ハワイだって言ったじゃない」

地元の花火大会は小さい子のいる家族の行事だと思っていたから、高学年になってからは関心がなかった。親なしでみんなと行けるのなら行きたい。

「わたしも花火に行きたいし、でもハワイだし」

つまり、桂奈は自分が加われないから、みんなにも行かないでほしいということだ。わたしはさんごにさりげなく言った。

「きっと混むよねー」

「帰国は日曜日なんだー」

自分抜《ぬ》きでは集まるなって桂奈が圧力をかけている。この五人がもめるのは嫌《いや》だ。わたしはまたさりげなく繰《く》り返した。

「混むよねー。帰りとかも、大変そう」

集団の中にいると、必ず摩擦《まさつ》が生まれてくる。

うまくいっているときは本当に楽しいけれど、ちょっとぎくしゃくしてくると、重苦しい空気が肺に入って、ほかの人にも伝染していく。だから、気をつかったり気をつかわれたりして、場の雰囲気《ふんいき》を壊《こわ》さないように、友だち同士でも注意しなくてはならない。

みんなのことよりも自分のことが大好きな人がいると、一気にぐちゃぐちゃになってくる。少しくらいの甘《あま》えなら、お互《たが》い様で許せるけれど、自分大好きの度がすぎたとたん、迷惑《めいわく》な怪物《かいぶつ》になる。周りが見えない人になるのは、怖《こわ》い。

まだ行きたそうにしている来海が、みんなの興味をかきたてるように言う。

「花火っていいよねー。なんてったって、夏のホウセンカだもん」

「それを言うなら夏の風物詩」

可純が冷静に訂正する。ホウセンカと風物詩って全然違《ちが》う言葉なのに、よく言い間違いだってわかるなあ。

笑いが起きる。桂奈がスマホを来海に向けた。

このタイミングで抜《ぬ》けよう。

「個人練習、行ってくる」


きゅっと上履《うわば》きの底がこすれる音がした。

見ると、一階からの階段の途中《とちゅう》に天狼朱華《てんろうはねず》の姿があった。

わざとそちらに背中を向け、心の中でアカンベをした。

吹奏楽コンクール、ちゃんと出られましたよーだ！

結果がどうであれ、わたしたちはやり遂《と》げたんだから。吹奏楽部のみんなが一生懸命頑張《けんめいがんば》ろうとしているときに、無理だから辞退しろって言われたことは忘れない。

天狼朱華にはわたしの心の中が見えたのだろうか。話しかけてきた。

「コンクール、銀賞だったのね。あの顧問《こもん》の先生の様子では絶対に無理だと思っていたのに、銀賞なんてすごいじゃない」

「すごくないよ」

わかったようなことを言われてムッとしてしまった。吹奏楽を知らない人って、銀って言葉で誤解してすぐ褒《ほ》めるけど、スポーツ大会の準優勝とはまるで意味が違《ちが》うのだ。

同じ日に出演したA組二十七校中、金賞を受賞したのは十一校だった。銀賞は、その下ってこと。わたしたちの午後三部からは金賞が四校も出て、そのうち二校が都大会の代表に選ばれていた。レベルが高いグループで演奏したのだ、と言い訳をしたくなるけど、審査《しんさ》は相対評価ではない。

わたしは疑いの目で天狼朱華を見た。すごいって、本音なの？

「辞退したほうがいいなんて、わたしの見込《みこ》み違いだったもの。吹奏楽部の結束力って、わたしには想像できなくて」

吹奏楽部の結束は、独特のものがある。それにコンクール直前の集中力は、部全体が憑《と》りつかれたみたいに神がかっていた。

嫌《いや》な子だと思っていた天狼朱華が、わたしたちの頑張《がんば》りを認めて、褒《ほ》めてくれたのかな……？と思うと、少し照れくさくなる。マインドプロテクターを身に着けているような閉じている暗い子だけど、もしかしたら、素直《すなお》な気持ちが一ミリくらいはあるのかもしれない。

⑨

ユウジョウソクテイ

「全然違う人間なのに、吹奏楽部の人は束になるのが楽しいのね。弱い魚が身を守るために群れるみたいな感じ？　クジラは小魚を群れごと飲み込むのにね」

褒めてくれたわけじゃないのかな。

「なにか用？　練習したいんだけど」

「森桂奈がどうしてマインドスコープを使わなくなったのか知ってる？」

またその話？

桂奈の学校支給のマイスコは水濡《ぬ》れで故障して使えなくなっている。でも、不注意で壊《こわ》したことを学校に知られないように隠《かく》している。桂奈は最新機種のスマホを買ったことはスクレポに投《とう》稿《こう》していたけれど、マイスコ機能のことまでは書いてない。

マイスコを使っていないわけではないのに。

「どうして使ってないと思うの？」

「えっ……と、そうね。使っているところを見かけていないから」

「夏休みになって、桂奈に会ってないでしょう？　見かけていたなら、どうして何度も桂奈が部活に来てるかわたしに訊《き》いたの？」

素朴《そぼく》な疑問だったのだけど、天狼朱華はそう思わなかったようだ。じわじわと顔を赤らめた。

「えっ……と、前にも言ったけれど、興味深いということね」

お人形みたいに冷静な天狼朱華が、焦《あせ》っているようだった。

「もう行くわ。練習の邪魔《じゃま》になるみたいだから」

天狼朱華は去っていった。たぶん、逃《に》げたのだ。

音階練習を再開する。

変なの。天狼朱華は友だちが要《い》らない子なのに、桂奈を気にしている。ううん、桂奈のマイスコを気にしている。

そういえば、お祭りの夜も一人で来ていたんだっけ。あれはもしかしたら桂奈に会いたくて来ていたのかな。

気になり始めると、練習にならない。

気分転換《てんかん》に、自分で作った曲を吹《ふ》いてみる。

ラッ　パッパ　パーン　ラパパー　ラッパパーン……

るー　るっる　るー　らるるー　らるるー
頭の中で、不思議な声が重なった。

夢の中で聴《き》いた歌声だ。なんの夢だろう。……あれだ。

突然《とつぜん》、ぱあんと、世界がはじけて、黄色い砂漠《さばく》が現れたような気がした。

あれは印象的な夢だった。オレンジがかった黄色い砂の山々と真っ青な空。そして、遠いところに点のような人影《ひとかげ》が一つ。

その夢を見たのは、お祭りの日の夕方だった。

お祭りの時はまだ桂奈のマイスコは壊《こわ》れてなくて、ナンパ目的の若い学生や、ゆるキャラのゆっきーを測定して遊んでいた。

⑨

ユウジョウソクテイ

キグルミのゆっきーのことは測定できないと思っていたのに、中の人が考えていたことの表示が出たから、とても驚《おどろ》いたのを覚えている。

そう言えば、あのときの測定画像を、なにかで見たような気がする。

わたしはトランペットを口から離《はな》してつぶやいた。

「パソコン室だ」

夏休みになってはじめてパソコン室に行ったとき、天狼朱華が使っていた先生用のパソコンのモニターに映っていた。

サイズが小さかったたし、見たときは見間違《みまちが》いかと思っていた。マイスコには通信機能がなかったし、画像を送信できたとしても、桂奈が天狼朱華に画像を渡《わた》すなんてありえない。履歴《りれき》が残るのは五件までだから、桂奈のマイスコが壊れる前には消えてしまっているはずだけど。

もしも、履歴を別のところから覗《のぞ》き見る裏技があるのだとしたら……？

まさか。

でも、測定画像を勝手に覗き見していた人なら、ヘビーユーザーの桂奈の学校指定のマイスコがなにも測定しなくなったことを、不思議に思うかもしれない。

わたしは楽器を置いて、階を下りた。だれも通らない階段は静まり返っていて、自分の学校なのにまるで忍《しの》び込《こ》んでいるような気分になった。自然と足音を立てないように歩いてしまう。

引き戸をそっと開ける。天狼朱華が一人蛍光灯《けいこうとう》の消えた部屋で先生用のパソコンを使っている。

部屋の中はきょうも冷房《れいぼう》でキンキンに冷えている。天狼朱華自身が氷の女王のように世界中を冷やしているのではないか。そんなふうに感じてしまうほどの存在感だ。

関わらないほうがいいのか、知っておいたほうがいいのか、五秒くらい考えたあとで、わたしは一歩前進し後ろ手で引き戸を閉めながら訊《き》いた。数分前に逃《に》げるように去った彼女《かのじょ》に、わたしは少し強気になっていた。

「天狼朱華が桂奈のマイスコの測定画像を持っているって、桂奈は知っているの？」

忍《しの》び込《こ》むようにして唐突《とうとつ》に話しかけたのに、天狼朱華は驚《おどろ》かなかった。なにもかもお見通しよとでも言いたそうに落ち着いていて、顔はモニターに向けたままだ。

「どうしてわたしが持っていると思うの？　そんな趣味《しゅみ》はないから」

「桂奈がお祭りの時にマイスコで測定したゆっきーの画像、そのパソコンのモニターに出ていたのを前に見たよ……」

言いながら、自信がしぼんでいく。やっぱり勘違《かんちが》いかもしれない。桂奈にストーカーみたいなことをしたい人がいるとは思えないし。証拠《しょうこ》もないし、とぼけられたら追及《ついきゅう》はそこでおしまいだ。

ところが、天狼朱華は隠《かく》さずにあっさり認めた。

「知らないの？　生徒に支給したマインドスコープは、測定された情報がすべてＩＣＴ絆《きずな》プロジェクトのサーバーに同期されるの。このＰＣはサーバーの情報の一部にアクセスしていたの」

「サーバーってなに？」

天狼朱華は、わたしの初歩的な問いに呆《あき》れた様子で、大げさに肩《かた》をすくめてみせた。ついさっきはわたしの質問で焦《あせ》って逃げたというのに、いまは余裕《よゆう》だ。

⑨

ユウジョウソクテイ

「日々希は情報の授業中に寝《ね》ていたのね」

寝ていたかも、と思った時には、わたしはすいっと引っ張られていた。クレーンゲームに連れさられていくぬいぐるみみたいに。

わたしが座らせられたのは先生用のモニターの前の椅子《いす》だ。


天狼朱華は手際《てぎわ》よく、小さな画像がたくさん並んだファイルを画面に出した。

「これのことでしょう？　隠《かく》していても誤解されるだけだから、話す」

お祭りの時のゆっきーの測定画像がある。《サッキノ女、オッパイ大キカッタナア》と文字表示が出ているから間違いない。

来海の写った画像もある。《ナニ、アノ幼稚《ようち》ナ髪飾《かみかざ》リ。馬鹿《ばか》ミタイ》。これはわたしがすぐ削除《さくじょ》したはずなのに。

噴水《ふんすい》のそばで串《くし》もちをかざしてふざけたポーズで測定されている来海の画像が最後だ。だからこれは、学校支給のマイスコで測定されたものということだ。その証拠に、新しいスマホのマイスコ機能で撮影《さつえい》されたものは、そこにはない。

「なんで桂奈のマイスコの古い測定画像がここにあるの。履歴《りれき》は五件で消えるはずなのに、こんなに残って。き、気持ち悪すぎなんですけど！」

「サーバーのことを大雑把《おおざっぱ》にいえば、ネットワークの向こう側にあるコンピューターみたいなもの。たとえば、みんなの持っているスマホの電話帳の情報やゲームのバックアップが、契約《けいやく》の会社のシステムに自動で同期されているみたいに、みんなのマイスコの使用履歴《りれき》も同期されて保存されているってこと」

天狼朱華は平然と話を続ける。気持ち悪いって言ったんだから、ちょっとくらい傷ついてほしかった。

「それって、わたしが友だちから測定された結果も、サーバーには保存されているってこと？手元のマイスコからは消えても、どこかに記録されてしまっているということ？　嘘《うそ》でしょ。そんな話、聞いたことないし」

「その記録を、いま見てるでしょう」

喉《のど》の奥《おく》から嫌《いや》な気持ちがわいてきた。

その場限りの測定だと思って我慢《がまん》していた。その記録がどこかに残っているなんて。しかもそれを、知らないところで見られていたかもしれないなんて、気持ち悪い。

わたしは友だちから嫌《きら》われたくない。だから、測定されそうとわかったときはたいてい頭の中をお花畑のようにして、警戒《けいかい》されないように気をつけていた。そうしてこのひと月を無難に過ごしてきたのだ。

桂奈以外のマイスコの測定も、クラスの子たちの測定も、ううん、学校中の子の測定を、天狼朱華は見ていたのかもしれない。それで、灰梅先生の家族のことも知って、吹奏楽コンクールを辞退したほうがいいってわたしに言ってきたんだ。

「パ……パソコンオタクの天狼朱華は、わたしたちのことを毎日監視《かんし》しているってこと？」

「わたしが日々希《ひびき》たちを？　いったいなんのために？」

天狼朱華はかすかに笑った。

一人ぼっちの天狼朱華に笑われる筋合いはない。《保護》されて孤立《こりつ》している人に、なにがわかると言うんだろう。

「さ、寂《さび》しくて、仲間に入りたいから！　本当はわたしたちのことがうらやましいんでしょう！」

わたしが言い返したとたん、天狼朱華は手で口を押《お》さえ、吐《は》き気をこらえるように体を折り曲げた。気分が悪いのだろうか。肩《かた》が震《ふる》えている。

違《ちが》った。笑いをこらえているのだ。

教室では感情の変化がほとんどなかった天狼朱華が、声を出して笑っている。その驚《おどろ》きと同時に、そんな相手から笑われているという屈辱感《くつじょくかん》。

「くふふ……仲間に入りたいって？　日々希たちがうらやましいって？　あははは！」

さらにムカつくことに、笑い声がかわいらしい。鈴《すず》のような、優しい高笑い。笑ったせいで白い肌《はだ》が紅潮して、よくできたお人形のようにきれいだった。

「なっなによ。違うなら説明してよ。ただの覗《のぞ》きの趣味《しゅみ》なわけ？」

桂奈みたいに、と言いそうになって飲み込《こ》んだ。

どれくらい見られたんだろう。本当のわたしの考えとは違う、作ったわたしの姿を。

「わたしはＩＣＴ絆プロジェクトが保有しているクラウドのアプリケーションを使って遊んでいるだけ。そこには管理会社の関係施設《しせつ》の特別なＬＡＮでないとアクセスできないから、いつも学校に来ているの。キャラクターや自分のアバターを使って仮想の町を歩き回るゲームがあるでしょう？　あんな感じでクリエイティブな環境に特化したフィールドを作ろうと思っていて」

　わたしはむっとして答えた。

「そういう説明じゃ、わかんない。情報の授業は寝《ね》てたんで」

「そうだったわね。その画面は、プログラミングをしているときにマインドスコープの一部をシステムに組み込《こ》もうとして、たまたまサンプルとして無作為《むさくい》に開いていたということ。突《つ》っかかるほう、間違《まちが》えないで」

　聞きなれない言葉を口にする天狼朱華に反発を感じた。聞き返すのも癪《しゃく》だった。

「わたしが盗《ぬす》み見するために構築したんじゃなくて、ＩＣＴ絆プロジェクトが合法的に監視《かんし》しているの。マインドスコープを支給されたときに保護者も先生も同意のサインを提出したはず。ＩＣＴ絆プロジェクトは教育のためめって理由をつけて、生徒の情報を収集しているの」

「どうして？」

「どうしてと言われても。効率よく人を支配するための実験を、この地域で産官学民でしているということね」

　人を支配？　実験？　なにそれ。わたしはきつめの声で言い返した。

「そんな話にわたしが騙《だま》されると思うの？　作り話をするなら、もうちょっと信じたくなる話にしてくれない？」

「訊《き》かれたから話しただけ。嘘《うそ》なんて言ってないけど信じないならかまわない」

⑨

ユウジョウソクテイ

「信じなくてもいいようなことなら、嘘を言っても同じことでしょう」

そんな話は受け入れられなかった。その場の空気を壊《こわ》さないように先に作ったわたしの「嘘の考え」がデータに残っていて、それをわたしの「本当の考え」としてどこかのだれかに見られているかもしれない。そのことが不安でたまらない。

「なら、わたしが日々希に嘘をつく理由を教えて」

天狼朱華はわざとわたしの瞳《ひとみ》をじいっと見つめた。友だちでもない子に見つめられると、恥《は》ずかしくなる。目力で負けた気がする。

「す、吹奏楽部を混乱させるため」

「それは面白そう」

小馬鹿《こばか》にされてる。

「桂奈はヘビーユーザーだったからデータ量が多くて、プログラミングのシステムに組み込むのに便利だったの。なのに、ピタッと使うのをやめたから、なにか不具合でも出たのかと思って気になっていただけ。日々希に訊《き》いたのは、いつもすぐそこで練習していたから。ただそれだけ。説明は以上」

「以上と言われても」

「納得できないようなら、明日、また来てみて。わたしがなにをしているのか、オタクでない人にもわかるように準備しておくから」

天狼朱華は聞き分けのない子どもに向けるようにやんわりと笑っていた。

「日々希は、なにかが変だってうすうす気づいていたでしょう。キグルミの中の人の考えを、どういう仕組みで測定できるのか不思議がっていたじゃない。レンズで測定できない部分は位置情報で個人を特定して、ネットのビッグデータに紐《ひも》をつけた個人情報を照会してＡＩが予測値を出しているってこと」

そうだ。お祭りのときに、わたしが話していたのを天狼朱華は通りすがりに聞いていたのだ。桂奈たちがゆるキャラのゆっきーを後ろから測定して笑っていたときに。

「どうしてお祭りにいたの？　わたしの話が聞こえるほど近くにいたのなら、声をかけてくれたらいいのに」

「人ごみで前に進めなくて立ち止まったとき、偶然《ぐうぜん》、声が聞こえたの。日々希だってわかったけれど、桂奈と来海が楽しそうに騒《さわ》いでいたから、邪魔《じゃま》しないように声をかけなかった。それに、教室ではだれもわたしに話しかけないじゃない。クラスの人たちが噂《うわさ》をするひそひそ声は時々聞こえていたけれど」

「みんなが話しかけない理由ははっきりしているよ。マインドプロテクターをつけているせいでしょう」

「プロテクターで《保護》されていて、なにがいけないの。使える耳も口もあって、言葉に出してやり取りできるんだから、知りたいことがあったら直接訊《き》いてくれればいいじゃない」

「なにを考えているのかわからない人となんて、話したくないでしょう？　怖《こわ》いもの」

「マインドスコープで測定できたからって、なにもかもわかるわけではない。表示された文字を読んで他人をわかったつもりになっているほうが、怖いんじゃない？」

その通りだ。でも、わたしは逆のことを言っていた。

「わかったほうが仲良くできるし、安心できるよ」

「その言葉が、実際に考えている通りのことを正確に表示しているなんて保証はないのに。あれにはＩＣＴ絆プロジェクトの人工知能の予測値だって含《ふく》まれるし、言葉をすり替《か》えたりして悪用することも可能だもの」

「中学生の言葉をだれが悪用するって言うの。本当にそう思っていたのかは、本人に訊けばわかるじゃない」

「訊かれたことに、いつも正直に答えられる？　その言葉が自分に都合が悪かったら、本当だったとしても、嘘《うそ》だって言うかもしれないし、違《ちが》っていたほうが都合よかったら、嘘なのに本当だって言うかもしれない。そういうこと、日々希にもあるでしょう？　言いにくいことや知られたくないことってあるじゃない？」

その通りだ。

天狼朱華がまっすぐな視線を送ってきて、ドキッとした。

天狼朱華は、桂奈や来海が使っているマイスコの測定画面もいくつか見た可能性がある。わたしがマイスコを向けられるたびに身構えて、頭の中で考えを用意していることに、気づいているのだろうか。わたしの秘密をどれだけ知っているのだろう。

「友だちに嘘なんてつくわけない」

隠《かく》していることを認めたくない気持ちのほうが勝って、とっさに口に出てしまった。嘘《うそ》だとばれたら、この学校で生きていけない。

「もし嘘をついたとしても、相手に頭の中を読ませていたことには変わりないもの。《保護》して隠しているほうが、ズルいよ。いつも自分の殻《から》に閉じこもっているなんて、良くないもの」

「うわべだけオープンにして、それでみんなをわかったつもりになって仲良くしていることが良いことなの？」

「だから、うわべだけじゃないかを知るためにマイスコがあるんでしょう。測定が出るんだもの、それは本当のことなんだよ。嘘だとわかっていても、相手が本当だと言ったら本当だと信じてあげるのが友だちでしょう？」

天狼朱華はこめかみのツボに指を当てた。

「その測定結果の真偽《しんぎ》は証明できないって言っているの。嘘でも信じるというの？　ややこしい話が一回転したわ」

「自分だけプロテクターをつけているからわからないんだよ。みんなと同じにならないから」

「わたしはみんなと同じじゃないもの」

当たり前だ。みんなと同じ生徒なんて一人もいない。それぞれが「みんな」に近づくように合わせているのだ。

人と違《ちが》いすぎるのは仕方がなくても、合わせる気がないことはもっと悪い。ふつうだったら溶《と》け込《こ》もうとするのに、この子はいつまでも特別な人でいる。

⑨

ユウジョウソクテイ

腹立たしいのを抑《おさ》えて、わたしはできる限りやんわりと言った。

「ＩＣＴ絆プロジェクトが悪いことをするわけがない。推進校になったこと、先生もみんなも誇《ほこ》らしく思っているのに、どうして不安になるようなことを言うの？　天狼さんだって夕賀中学校の生徒なんだから、みんなに迷惑《めいわく》をかけないほうがいいよ」

「迷惑？　わたしのマインドプロテクターがみんなに迷惑なの？　自分を《保護》しているだけなのに？」

天狼朱華は軽蔑《けいべつ》するような冷たさで「びっくりね」と付け加えた。

自分の頭のてっぺんにどんどん血が上っていくのがわかった。腹が立つのと頭に血が上るのって、体の場所は違うけれど、同時にできるんだ。

気持ちを落ち着かせようとして深く息を吸う。そうしたらふと、自分はなぜパソコン室で天狼朱華と長話をしているのかと奇妙《きみょう》に感じた。

怒《おこ》るのもバカバカしい。

「わたし、本で読んだことがあるよ。作り話をする子って、寂《さび》しい子なんだってさ。構ってほしいからどんどん嘘をつくんだって」

天狼朱華はわたしに関心をもつなとか放っておいてとか言ったのに、不安になるようなことを言ってくるのは、わたしと話がしたいからだ。わたしじゃなくても、きっとだれかと話がしたかったのだ。

だって、一人ぼっちなんだもの。

「嘘《うそ》がばれないように、そうやって《保護》していればいいじゃない。特別な子でいたいんでしょう。みんなと同じじゃなくて、よかったよね！」

わたしはパソコン室を出た。まるでケンカに負けたように飛び出して。

あんな子は一生、ボッチでいればいい。

友だちもいないのに、どうしてあんなに堂々としていられるの？

階段を駆《か》け上がりながら、わたしはなぜか息苦しさに襲《おそ》われた。胸の中が、悔《くや》しい気持ちでいっぱいになっていた。

なぜ、なにを悔しいと感じているのか、自分でもわからなかった。

――わたしはみんなと同じじゃないもの。

同じでないことを、どうしたらそんなふうに平然と言い放てるんだろう。

同じにしていないから、だれも仲良くしてくれないのに。

わたしはみんなに嫌《きら》われたくないだけ。だからうまくやっている……。

音楽室にもどると、数人の一年生たちがUNOをしていた。

だれのものかを訊《き》くと、「淡藤先生が持ってきた」という。

あのさつま揚《あ》げ、いったいなにを考えているんだろう。コンクール後のダレきった雰囲気《ふんいき》を引き締《し》めてほしいときなのに、本当に副顧問《こもん》らしいところがない。

「灰梅先生の忌引《きび》き明けまで、部活は休みにしたらいいのになあって淡藤先生が言ってました」

⑨

ユウジョウソクテイ

どうしてそんなことを一年生に言うんだろう。

「それ、淡藤先生が休みたいだけでしょう？　音楽発表会があるし、九月の青空コンサートは新曲をやるから、毎年お盆《ぼん》以外は休みがなかったよ。いま高校一年になっている先輩《せんぱい》の時代は、日曜も休みじゃなかったらしいし」

一年生たちは言い訳するように答えた。

「先生が言ったんです。それに、UNOしないと先生に悪いから、わたしたちはちょっと休憩《きゅうけい》しただけです」

「そう。じゃあもう片付けて、小曲の合奏の準備をしよう」

一年生たちは仲間内で目配せしたあと、「またあとでやろう」と言って素直《すなお》に従ってくれた。良かった。一瞬《いっしゅん》の沈黙《ちんもく》に、注意の仕方がよくなかったかもと思って、内心では冷や汗《あせ》をかいた。

「蘇芳先輩《すおうせんぱい》って、マイスコを使わないですね。森先輩だったらいまの、すぐ測定されてた」

後輩の言う通りだと思う。でも、とぼけた。

「え、そうかな？　機械って苦手なんだよね。Eタブとかも、夏休みに入ってからはたまにしか見てないし」

「へー、そうなんだー」

一年生たちはわたしのことに特別な好意や関心はなくても、感じよく返してくれた。

こういうのが、ふつうなのだと思う。

そう考えると、天狼朱華のことが気になった。あの子は特殊《とくしゅ》だ。嫌われることを怖《おそ》れていない。

強い人には憧《あこが》れる。だけど、硬直《こうちょく》しているのはダメだ。あちこちにぶつかっていたら、だれもいい思いはしないから。

翌朝、校門の前でさんごに会った。家の方向がさんごと同じ可純《かすみ》もいた。さんごはクラリネットケースを持っていた。今年の春に親に楽器を買ってもらったのだ。いつも持ち帰って、家でも練習しているんだろう。新部長になって、ますます頑張《がんば》っている。

挨拶《あいさつ》をしてさんごに話しかけようとしたら、可純に言われた。

「一年にスクレポで悪口を書かれているよ」

「えっなんで?」

「三年がいなくなったとたん、二年が威張《いば》ってるって。特に金管の不思議二年って書いてあったから、日々希のことだと思う」

不思議二年がなんでわたしなの?

あ然として、とっさに訊《き》けなかった。金管の二年なら、来海もそうだし、ほかに五人もいるのに。

「まあ、後輩《こうはい》同士の愚痴《ぐち》の範囲《はんい》だから、放っておいていいと思うけど。スクレポは先生も見るのに、バカだよね」

「ゆうべ可純からEタブのメッセージで教えてもらって、驚《おどろ》いたの。わたしのほうから、書いた子には削除《さくじょ》のお願いを出しておいた。すぐ消してくれると思う」

⑨
ユウジョウソクテイ

さんごはわたしをかばうように話した。

「どうして可純はわたしにもメッセージで教えてくれないの？」

「こじれても良くないし、日々希はいつもEタブを見ないって言ってるじゃない」

「みんなに比べたら見ないけど、スクレポの投稿《とうこう》には毎日シムボタンを押《お》してるでしょう？」

「そうだった？」

「自分では書きこまないけど、友だちの投稿にはちゃんとシムボタンを押してる」

「じゃあ今度なにか書かれてるって気がついたら教えるね」

「わたしって、そんなに後輩に威張ってる？」

桂奈の悪口なら納得できるけど、どうしてわたしなんだろう。

「全然。むしろ、自分の練習だけじゃなくて、もっと後輩の指導に関わったらいいのにって思うよ」

さんごに言われて、後輩の練習にこの夏はほとんど付き合ってなかったと思う。さらっと意見が出たということは、後輩だけじゃなくてさんごもそう思っていたということか。

「ごめん、気をつける。セカンドの子が一年と仲いいから任せすぎていたかも。威張ったつもりはないんだけどな」

心当たりと言えば、UNOを注意したことかな。あの一年生たち、その場では素直《すなお》にしていたけど、やはり言い方をよく思ってなかったんだ。

スカートのポケットに入れっぱなしのマイスコを出してみた。

あのときこれを使っていたら違《ちが》ったのだろうか。一年生たちは口にできない本当の気持ちを知ってほしかったんだろうか。

威張《いば》るなという測定が出たら出たで、一年生たちは困ると思うんだけど。

「三年生が引退して、空気が変わったから、色々文句を言いたくなる時期なんでしょう。一年生のこと、わたしたちがもっと気にしてあげようね。灰梅先生が復帰したら、ちゃんとお疲《つか》れ様会と引き継《つ》ぎ式をしよう」

さんごはいつも優等生だ。


遠回りして職員室から借りた鍵《かぎ》でさんごが音楽室を開けてくれた。汗《あせ》をふきふき、もわっとした空気を入れ替《か》えるために窓を開けるのを手伝っていると、桂奈と来海が楽しそうにきゃーきゃー言いながら入ってきた。

「なんの話?」

「青褐先輩《あおかちせんぱい》のこと。ゆうべ、来海が塾《じゅく》帰りに見かけたんだって」

「小学生の弟っぽい子と歩いてたの」

絆《きずな》委員長の青褐先輩のカッコよさについてしゃべっていたらしい。

桂奈の頬《ほお》が上気している。青褐先輩のこと、本気で好きなのかな。本人が思っているほど、桂奈はかわいい顔じゃないのに。

「わたしも先輩に会いたいなあ。でも、来週はハワイだし。先輩もハワイに来てたらいいのに」

⑨

ユウジョウソクテイ

またハワイ自慢《じまん》か。仕方なしに付き合う。

「どんなところへ行く予定なの？」

「えっとねー、ママがパンケーキのお店に行きたいって言うからー、マカダミアナッツソースで有名なお店に行こうってパパが言うんだけどー、わたしはレッドベルベットパンケーキっていうのがあるお店に行ってみたくてー」

へー、いいなー、すごーいと相槌《あいづち》を打つ。わたしは白米ご飯が好きだから、パンケーキのことは興味ない。ハワイじゃなくても近所のファミレスで食べられるやつで十分だ。

桂奈がスマホのレンズを向けてきた。

「桂奈のスマホのマイスコ機能って、履歴《りれき》はどうなっているの？」

「自分で削除《さくじょ》しなければ、全部残るよ」

「残るのはスマホのアプリの中だけ？　サーバーにも同期されているんじゃない？」

「たぶんね」

きのう天狼朱華に聞いたことが気になった。スマホで測定した履歴はＩＣＴ絆プロジェクトのサーバーには届いてなかった。アプリの会社と提携《ていけい》しているサーバーにあるということだろうか。ある瞬間《しゅんかん》の考えが永久保存されるのだとしたら、もっと慎重《しんちょう》にならなくては。

部員が半分ほど集まってきたころ、クラリネットの一年生が駆《か》け込《こ》んできた。

「部長！　ずっと考えていたんです。やっぱり相談したいと思って。どうしても楽器を変えなくちゃだめですか？」

「三年生の引退で、バスクラをやる人がいないのは話したよね」

「わかっています。でも、なんでわたしなんですか。ほかにもクラはいるのに」

「二年生から変わるより一年生のうちに変わったほうが長くやれるしうまくなると思うから。一年生の中で相談してもらって決めたことだよね？」

そうだ。たしかジャンケンで決めていたと思う。

「でも、バスクラって、全体で一人だけの楽器じゃないですか。わたしはみんなと同じ楽器がいいんです。それに、股《また》を広げてあいだに楽器を置くじゃないですか。わたしあんなの絶対に嫌《いや》です」

「嫌と言われても、そういう持ち方の楽器だし……」

「わ、わたしには、恥《は》ずかしくて無理です。女の子が人前で股を広げて座るなんて、おばあちゃんに叱《しか》られます。どうしてもバスクラをやらなきゃいけないっていうのなら、もう、退部しようかなって」

「ちょっ、ちょっと待って」

さんごは慌《あわ》てた。

わたしはその子に呆《あき》れてしまった。一年生の中で一度決めたことを、あとになって二年生に嫌だと言ってくるなんて、感じが良くないと思う。ほかのクラの一年生だってきっと嫌な思いをする。自分たちで話し合おうとしないわがままな一年生なんて、放っておけばいいのに。

でも、新部長のさんごはその一年生と根気強く言葉をやり取りした。さすがだなと思う。やがて、決意するように言った。

「わかった。バスクラはわたしがやる。あなたはクラリネットを続けていいから、吹奏楽部をやめたりしないでね」

えっと思う。さんごは自分のクラリネットを買って持っているのに。一年の時からソロのパートを受け持ったほど、クラの中では一番うまい人なのに。

「ホントですか。絶対ですよ！」

一年生はほっとした顔で、仲間のところへもどっていった。

なんか、気に入らない。

「どうして？　一年の中で決めることでしょう？」

「だれかがバスクラをやらなきゃならないんだから、しようがないじゃない。あの子は、ほかの一年には言いにくいから、部長のわたしに言いに来たんだと思うの」

それはわかる。同じ立場だからこそ気をつかうことはある。でも退部をちらつかせてやりたくないことを部長に押しつけるのは、ずるい気がした。「じゃあ退部していいよ」とは絶対に言えないもの。

そばで見ていた可純が怒《おこ》っているふうに言う。

「だからってさんごが代わることはなかった」

「いいの。バスクラだって、クラリネットだもの。大切な低音部だし。やりたくない楽器を押《お》しつけられたら、後輩《こうはい》だって部活が楽しくないだろうし」

さんごは部長だから、責任を感じて引き受けることにしたんだろう。自前のクラリネットケースを無意識になでまわしている。楽器を買ってくれた親になんと言おうか考えているのかもしれない。

そして、気持ちを切り替《か》えるように、無理をしているのがばれまくっている明るい声を出した。

「さ、練習を始めよう。まだ先生が来てないけど、時間だから、みんな、準備をして！」

桂奈がスマホを持つ手を上げた。

さんごを測定する気だ。

「桂奈！」

強い憤《いきどお》りに突《つ》き動かされて、わたしはとっさに、スマホとさんごのあいだに体を入れていた。

そして、ハグをするふりをして、桂奈の手にぶつかった。期待通りにスマホが床《ゆか》に落ちる。

桂奈のような人のことを、デリカシーがないって言うに違《ちが》いない。いまさんごの頭の中を覗《のぞ》いたら、かわいそうだとわたしは思った。なにを考えているかを知ったとしても、桂奈がどうにかしてあげられるわけではないのに。桂奈が一年生に先輩《せんぱい》ぶって口を挟《はさ》んだら、ますます大ごとになる。

「やだ、もう！」

桂奈は強引な体勢でハグするわたしを振《ふ》りほどくと、スマホを拾い上げ、壊《こわ》れていないか確認した。

ちょっとくらい壊れていたらいい。でも、修理代を弁償《べんしょう》することになったら親に迷惑《めいわく》がかかってしまう。

「ごっごめん、桂奈。ごめんね、ごめん。ごめんなさい」

「なんで、いきなり抱《だ》きつくの」

「だって……えっと、来週ハワイに行っちゃうのかって思ったら、急に寂《さび》しくなっちゃって。ごめんね」

スマホのレンズがこちらに向いた。わたしは強く考える。

『ハワイのパンケーキってどんなのだろう』

「壊れてなかった」

桂奈がスマホの画面をわたしの顔の前に突《つ》き出した。わたしが考えた通りの文字が出ていた。

「別のこと考えてるし。もっと本気でわたしのスマホに謝ってくれる？」

「ごめんなさい。ごめんなさい。ぼんやりしていました。食いしん坊でごめんなさい」

怒《おこ》る桂奈に、わたしは深く頭を下げた。

『ごめんなさい。ごめんなさい。桂奈、許して』

「許す」

解放の言葉に頭を上げる。

測定結果を見ていた桂奈は満足そうにニンマリしていた。その顔を見て、わたしも内心ニンマリした。

10 オレンジヘドロ

Eタブの電源を入れて掌《てのひら》認証でロックを外す。

電源を完全に消していたので、起動動画が再生された。Eタブの画面に、「ICT絆《きずな》プロジェクト」とかっこいいロゴが浮《う》かんで消えていった。それから細かい文字が右から左に流れていく。

協賛企業《きぎょう》　BIGCLOUD《ビッグクラウド》　国家未来戦略局能力開発企画室　人材育成コンサルティング絆……。

設定のなにかを変えれば起ち上がりの画面は出なくなるらしいけれど、先生の説明をぼんやり聞き流してしまったせいで、これのスキップの仕方がわからない。

朝ご飯のあとの「スクレポ」のチェックは夏休みの日課だ。シムボタンを押《お》された数だけでなく、押した数も成績評価に加算されるそうだから、やらないよりはやったほうがいい。友情もキープできる。

画面がトップメニューに変わると、受信メッセージのアイコンが出ていた。

可純《かすみ》からのメッセージだ。

『さんごが青褐先輩《あおかちせんぱい》にコメントもらったよ』

すごい。絆委員の青褐先輩に記事を読んでもらえてシムボタンを押されるだけでも自慢《じまん》できることなのに、コメントだなんて、これが桂奈《かな》だったら一生自慢話をしそうなことだ。

スクレポのアプリを開けてみた。

いつも見出しと画像を見るだけで流れ作業のようにシムボタンを押《お》していたから、さんごが最近なにを投稿《とうこう》していたのかは深く気にしていなかった。

「新生吹奏楽部《すいそうがく》〜新部長として」「吹奏楽部の先輩がたから学んだこと」「人をまとめるということの難しさ」

そんな見出しが並んでいる。内容も見出しの通り真面目だ。

さんごがいい人なのは知っていたけれど、スクレポにまで優等生の投稿をしていたとは、家でも気が休まらないのではないかと思う。

来海《くるみ》の投稿なんて、自分や家族の変顔《へんがお》おもしろ写真ばかりだし、可純はペットの話題が中心だ。桂奈は買ってもらったかわいい物やいま欲しい物の話題が多い。

わたしは書かなければならない宿題が出たときだけ、吹奏楽で使う楽器についての説明を書いた。自分のことがわかるような内容は書きたくなかった。

文字ばかりで読む気にならないさんごの最新記事をスクロールしてとりあえずシムボタンを押す。

ざっと内容を見た感じだと、吹奏楽部のピンチを乗り越《こ》えるために努力を惜《お》しまず頑張《がんば》りたいというようなものだった。おととい、バスクラが嫌《いや》だと駄々《だだ》をこねた一年生のことをうけて自分を励《はげ》ますために書いたのだとわたしには想像できたけれど、具体的な出来事や人の名前は書いていない。なにがあったかわかる人にはわかるけど、自分を鼓舞《こぶ》させるようなポジティブな言葉ばかりなのでトラブルにならないようにうまく書いている。

ランキング入りや共感記章に憧《あこが》れているさんごにしてみれば、シムボタンが欲しかっただけなんだろう。

肝心《かんじん》の青禍先輩《せんぱい》のコメントは、だれもがだれにでも使う便利な一言「頑張《がんば》ってください」だけだった。

でも、桂奈の反感を買うにはそれで十分だった。

さんごが青禍先輩にコメントをもらったことは、吹奏楽部の中にあっという間に広がっていた。さんご先輩、すごいという素直《すなお》な羨望《せんぼう》もあれば、部活をネタにしてスクレポで高評価されようとしているというひがった見方をする部員もいた。

桂奈は朝から不機嫌《ふきげん》で、その理由をはっきり口に出すわけでもなく、音出しが始まってもずっとスマホを握《にぎ》りしめていたので、わたしは気が気でなかった。

そのくらい青禍先輩は影響力《えいきょうりょく》のある人で、だれもが憧れている人だった。そんな先輩からコメントをつけられたさんごをひたすら尊敬してしまう気持ちと、たまたま先輩の目に触《ふ》れたから反応されたのだろうという幸運をうらやむ気持ちが、部内では、はじめのうちは大きかったと思う。だけど、自分も吹奏楽部の一員で同じように毎日頑張っているのにさんごだけが注目されたことは、僻《ひが》みがましさや不公平感をそれぞれの胸に残していった。

はっきりと空気の変化を感じ取ったのは、お昼休みになる前の合奏の時だった。

途中《とちゅう》で、一年生のパーカッションがちょっとしたミスをした。

一拍《ぱく》半も前にずれて入った音につられて、主旋律《しゅせんりつ》だったサキソフォン群が止まり、メロディーを引き継《つ》ぐトロンボーンが入れず、目印になるはずのピッコロの音が出てこない。まるで示し合わせたように全体がガタガタになっていく。

チューバなどの低音部だけがかろうじて続いていったけど、間もなくそれもずれだして、もう楽譜《がくふ》のどこを演奏しているのかだれにもわからなくなってしまった。

楽器を構えた姿勢で笑いをこらえていたフルートの一年生がプピャッと音を出して噴《ふ》き出し、さんごはようやく手を止めた。

「どうしたの？　みんな、どうしてやめたの？」

桂奈が指揮台のさんごにスマホのレンズを向けている。それに感化されたように、クラの一年生も学校支給のマイスコを目にかざしていた。

「もう一回、はじめから」

さんごが指揮棒を構え、こきみよくカウントをとったけれど、はじまりの音はそろわなかった。

「待って、じゃあ、さっきずれたところの少し前の、Cの一小節前から」

今度はもっと楽器の音が減ってしまった。

くすっと笑い声がした。

「いま笑ったの、だれ？　トロンボーン？」

さんごは怒《おこ》るわけではなく、感情を抑《おさ》えた声で、毅然《きぜん》と訊《き》いた。

「すみません、部長の指揮が顧問《こもん》の物真似みたいで面白くて」

トロンボーンの一年生に悪気はなかったのかもしれない。でもそう言われると、確かにさんごの指揮は灰梅《はいうめ》先生の……カピの不完全な物真似みたいだった。

音楽室中がざわつきだして、さんごは自信を失くしたようにだらりと両腕《りょううで》を下げてしまった。

さんごのためになにか言ってあげたいけれど、不機嫌《ふきげん》な桂奈を敵に回したくない。いま目立ったら、執拗《しつよう》に測定される。

仲のいいはずの可純だって、なにも言わないで隣《となり》の子としゃべっている。来海なんて後輩《こうはい》の男子に変顔をして見せている。

目をつぶって、深呼吸をして、さんごはまた指揮棒を上げた。

「始めます！　Cの一小節前」

にこやかにしているけれど、心の中では動揺《どうよう》しているのだろう。

そこに桂奈の声が甲高《かんだか》く響《ひび》く。

「ほら、カピコ部長が始めるってよ！」

みんなを注意するというより、からかいの言葉かけだった。

新部長にぴったりの新しいあだなに、笑いが止まらなくなった子がいる。

「カピコ部長、頑張《がんば》ってください」

桂奈が言った瞬間《しゅんかん》、部員のほとんどは青褐先輩《せんぱい》の書いたコメントが頭に浮《う》かんだのだと思う。

青褐先輩に応援《おうえん》されたんだから、頑張れるでしょう？　一人でも頑張るのは当然でしょう？

「頑張ってください」

「頑張ってくださーい！」

クラとトロンボーンの一年が復唱すると、さんごは優しい笑顔を崩《くず》さずに言い返した。

「頑張ります。でもカピコではありません」

桂奈がまたさんごを測定している。

ひどい。

いまのさんごの考えを測定してみたところで、それがどうだというんだろう。それで絆《きずな》が深まるんだろうか。相手のなにもかもを知っていて、なにもかもを知らせていることが、友だちになるということだろうか。

桂奈は、自分が同じことをされても、相手を友だちだと思えるのだろうか。それともわたしには、知りたい気持ちが足りないのかな。知られたくないことが、人より多すぎるのかな。

自分の周りがだんだんオレンジ色の泥《どろ》になって、世界中がドロドロに溶《と》けていくような気がした。自分まで暑苦しくて重たいヘドロまみれになってしまいそう。

いま、わたしにできることは、抗議《こうぎ》の音を鳴らすことぐらいだ。

耳につくダブルタンギングでGの音を吹《ふ》きながら、頭の中で強く思う。

『わたしは吹奏楽部が大好き！』

ざわつきは自然に収まって、間もなく合奏は再開した。だけど、カピコと笑われたさんごの指揮は、ぎこちない動作になっていた。

「さんごがランキング入りしたら、うちら自慢《じまん》だよね？」

桂奈の言うことは、なにもかもとげがあるようにしか感じなかった。

お弁当の時間は、ねちねちした拷問《ごうもん》みたいだった。

「これを機会に青褐先輩《せんぱい》と仲良くなって、うちらのこと紹介《しょうかい》してよ」

「無理だよ」

「コメントにお礼を書いて、また返事をもらったらいいよ、ね？」

話を振《ふ》られて、ドキッとする。汗《あせ》がどっと噴《ふ》き出すのがわかった。

「うーん……ええと、わかんない。来海はどう思う？」

お箸《はし》を置いてタオルハンカチで鼻の頭の汗《あせ》をぬぐいながら、同意も批判もしないで来海にバトンを渡す。

来海はお箸をくわえたまま、もさもさした髪《かみ》を揺《ゆ》らして意味のない変なポーズをした。金管の不思議ちゃん二年というのはわたしより来海にぴったりのあだなだと思う。

「おとといかその前か、桂奈が投稿《とうこう》していた新しい枕《まくら》カバーの写真、かわいかったよね。あの柄《がら》って……」

さんごが可純に話しかけると、桂奈は会話を奪い取るようにかぶせてきた。

「そっか？　ちょっと貸して」

鳩羽くんにトランペットの持ち方を教えてあげると、あっと思う間もなく吹き口のマウスピースに口を当て、息を吹き込んだ。すかーっと情けない音がした。

「唇《くちびる》を震わせて音を出すんだよ。ぶーって」

「やっぱ無理だわ。吹いてみてよ」

楽器を返されて、わたしは戸惑《とまど》った。

だって、間接キスになる……。

ティッシュやタオルでマウスピースをぬぐってから吹いたら、わたしが鳩羽くんのことを汚《きたな》いと思っているみたいだ。気を悪くするかもしれない。

一年生の時の鳩羽くんは、やんちゃ系で時々反抗的《はんこうてき》なところがあったから、変に断ってからかわれたり嫌《きら》われたりしないかが少し心配だった。

まあいいか。ほかのだれにも見られていないし。先にわたしのトランペットに口をつけたのは鳩羽くんのほうなんだし、意識しているのが伝わってうぬぼれの強い女の子だと思われたくもないし……。

わたしが思い切って音を出すと、鳩羽くんは言った。

「蘇芳さん、いいよ。すごくいい。かっこいい女って好きだわー」

鳩羽くんは笑いながらそう言った。偶然そういう角度だったのかもしれないけど、わたしにウインクをしたようにも見えた。

「かっこいい女」が好きなのであって、わたしを好きと言ったわけではない。なのに、わたしは沸騰《ふっとう》するみたいにぐんぐん体温が上がっていき、鳩羽くんの姿が廊下《ろうか》の先に消えたときには、しゅーっと蒸気が抜《ぬ》けてへなへな座り込《こ》んでしまった。

そんなことがあってから、鳩羽くんのことはほかの男子よりも少し気になっている。

わたしは男の子に対して、単純すぎるのかもしれない。

鳩羽くんは間接キスになることなんてちっとも考えていなかったのだろう。好きって言葉にも、特別な意味はない。色っぽいことにはさっぱり疎《うと》い、天真爛漫《てんしんらんまん》な態度だった。邪念《じゃねん》でいっぱいだったのはわたしのほう。

その時から、鳩羽くんのイメージカラーは、ピカピカしたトランペットの真鍮《しんちゅう》色になってしまった。

ここで練習していたら、また鳩羽くんが通りがかってくれるんじゃないかって、心のどこかで期待している。かっこいいし、うまくなったねって褒《ほ》めてくれるのを望んでいる。

単調な音階の練習をしている途中《とちゅう》で、鳩羽くんはそっと階段を上ってくるのだ。

「ここでずっと頑張《がんば》っていたのは知ってたよ。蘇芳さんのこと、オレ、いつも見てたから」

「えっ……本当？　どうして？」

「ばっかだなあ。好きでもないやつとわざわざ間接キスなんかすると思うのかよ」

「あの時のあれって、わざとだったの？」

「気づけよー。やっぱ、直接じゃないとだめか？」

「えっ、ちょっ、そ、それって。やだ、学校なのに……」

いけない。妄想《もうそう》モードに入ってしまった。ストレスから逃《に》げたくて、エロいことを考えてしまった自分が嫌《いや》になる。

鳩羽くんは一年生のときのことなんて、もう覚えてないだろう。

「ねえ」

声をかけられ、びくっとした。階段を上がってきたのは天狼朱華《てんろうはねず》だ。

ついさっきまでしていた鳩羽くんの妄想と同じシチュエーションだったので、複雑な気持ちになった。

「またパソコン室に来てって言ったじゃない」

そんな約束をした覚えはない。この前会った時は言いあいになって、わたしが負けて部屋を飛び出した形だった。

「見せるよ、わたしのプログラムした『大きな雲』を」

「えっと、なんの話？」

「パソコン室でなにをしているか知りたがっていたのは日々希でしょう。こんど来たら見せようと思っていたのに、全然来ないから迎《むか》えにきた」

「別に、もういいよ。全然気にしてないから」

吹奏楽部の人間関係だけでへとへとなのに、これ以上変な子に関わりたくはない。

「よくない。日々希の吹《ふ》いているあの曲、再現してみたから、聴《き》いてよ」

天狼朱華はそこまで言うとさっと階段を下りていく。あとをついてくると思っているのだ。

「あの曲って、もしかして……」

のこのこついていってまた口論になったら嫌《いや》だ。とはいえ気になるので、そうっと階段を下りていった。

開けたままの引き戸の陰《かげ》に立って、耳を澄《す》ます。

電子音？　とぎれとぎれだけど、聞き覚えがある。これは、わたしの曲。『永遠の輪舞《ロンド》』の一部分だ。

踊《おど》り場でさんざん練習していたくせに、こうして再生されると恥《は》ずかしい。ほかの人の耳に届かないよう、わたしはパソコン室の中に入ると引き戸をぴたりと閉めた。

「音楽とか映像とか、創作表現をするための世界で、どんなふうに使えるか、まだよくわからない。もやもやしているから、わたしはその世界を『大きな雲』って呼んでいる。マインドスコープの測定で人の思考が言語化できるなら、音や映像に置き換《か》えることもできそうだと思わない？」

「『大きな雲』だなんて変な名前」

先生用のモニターのほうに近づきながら、わたしはぼそっと文句を言う。友だちとして気をつかう間柄《あいだがら》ではないし、嫌《きら》われる心配をしなくていいから、天狼朱華にはなんでも言える。

「マインドスコープを持ってきている？」

「持ってる。すごく邪魔《じゃま》なんだけど」

携帯《けいたい》することが決まりだから、使う気がなくてもスカートのポケットに入れて持ち歩いている。

『『大きな雲』に入るにはマインドスコープのシステムを使うの。じゃあそれで、試しに日々希のアカウントを作ってみる。よかった。わたし以外の人でもプログラムを使えるか、実験したいと思っていたの」

でたらめにキーを叩《たた》いているのかと思うくらいの速さの、天狼朱華の華麗《かれい》なタッチタイピングに一瞬《いっしゅん》見とれた。

「貸りるね。大丈夫《だいじょうぶ》、壊《こわ》したりしないから」

天狼朱華はわたしのマイスコを受け取ると、マイクのようにスタンドに固定して、いくつものコードをつなげて、レンズをわたしに向けた。それから精度を上げるためにと、お風呂《ふろ》に浮《う》かべるアヒルに似た形のメタリックなヒヨコを右手に持たされた。ずいぶん準備がいい。かなり本気で取り組んでいるということだろうか。

得意分野の話をしているせいか、天狼朱華は楽しそうだった。うん、これは絶対に楽しんでいる。いつもこのくらい明るい雰囲気《ふんいき》でいればいいのに。

「それでは始めます。リンゴを思い浮かべてみて」

「どういうリンゴ?」

「漠然《ばくぜん》としたのより、くっきりしたイメージがいい。日々希がリンゴだと思うものならなんでもいい」

わたしはリアルな果物ではなく、わざとポップなイラストの赤いリンゴを思い浮かべた。

数秒遅《おく》れてパソコンのモニターに、わたしが思い浮《う》かべていたのにそっくりな赤いリンゴのポップなイラストが映った。

「ＯＫ。ちゃんと反応したわ。そのリンゴは笑うの」

えっと思う。

リンゴが笑うって、どういうこと？　とりあえず思い浮《う》かべてみる。画面のリンゴにチェシャ猫《ねこ》のような口ができた。

「うたも歌う」

リンゴの口が動く。

外づけスピーカーから、ふんふんふんふんふーんとわたしが頭の中で適当に作ったハミングが聞こえてきた。わたしが口ずさんだわけではないのに、考えたことが音になって現れたのだ。

「なにこれすごい。面白い」

「というわけ」

天狼朱華は得意げだ。

「画面表示を変えるね。こっちはわたしのアカウント。こうして別画面で両方を表示させたり、同時に表示したりして、コラボレーションもできるようにしたいの。それは未完成なんだけど」

中学生の女の子が、こんなすごいものを作れるなんて。天狼朱華はこのために一人でパソコン室にこもっていたのか。

天狼朱華のことを誤解していたのだろうか。こんな面白いものを作っていたのなら、だれにも邪魔《じゃま》されたくないと思っていても仕方がない。自分はみんなと違《ちが》って特別だって思ってしまうのも仕方がない。

「もう一回やらせて。吹奏楽の音も出るの？　絵は、どんな色でも再現できるの？」

「モニターの性能にもよるけれど、使う人が頭の中でイメージできるなりにできるはず。わたしはあんまりそういう想像力がないみたいで」

画面がわたしのアカウントに切り替《か》わった。

「大きい音を出したいなら、ヘッドホン使って。『大きな雲』を作っていることはまだ秘密だから、人が集まったら困るし」

天狼朱華はどこからかヘッドホンを持ってきて、わたしの耳にかぶせた。

メタルヒヨコを握《にぎ》りしめ、心を落ち着けて、イメージする。なににしよう。まだくっきり覚えているコンクールの課題曲にしよう。

金管楽器の音色と朝日に照らされる白い山肌《やまはだ》。第一主題のメロディーとともに、アイスクリームのエベレストを赤いそりで滑《すべ》り降《お》りる耳の長いうさぎ……。

見える、聴《き》こえる！

わたしは思わず途中《とちゅう》でヘッドホンを外し、左側の耳あてを自分の右耳に、もう一方の耳あてを天狼朱華の左耳に押《お》しつけた。わたしの中の『昇陽《しょうよう》よ、明日も』のイメージをだれかに聴いて、見て、感じてほしかった。

天狼朱華は、ほんのり微笑《ほほえ》んだ。

曲が終わる。わたしは思いを告げた。

「この『大きな雲』ってすごい。頭の中にあったイメージをそのまま再現できるし、ほかの人にも感じてもらえるなんて」

「記録することもできるし、再生も編集もできる。もちろんレイヤーを重ねた同時再生も複製も。ミキシングみたいなことも」

わたしはヘッドホンを自分の耳にかぶせ、別のイメージを思い浮《う》かべてみた。

トランペットのソロ曲ではない、空想の中のフルオーケストラの『永遠の輪舞《ロンド》』を。

白い靄《もや》のようなものが画面に現れて、淡《あわ》い貝パールの色でオーロラのようにゆらゆらし始める。

王宮の中でファンファーレのようなラッパが高らかに鳴り響《ひび》く。

ラッ　パッパ　パーン　ラパパー　ラッパパーン……

チェス盤《ばん》模様の大広間の床《ゆか》。ゴージャスなシャンデリア。すました顔の貴婦人たちの古風なダンス。ロングドレスがふわりと広がる。

オーボエとホルンが主旋律《しゅせんりつ》を引き継《つ》いでいく。ラヴェル作曲の『ボレロ』のように同じメロディーを繰《く》り返しながら、全体がじわりじわりと重厚に変化して密《ひそ》かに高まっていく。つむじ風に乗るようなストリングスの音色も加わると、ぐんと奥行《おくゆ》きを増して盛り上がる。

もっと楽しく、美しくしたい。そうだ、あの貴婦人たちはすべて花が集まってできていることにしよう。音楽が宮殿に満たされるように、花はほどけて自由になって、シャボン玉のようにふわふわ浮かんでいく。

重そうなシャンデリアも細かな光の粒《つぶ》に変化して、ホタルが籠《かご》から放たれるようにあたり一面に拡散していく。

そこで表現されているのは美しさに包まれた喜び。これ以上はない幸福感。

そして、音楽も宮殿も輝《かがや》きながら光の中に真っ白になって消えていく。

幸せを永遠にするために。

そして、リフレイン。真っ白い静寂《せいじゃく》の世界の中からトランペットが時を告げる。

ラッ　パッパ　パーン……


「ずっとね、言葉に置き換《か》えるだけじゃ、自分が本当に感じている全部のことはだれにも伝えられないと思っていた。絵も下手だって昔からお母さんに言われていたし、頭の中にあるものをどうやって表現したらいいのかわからなかったの。考えたことが言葉以外のもので再現できるなんて、すごいよ、これ！」

「日々希の想像力や再現する力のほうが、わたしにはすごいと思うけれど」

褒《ほ》められて、恥《は》ずかしくなる。

小さいころから絵を描《か》くことをお母さんに止められていた。お母さんはわたしの絵を見ると、気味が悪いとか、才能がないとか、ほかの子どもと違《ちが》っていて恥ずかしいと嫌《いや》がるのだ。

描くことは好きだったのに、酷評《こくひょう》を言われ続けたせいで描かなくなった。学校の課題以外では頭の中で映像のように思い浮かべるだけにしていた。その自分だけの密かな楽しみを、こんな形で褒《ほ》めてくれる人が現れるなんて。

　気が昂《たかぶ》りすぎて鼻の頭に汗《あせ》が出てきた。だから褒め返す。

「天狼朱華のほうがすごいよ。これがあったらパソコンの作曲ソフトの使い方を知らなくても好きなように音楽が作れて、絵を描《か》いたりビデオカメラで撮《と》りに行ったりしなくても一瞬《いっしゅん》で映像が作れるってことでしょう？　渋谷《しぶや》の交差点で一斉《いっせい》に人がダンスするフラッシュモブの動画を作ろうとしたときだって、その様子をリアルに思い浮《う》かべられれば実際に大勢の人を集めなくてもできるわけだし……っていうか、世界中の人が同時に一斉に踊《おど》りだす様子だって本物のように作れるわけでしょう。地球の外にも行ける。夢も現実も時間も空間もごちゃ混ぜなテーマパークの密集地帯みたいなやつも。すごいよ天狼朱華！」

　マイスコなんて、嫌《いや》な道具だと思っていた。でもこんな活用の仕方があるなんて、天狼朱華ってすごい。もしかして天才？

「日々希のほうがすごいって。わたしはシステムを構築できても音を出すだけで精いっぱいで、そういうことは全然思いつかなかった。日々希のほうは色が鮮《あざ》やかだったし、細かな部分までくっきりしていた。そんな特技があったなんて、意外」

「演奏中に思い浮かぶ曲のイメージが変だって、友だちに言われていたし。人より妄想《もうそう》が強いのかな」

「なにかを思い描《えが》くって、だれにでもできることじゃない気がする。ありきたりでわかりやすい空想よりも……そう、もっと自由で独創的な想像力があるってことでしょう。少なくとも、わたしにはできないことだし、日々希は称賛《しょうさん》に値する」

クールに言われたけれど、これってべた褒めされてない？

ぱあっと光を当てられたような気がした。

目では見えない自分の深いところを、人からはじめて肯定《こうてい》された気がした。それはいい点を取るとか、だれかが考えたことや言ったことをそのまま覚えて、おうむ返しに答えたときに褒められるような嬉《うれ》しさとは、次元が違《ちが》う。

「あ、ありがとう……」

感激のあまり、天狼朱華の手を両手で握《にぎ》りしめた。

「ずいぶん調子よく態度が変わるのね」

そっと手を外されてしまった。天狼朱華は冷静だ。

「ごめん。わたし、誤解していた。いつも一人でいる子だから」

「いつも一人でいるのは事実だけど」

天狼朱華はわたしのアカウントをログアウトした。

「まだ開発途中だし、実はサーバーの内部に無断で入っているの。だから、このことは秘密にしてくれる？　学校にばれたら、せっかく構築した『大きな雲』を消されるかもしれない」

「わかった、言わない。消されたら困るよ。だってわたしも使いたいもの。また来てもいい？」

「いいけど……ここに来ることも秘密にして。時間をかけてやっとここまで構築してきたものを、価値のわからない人間に荒《あ》らされたくない。『大きな雲』は、秘密の王国なの。選ばれしものしか足を踏《ふ》み入れることはできないの。絶対に秘密」

確かに、その気持ちはわかる。桂奈や来海などにはきっと『大きな雲』のよさはわからないだろう。それに、吹奏楽部のみんなには天狼朱華と会っていることを知られたくない。だけど、こんなすごいおもちゃがあるなら、遊ばないでいられるわけがない。

わたしは秘密を共有したことに、すっかり舞《ま》い上がってしまった。

「わかった、言わない。マイスコで覗《のぞ》かれても、ばれないようにする」

天狼朱華は意味深に口元だけで笑った。測定用の考えをわたしがいつも用意していることに、気づいているせいだろう。

壁《かべ》の時計を見ると、いつもなら午後のパート練習の時間になっていた。桂奈が帰っていればいいな。

「後輩《こうはい》がわたしのことを探しているかも。また来るね」

「どうぞ日々希のお好きなように」

いつものように冷めた言い方だ。でも、少し口角が上がっている。本当は自分の作った『大きな雲』を人に披露《ひろう》できて、嬉《うれ》しいのではないだろうか。

「日々希が使うなら、もっと完成度をあげておく」

天狼朱華は固定していたマイスコを外し、わたしに返してくれた。そしてパソコンの『大きな雲』の画面を閉じると、文字だらけの画面を開いてプログラムかなにかを打ち込《こ》み始めた。

「どうやってパソコン室を借りているの？　先生は知っているの？」

⑩

オレンジヘドロ

　パソコン室の管理者はＩＣＴ支援《しえん》員とＩＣＴ絆委員会の指導担当の四角い顔の檜皮《ひわだ》先生だ。納《なん》戸《ど》さんがクビになってからＩＣＴ支援員は欠員になっている。

　天狼朱華はモニターを見たままでかすかに自嘲《じちょう》の表情をした。

「あの手の先生は、『友だちがいない子』には優しいの」

11 ダサイウワバキ

夢だ。

すぐ気づいたのは、既視感《きしかん》があったから。目の前に広がっている風景は、よく覚えている。くっきりとリアルすぎて、それが逆に作り物みたいな風景。

雲一つない青い空。空の向こうに星空があることをだれにも見抜《みぬ》かれないよう、透《す》けない青でくっきり覆《おお》って隠《かく》している。その下に、オレンジがかった黄色い砂丘《さきゅう》の陰影《いんえい》がある。

手前の砂山の奥《おく》の、別の砂の斜面《しゃめん》には、点のような影《かげ》を落とした旅人の姿があった。一歩一歩、どこかに向かって動いている。まだ遠すぎて、背格好まではわからない。

澄《す》んだ空気。冷たい微風《びふう》。高い透明度《とうめいど》の強い光。薄《うす》いガラスでできたみたいに、硬《かた》くて壊《こわ》れやすい世界。この砂だらけの世界に、たどり着ける場所などあるのだろうか。

空気はからりとしていた。

るー　るっる　るー　らるるー　らっるるー
静寂《せいじゃく》の中に、歌声が流れていた。それはわたしのオリジナル曲と同じメロディーなのに、耳慣れたトランペットの音ではなかった。

ダサイウワバキ

歌っているのは旅人ではない。地面からにじみ出るように、途切《とぎ》れ途切れに聴《き》こえてくる。古い映画に出てくる、昔のラジオみたいに。

自分の足元を見る。黄色い砂に学校の白い上履《うわば》きが半分くらい埋《う》もれている。

なんで上履きなんだろう。ぼんやりと思う。

いつまでも、一人でここにいても仕方がない。みんなのところにもどらないと。

ふと、小学三年生の時に学校で靴《くつ》を隠《かく》されたことを思い出した。

どんなに探しても見つからないのに、みんなは次々と下校してしまう。いつもなら、まごついている子がいればだれかが気づいて「どうしたの」と声をかけてくれるものなのだ。なのにそのときはだれも気づかず、みんなはどんどん帰ってしまった。靴がないという一言が、わたしには言い出せなかった。下校の音楽が鳴り終わってもどうすることもできずに、人けのない学校に残っていた。

職員室に入っていく勇気もなく、知恵《ちえ》をしぼって頼《たよ》りにいった保健室には鍵《かぎ》がかかっていた。ようやく声をかけてくれた先生に、担任の先生を呼んでほしいと頼《たの》むと、保護者と面談中だから明日にしなさいと言われて、伝えてもらえなかった。

帰れない。上履きのままで外に出てはいけないというルールが、わたしを校舎の外に出られなくさせていた。

時間だけが過ぎるのに耐《た》えられず、わたしは泣き出した。魔法《まほう》のように靴が現れるのを願いながら。

でも、現れることはなかった。

靴《くつ》がないなら、帰れないから学校に住むことになる。夜は校長室のソファーを借りよう。夕ご飯は給食のあまりを探せばいい。とりあえず生きていくことはできそうだ。でも上履《うわば》きだけでは中休みに校庭に出れないし、体育の時間も困ってしまう。

不安を消し去るために取り留めもなくそんなことを考えて玄関《げんかん》でしゃがんでいると、戸締《とじま》りの確認をしていた高学年の先生が、腹立たしそうに「早く帰りなさい」と怒鳴《どな》ってきた。怖《こわ》かった。

「靴が……」

「靴がないなら上履きのままで帰りなさい！　下校時間は過ぎているんだ！」

有無を言わせぬ口調に背中を押《お》され、やっとわたしは校舎の外に飛び出すことができた。

あのとき歩いた通学路の感触《かんしょく》。いつもの靴より底の薄《うす》い上履きは、路面のでこぼこを強調して足の裏に伝えてくる。気づかずに小石を踏《ふ》んだときには、足裏がずきっとした。

上履きで外を歩いていることを注意されやしないかと、人とすれ違《ちが》うたびにひやひやした。変な子だと思われたらどうしよう。靴が買えないおうちの子だと思われたらどうしよう。恥《は》ずかしくてたまらなかった。

明日もこの上履きを履《は》いて学校に行くのだろうか。だとしたら、学校で履く上履きはどうしたらいいだろう。下履きにした上履きは、上履きとしても使えるのだろうか。いったん脱《ぬ》いで、履き替《か》えたふりをすればいいのだろうか。この上履きが使えなくなったら、お母さんは怒《おこ》るだろう。靴がなくなったことも、怒られる……。

仕事から帰宅したお母さんは、玄関にある上履きを見て、すべてを察した。そしてわたしに一言だけ言った。石を投げつけるように。

「ダサーい」

子どものころにブタと呼ばれていたことがあるお母さんは、いじめられるような子どもが大嫌《だいきら》いなのだ。いじめっ子を責めるより、いじめられている子を責めるほうが簡単だから、お母さんは弱そうにみえる子をいつも嫌った。

お母さんは夜のうちに新しい靴を買いに行ってくれたけど、わたしはありがたいとか優しくされたとかは全然思えなかった。だからまた「感謝の気持ちがない」と叱《しか》られた。

あの靴隠《かく》しは、別の学年の子のいたずらだった。無差別に何人かの靴を隠していた。体育館のステージ下の道具入れの中に数人分の靴がたまっているのを先生が発見して、犯行が明るみになったのだ。生まれつき、そういう収集癖《へき》のある子のしたことで、悪意ではなく、単なる災難だった。

だけど、数日後に教室で靴が返された時の、あの情けない気持ちは、いつまでも重苦しく胸に残った。靴を隠されるような「ダサい」人はこの子ですよ、と世界中に言いふらされたような絶望感。こっそり捨てた汚《きたな》いゴミを、落とし物ですよとわざわざ拾われてしまったような恥ずかしさと気持ち悪さ。

わたしは帰り道に、靴を捨てた。

汚いもののように感じたし、なによりも、靴を隠されたという「ダサい」出来事を、自分自身が忘れたかったから。

学校のみんなの中から、外れてはいけない。弱そうな子にもなってはいけない。そうなったら、家にも居場所がなくなるから。わたしを傷つけようとする人は、学校にも、家の中にもいるのだ……。


「ねえ」

すぐそばの砂の上にだれかがいた。

顔を上げると、天狼朱華《てんろうはねず》だ。

いつもと雰囲気《ふんいき》が違《ちが》う。肩《かた》で切りそろえた髪《かみ》ではなく、お尻《しり》のあたりまですとんと伸《の》ばしたロングヘアーだった。とてもよく似合う。ゲームのキャラクターみたいに、制服に似た黒いドレスに編み上げのブーツに、昔の映画の淑女《しゅくじょ》みたいな白い長手袋《ながてぶくろ》をつけているのも違和感《いわかん》がない。

天狼朱華によく似た子の足元には、足跡《あしあと》が砂丘《さきゅう》のずっと遠くまでつながっていた。ここまで歩いてきたのか。孤独《こどく》な旅人はこの子だったのかな。

「ねえ、ここ」

その子はこちらに語りかけると、跪《ひざまず》いて足元の砂を両手で掘《ほ》り始めた。

「手袋が汚《よご》れるよ?」

「平気」

わたしは汚れたりしないの、とでも言いたげな、自信たっぷりの声。

少しも掘らないうちに、なにかが……箱が出てきた。

黄色い砂から灰色の四角い箱を掘り出した。片開きの蓋《ふた》を開け、中をこちらに見せる。

「いつまでこんな狭《せま》いところにいるの？」

あっ、と思う。

その箱の中身は、学校の音楽室そのものだった。顔のない人形がたくさんいて、箱の底にはぎゅうぎゅう物が詰《つ》まっている。ピアノや楽器はミニチュアなのに、本物を見ているようだった。わたしに似た人形が、目をつぶって両手で耳をふさいでうずくまっている。

「ぶ、部活だもん。練習しないと」

わたしが答えると、その天狼朱華によく似た子は蓋を開けたままの箱を砂の穴《あな》に置いた。

「毎日何時間も、どうして窮屈《きゅうくつ》なところにいるの？　人に気をつかって、心を偽《いつわ》って。ぎっしり詰まっているように見えても、中身はスカスカじゃないの」

その子は両手ですくった砂を、ざあっと箱の中に注ぎ入れていった。そのとたん、わたしは息苦しくなる。

「孤独が怖《こわ》いのね？　なら、寂《さび》しくないよう埋《う》めてあげる」

見る見るうちに人形や譜面台《ふめんだい》やピアノや打楽器が砂でさらさら埋まっていく。わたしまで砂で埋められてしまったように、胸が圧迫《あっぱく》されていくようだった。

箱はすっかり隠れてしまった。一面、元通りの砂の地表だ。

風が吹《ふ》いて、天狼朱華によく似た子の長く伸《の》ばした髪が踊《おど》る。猫《ねこ》の背中をなでつけるときのような優しい手つきでそっと束ねながら、その子は言った。

「ここはいいところね。自由だもの」

わたしは息苦しさに耐《た》えながらも小さくそっと答えた。

「なにもないじゃない。人もいない」

「なにもない？　砂を掘《ほ》り返してみたことがあるの？」

そんなこと、考えたこともなかった。なんの目印もない砂だらけの地面を掘り返してみようと思う人なんているわけがない。

「これは夢の中だもの」

そう言いながら、背中を向けて、一番近くの砂の丘《おか》へ数歩歩いた。自分の影《かげ》がくっきり砂に落ちている。影があるということは、わたしはこの世界にも存在しているということ。

これはわたしの夢だ。あの天狼朱華も本物とは違《ちが》う。髪《かみ》の長さが全然違うもの。夢だからこそ、なにかが出てくるかもしれない。さっきあの子が箱を掘り出したみたいに。

気が変わり、わたしは膝《ひざ》をついてしゃがみ、両手で砂をかき分けた。砂遊びなんて保育園のころにしたくらいだ。さらさらした砂の感触《かんしょく》は、まるでグラニュー糖《とう》みたいだった。

砂地を掘っていくうち、底のほうから音が聞こえた。

るー　るっる　るー
あの歌声がかすかに流れている。『永遠の輪舞《ロンド》』にそっくりな歌が。

「それはなんの曲？」

ダサイウワバキ

掘り出してはいけない気がした。

「な、なんでもないよ」

砂で穴を埋《う》めもどすと、歌は消えた。


きょう出れば、四日間の休みになる、そうわかっていても、部活に出るのは気が重かった。

時間ぎりぎりで音楽室に足を踏《ふ》み入れたとき、頭の中に砂まみれの箱が浮《う》かんだ。

「日々希《ひびき》、おっはよー。出発の日だけど、挨拶《あいさつ》に来たよ」

桂奈《かな》はスマホを手に持っていた。あ、と思った時にはマイスコ機能で測定されていた。

「なにこれ。《腐敗物《ふはいぶつ》》って書いてある」

桂奈はぼんやり顔のわたしの写った測定画面を見せてくれた。

たしかに、腐敗物に違いない。桂奈のしもぶくれの顔を見たとたん、砂の詰《つ》まった箱の中に腐《くさ》ったカブが入っているイメージを思い浮《う》かべてしまったのだから。

「スマホが壊《こわ》れてるんじゃないの?」

「えっ、うそっ?」

桂奈は確認するためスマホを弄《いじ》り始めた。これで、しばらく静かになるだろう。

ハワイに出発する日にまで部活に来なくてもよかったのに。早く行っちゃってほしい。でも帰ってきたら、ハワイの話を延々と聞かされ続けるのだ。たしか去年もそうだった。

「可純《かすみ》、おはよう。さんごは?」

きのうの日曜日は灰梅《はいうめ》先生の娘《むすめ》、藍《あい》ちゃんの告別式だったはず。報告があるかと思ったのだけど。

「少し遅《おく》れるって」

「さんごが遅刻《ちこく》なんて、珍《めずら》しいね」

土曜日に指揮の姿をカピコとからかわれたこと、まだあとを引いているのかな。

毎日灰梅先生の指揮を見て練習していたんだから、さんごが灰梅先生に似るのは当たり前のことだ。さんごが灰梅先生の指揮を注意深くしっかり見ていたっていう証拠《しょうこ》だよって、すぐにさんごに言ってあげられたらよかった。桂奈を気にして言わなかったことを、少し後悔《こうかい》した。

「さんごが来るまで、UNOしようよ」

桂奈がピアノの横の棚《たな》の上に置きっぱなしになっていたUNOのカードを見つけて勝手に配り始めた。

来海《くるみ》が広がる髪《かみ》をワサワサさせて寄ってきた。

「おお、やろう！　ほかにやりたい人、寄っといで」

「ちょっと、来海、ダメだよ」

わたしが止めようとすると、別の意味にとられてしまった。

「いいじゃん、後輩入れたって」

一年生がちらちらこっちを見てる。

「そういう意味じゃなくって、いまは遊ぶ時間じゃないでしょう？」

桂奈が言う。

「さんごが来るまでのちょっとだよ。わたし、すぐ帰るし。今夜の便で出発だから、お昼前には早退」

わたしは可純を見た。どう思っているのか顔色が読めない。同じグループにいてもわたしが可純と付き合いにくいと感じるのは、そういうところだった。

「きのうのこともあるし、ふつうに待とうよ」

「なにかあったの？」

桂奈はもう忘れているらしい。

「さんごは藍ちゃんの告別式に出たんでしょう？」

わたしは可純に確認するように訊《き》いた。可純はうんと頷《うなず》いた。

「灰梅先生の様子とかも、見てきてくれたと思うし」

「来るまで、UNOして待っててもいいじゃない。お葬式《そうしき》に行ったこと、スクレポに書けばいいのに。代表ご苦労様って、また青褐先輩《あおかちせんぱい》からコメントもらえたかもしれないよ。もったいない」

いつまでさんごを僻《ひが》んでいるのだろう。お葬式はネタじゃない。さんごは桂奈と違《ちが》って、その違いがわかる子だ。

「で、日々希はUNOやるの、やらないの？」

前にUNOをしていた一年生を注意した手前、遊ぶわけにいかない。あのときの一年生たちが、こちらに冷たい視線を向けている。あとで、このことをスクレポに書かれるんだろうか。

桂奈は来海とわたしと、来海に呼ばれて集まってきた一年生三人分のカードを配りきった。可純はその場からすうといなくなっていた。

「ねえ、いいこと考えた。一応部活中だから、練習しながらやろうよ。それならサボりじゃないでしょ」

来海がいったん離《はな》れ、アルトサックスの歌口部分を手に持って、UNOの輪にもどってきた。やれやれ、おしゃぶりじゃないんだから。

「ごめん、わたしはやめておく」

自分の割り当てのカードを、中央に置かれたカードの上に載《の》せた。

さんごが音楽室に入ってきたとき、後輩のお手本になるべきわたしたちが遊んでいたら嫌《いや》だと思う。

「ええー、抜《ぬ》けるの？　じゃあそこでこっち見てるクラの一年生たち、おいでよ」

来海が呼んだのは、この前わたしが注意したグループだった。その子たちは来海と桂奈とわたしの顔を見比べて、仲間内で「どうする？」と言い合っている。

「早く決めてよ」

桂奈の一声に、小さな笑いともからかいともつかない声が上がり、中の一人が「いまはいいです」と答えた。

「なんなの、あれ。せっかく誘《さそ》ってあげたのに。それよか、さっきから気になっていたんだけど、日々希のその前髪《まえがみ》はなんなの？」

桂奈のイラついた声に続いて、来海も怪訝《けげん》な顔をする。

「だよね。いつの間に髪を洗って来たの？」

「えっ、洗ってないよ」

思わず前髪を触《さわ》る。汗《あせ》で額に張りついていた。むちゃくちゃ緊張していたんだ。嫌だ、恥《は》ずかしい。

「変だった？　わたし汗っかきだから」

「それ汗なの？　オタクみたーい」

「キモい」

「そういえば、ちょっと汗臭《あせくさ》いね」

「臭《にお》う、臭う」

二人から代わる代わる言われて、また汗がどっと出てきた。この汗っかき体質、本当に嫌。

「うそっ、ほんと？　ごめん、気づかなくて。臭かった？」

額の汗をぬぐいながら、恥ずかしくて、情けなくて、泣きそうになってしまった。面と向かって言われるのはつらい。

桂奈と来海がにやにや笑い出す。

「冗談《じょうだん》だよ」

「なーに本気にしてるのぉ？」

からかわれただけなのか。だけど、まだ胸がざわざわしていた。いまマイスコを使えば二人の考えがわかるけれど……臭《くさ》いとかキモいとかと思っていると測定結果が出てしまったら、どうだろう。それを知ったら気持ちの上では、もう友だちでいられなくなる。

「わ、わたし……汗《あせ》が引くまで涼《すず》しいところに行ってくる」

汗臭《あせくさ》いとからかわれては、そのままそばにいられるわけがなかった。

トイレの洗面台で顔と前髪《まえがみ》を洗って、濡《ぬ》らしたタオルで体中を拭《ふ》いてこよう。制服が汗で湿《しめ》っているから、体を拭いても意味がないかもしれないけれど……。

わたしたちは仲がいいから、桂奈と来海は冗談《じょうだん》を言ったんだ。気にしすぎないほうがいい。いままで言われたことはないし、まだ午前中だし、もし臭《にお》っていたとしても、ひどい臭いではないはずだ。

わたしはわざと汗をかいているんじゃない。

洗面台にうつむいて顔を洗い始めたとたん、涙《なみだ》が止まらなくなった。

この体が、恥《は》ずかしい……。

泣いちゃだめだ。汗は自分でコントロールできなくても、涙は制御《せいぎょ》できるんだから。

なんで突然《とつぜん》冗談を言われたのか、さっぱり意味がわからなかった。冗談ならなおさら、臭うだなんて言っていいことだろうか。どうしてそんな意地悪を言うの？　ＵＮＯをしなかったから？

でも可純だってしなかった。あの子はいつも逃《に》げるのがうまい。

気持ちが落ち着くのを待って、いつもの個人練習の場所に行った。

楽器を持たずに出てきてしまったけど、音楽室にもどりたくない。行けばきっとまた汗をかく。

11

ダサイウワバキ

――そういえば、ちょっと汗臭《くさ》いね。臭《にお》う、臭う……。

なにもしないでしばらく踊《おど》り場にぼんやりと突《つ》っ立っていた。それでも汗は出てきた。八月の真夏日なのだ。どこにいても暑いに決まってる。

夏休み中に、生徒が勝手に冷房《れいぼう》をつけられる教室なんてない。

ううん、あった。天狼朱華のいるパソコン室だ。

『大きな雲』のことも気になる。あれはなんだかすごいものらしい。でも、一度触《さわ》っただけだから、勘違《かんちが》いをしてすごいものに思えただけかもしれない。

もう一度試してみたい。あのときの感覚を確かめてみたい。

仮想のあの世界に触《ふ》れたとき、わたしはわたしの存在を超えて、自由だった。


パソコン室の引き戸をノックした。

返事はない。でも、中にいるはず。

「日々希です。入っていい？」

今度はすぐに「どうぞ」と声がした。

ほっとした。拒絶《きょぜつ》されるかも、と少し不安があったから。

中に入ると、モニターに顔を向けたままの天狼朱華に言われた。

「いままでノックなんてしたことないのに」

確かに。

「秘密だって聞いたから、なんとなく」

「部活は？」

「きょうは人が少ないから……少し気分転換《てんかん》。もう一度『大きな雲』を見せてもらいたいと思って」

「わかった。日々希に試してもらったほうが、わたしも参考になるからいいよ」

「ドアに鍵《かぎ》をかけたほうがいいかな？」

「ご自由に」

だれにも邪魔《じゃま》をされたくない。『大きな雲』を使っているところをほかの人に見られたら、天狼朱華だって困るだろう。はっきり言わなかったけれど、天狼朱華はハッキングしてサーバーに侵入《しんにゅう》しているはずだから。見つかったら、停学くらいの罰《ばつ》になるのではないか。だったら、秘密にしてあげなくてはいけない。人の弱みを握《にぎ》ることになって、少しだけわくわくする。

ドアの内側からロックした。

マイスコを天狼朱華に渡《わた》して、パソコンの前に椅子《いす》を寄せて座る。メタルヒヨコを探して、握りしめる。

「ヘッドホン、いる？」

「使ったほうがいいかな。でもそうすると天狼朱華には音が聴こえなくなっちゃうね」

「今度、二股《ふたまた》にするアダプターを持ってくる。きょうはもう一台のＰＣから『大きな雲』に入って、そっちの内蔵スピーカーから小さな音量で聴《き》く。パラメーターの変化を追いかけたいし」

11

ダサイウワバキ

天狼朱華は先生用のパソコンと向かい合う位置の生徒用のパソコンを一台起動させた。

「なんでもできるんだね」

「なんでもなんてできないよ。できそうなことをしているだけ」

すべてのセッティングを終えると、天狼朱華は向かいの席に座り、どうぞと言った。

すぐ隣《となり》からモニターを覗《のぞ》き込《こ》まれるよりは、集中できそうだ。

今回も、吹奏楽《すいそうがく》曲から再現してみよう。コンクールの自由曲だった吹奏楽のための序曲『センチュリア』。

巨大《きょだい》な鷲《わし》の背中に築かれたお城。金の鱗《うろこ》の七つの尖塔《せんとう》。ドラムロールと金管楽器の力強いファンファーレで曲が始まる。

ようし、大空に飛び立て！

お城はすごい速さで雲を突き抜《ぬ》けていく。氷河に削《けず》られた異国のダイナミックな自然と赤いレンガの古い街並みの上空を悠々《ゆうゆう》と超《こ》える。夕暮れの静かな海辺には一番星がきらり。ぐんぐん飛んで、夜明け頃《ごろ》には牧草地に覆《おお》われた緑の島にたどり着く……。

ああ、なんて楽しいんだろう。

メタルヒヨコを離《はな》して、汗《あせ》で湿《しめ》った手をこする。強く握りすぎた。

一呼吸おいて、モニターの向こうの天狼朱華に訊《き》いた。

「どう？」

「いいよ。ちゃんと追いかけてる。こっちはこれまでのログを処理してるから、次は好きなように使って」

なにを試してみよう。そうだ、黄色い砂漠《さばく》の夢を再現してみよう。

青くて、広くて、目が痛くなるほど遠い空。時折吹《ふ》きつける強い風に、丘の斜面《しゃめん》の表面の細かな砂がさらさらと流れていく。どの砂粒《すなつぶ》もみんな、角が取れて丸い。手にすくい、その小さな粒を注視すると、黄水晶のように透《す》けているのと、まるでミルク入りレモンキャンディーみたいな色に白濁《はくだく》したメノウっぽいのがある。濃《こ》いオレンジや白い斑《ふ》入りのも。

それから、夢の中で会った、天狼朱華にそっくりな、でも髪《かみ》の長い女の子を思い描《えが》く。

「それ、もしかしたら、わたし？」

すぐ向かい側にいる美少女は、実物以上に再現するなんてできない。けど、わざと冗談《じょうだん》めかして言った。

「美化しすぎかな」

「日々希にはそういうイメージで見えるってこと。髪を伸《の》ばしていたころはそんな感じだった」

「へー、いつ切ったの？　ロングのほうが似合いそうなのに」

「それを知ってなんになるの？」

「えっと……」

なんの気なしに訊《き》いたのに、天狼朱華の返しは予想外に冷たくて、冷静になる。わたしは少しはしゃぎすぎていたのだろうか。

「どうして髪を切った日を知りたいの？」

「本当に知りたいわけじゃなくて、世間話だよ」

モニターの女の子が、風に飛ばされる砂のようにさらさらと消えていく。

友だちが欲しくない子に世間話は必要ないのかも。天狼朱華は特別で、すごい才能があって、強い子だから。

わたしの夢に天狼朱華が出てきたのは、偶然《ぐうぜん》だ。むしろわたしのほうが、天狼朱華のことを意識していた。

砂の中から天狼朱華が掘《ほ》り出した箱。

砂まみれの狭苦《せまくる》しい音楽室。

あれはわたしが夢でみたことだ。

現実では、小さな箱の中に音楽室が押《お》し込《こ》まれているなんて、考えたこともなかった。大切な吹奏楽部の仲間たちがいる空間を、わたしがそんなふうに思うはずがない。箱に砂がざあっと流し込まれて埋《う》めもどされた時、胸が苦しくなったのは嘘《うそ》じゃない。

ただの夢。わたしが望んでいたわけじゃない。

メタルヒヨコから手を離《はな》し、黙《だま》っていたら訊かれた。

「もう終わり?」

「ちょっと休む。思ったより、疲《つか》れた」

「コーヒー入れようか?」

「ううん。音楽室にもどらなくちゃ。みんなが探しているかもしれないから」

遅刻《ちこく》して来るというさんごは、もうとっくに来ているだろうか。早退する予定の桂奈はUNOに飽《あ》きて帰っただろうか。

「そう。ご協力ありがとう」

あっさりと、わたしのマイスコを外して返してくれた。

「きょうは桂奈のマイスコのこと訊《き》かないの？」

「ヘビーユーザーを追いかけるより、もっと興味深い対象を見つけたから必要ない」

それって、わたしのことかな。

「あ、あのね、言わなくてもだれかの測定データを見て知っていると思うけど、吹奏楽部は明日からお盆休みなの。わたしのことなんて待ってないと思うけど、次は土曜日だから。待ちぼうけさせたら悪いから、言っておく」

ご勝手に、と返されるかなと身構えながら伝えると、天狼朱華はモニターを見たまま、特に感情の抑揚《よくよう》もなくぽつりと言った。

「そう。じゃあ土曜ね」

当然の予定みたいに。

「灰梅先生は吹奏楽部に復帰しません。休職するつもりだそうです」

藍ちゃんの告別式の翌日、一時間以上遅《おく》れてきたさんごは、音楽室にいた部員たちに事務的にそう言うと、帰ってしまった。まさかそれだけ告げて帰ったとはだれも思わなかったので、職員室で副顧問《こもん》と今後の相談でもしているのだろうと、ほかの部員はお昼休みになるまで自主練をするかだらだらUNOをして過ごしていた。

わたしがパソコン室からもどってきたときにはもうさんごも桂奈も音楽室にはいなくて、UNOの主要メンバーはパーカッションの一年生たちに変わっていた。

お弁当の時間になってもさんごの姿がないのでどうしたのだろうということになって、可純がさんごに電話をかけて家に帰っていることが発覚した。

さんごはひどく落ち込《こ》んで、口数が少なく、声も普段《ふだん》のようには出てなかったそうだ。だから、告別式での灰梅先生の様子は、その場にいた部員はだれもさんごには聞けなかった。聞かなくても、さんごの顔を見れば、灰梅先生の様子もだいたいわかった。と、来海が言うくらいだから、相当な落ち込み方だったのだろう。

忌《き》引き明けに灰梅先生が吹奏楽部にもどるまでは、さんごが新部長として新体制をまとめなくてはいけないという意識を持っていた。部内にはさんごの真面目さをからかうような雰囲気《ふんいき》もでき始めていた。だけど、お盆《ぼん》明けにはまた元通りの活動になるだろうという見通しを立てて、一人で重圧に耐《た》えていたんだと思う。その、頼《たの》みの綱《つな》だった顧問の復帰がなくなったのだ。落ち込んでも仕方がない。

目標だった金賞が獲《と》れないまま、顧問が喪中《もちゅう》になって、引き継《つ》ぎ式もなく先輩《せんぱい》たちは引退し、副顧問はなんでも生徒に任せっぱなしで、わたしたちはどこを見ていけばいいのかわからない。部のみんなが戸惑《とまど》いの毎日だった。

この四日間の休日のあいだに、元気になってくれることを祈《いの》るしかない。

家に帰って、Eタブのメッセージで、部の代表で参列したことをねぎらう言葉をさんごに送ってみたけど、返事は来なかった。しつこくしても良くないと思い、可純と来海とも相談して、見守ることにした。

灰梅先生の休職の噂《うわさ》は吹奏楽部を引退した三年生のあいだにもあっという間に広がった。娘《むすめ》を失くしたのだから無理もない。先生を責めることはできない。そんな言葉が、前部長の桔《き》梗《きょう》先輩のスクレポのコメント欄《らん》に寄せられていた。

先輩のスクレポによると、告別式をあとにした桔梗先輩とさんごは、灰梅先生の身内の人に呼び止められたそうだ。灰梅先生はその人に言っていたらしい。

『あの子たちに金賞を獲《と》らせてあげられなくて、本当に申し訳なかった……』って。

世の中には、どうにもならないことがある。

12 スカスカキヅカイ

お盆《ぼん》休み明けの土曜日の朝、音楽室の前の廊下《ろうか》に部員が三人座り込《こ》んで退屈《たいくつ》そうにしていた。その中に可純《かすみ》もいて、わたしの姿を見て安堵《あんど》の表情になった。

「音楽室、まだ閉まっているの？」

「うん。さんごは休むって」

「部長が？　夏風邪《かぜ》かな。それとも家の用事？」

「わかんない。どうしたのって聞いても反応なかった」

「副部長にはもう伝えたの？」

副部長はパーカッションの一年生だ。

「家族で田舎《いなか》に行ってて休みだって。先生が来たら伝えようと思って待ってた」

部員が少ないのはお盆前の月曜日のように、この土曜日を家族の休暇《きゅうか》につなげて出かける人がいるせいだろう。

建て増しでつながっている別棟の玄関《げんかん》の並びにある職員室までは、往復するには億劫《おっくう》な距離《きょり》だ。廊下に座っているだれもが、自分から行動しようという表情でなかった。だれかが鍵《かぎ》を開けてくれるのを待っているつもりだ。

窓の閉まった廊下《ろうか》は熱気でむっとしていて、そこにいるだけで汗《あせ》がにじみ出てくる。

「鍵《かぎ》を借りてくる」

可純にバッグを預け、一階の職員室に向かう。蒸し暑い廊下に座り込《こ》んで汗だくになってしまうよりは、鍵を取りに行ったほうがましだった。

お行儀《ぎょうぎ》よく職員室に入っていくと、淡藤《あわふじ》先生は学校の電話を受けていた。なにやら取り込み中のようだった。わたしに気づくと、鍵を指で合図した。

鍵を持ち出して廊下をもどり始めると、下駄箱《げたばこ》の少し先に来海《くるみ》の背中を見つけた。

「おはよう来海」

声をかけると、笑顔でくるりと振《ふ》り向く。暑苦しい髪《かみ》もわさっと動く。

「おはよ。ねえねえ、角の自販機の所で黒橡《くろつるばみ》さんに会ったの！　ほら、あの指揮の上手なイケメンOBの人。コンクールのときに聴《き》きに来てくれていたんだってよ。それでね」

来海は興奮していた。そして、気取ったポーズをして口真似をした。

「実は校長先生から非常勤のICT支援《しえん》員を頼《たの》まれまして、また校内でお会いするかと存じます、って」

「部活にも来てくれるの？　黒橡さんが来てくれたら活気が出るね」

「きょうは来られないって。でね、色々聞きたいことを質問していたら、名刺《めいし》をもらっちゃった。わたし、大人から名刺をもらったのはじめて。ほら、本物」

来海は白い長方形のカードを掲《かか》げて、笑いながら言った。カードの中央に黒橡虹《こう》と黒い小さな文字で名前が横書きに書いてある。下のほうに会社の所在地や電話番号、メールアドレスというありがちなデザインだ。

大人はこの紙切れをとても重要なもののように交換《こうかん》する。子どもの目から見たら、ちょっとばかばかしい。

「どんな会社なんだろう」

来海の言葉に、わたしはもう一度名刺を覗《のぞ》き込む。名前の左上に社名がある。

『ｋｕｂｉｋｉ企画《きかく》　開発営業部』

知らない名前の会社だ。

来海が心底、残念そうに言う。

「かっこいいのに、大企業《きぎょう》のエリート社員じゃないんだね」

「リストラされたのかもしれないよ」

「それで給料が少なくてうちの学校のＩＣＴ支援員のアルバイトを兼務《けんむ》するのかもね」

二人で失礼なことを言いながら、音楽室の鍵を開けに向かった。

部員の集まりが悪く、だれも真面目に練習をする気配がないので、副顧問《こもん》の淡藤先生の独断で、きょうはお弁当を食べたら解散することに決めた。練習熱心な部長がいないので、反対もなくすんなり決まった。

いつもの五人でなく三人だけのお弁当タイムは、なんだかすかすかした気分だった。

来年のいまごろ、わたしたちはどうなっているんだろう。

コンクールが終わったら、引退しているはずだ。部活のくくりがなくなっても、いままでのように五人は仲の良い友だちでいられるだろうか。ううん、来年の話ではないかもしれない。灰梅《はいうめ》先生がいないうえに部長のさんごが出てこなければ、吹奏楽部《すいそうがく》は長く持たないだろう。

お弁当が済んでも残っていた部員たちが退室するのを待って、本日の鍵《かぎ》当番に淡藤先生から指名されたわたしたち三人は音楽室の戸締《とじま》りをした。

職員室に鍵を返して、下駄箱《げたばこ》に向かう。

靴《くつ》を履《は》き替《か》えながら見ると、下駄箱には天狼朱華《てんろうはねず》の靴があった。

校門まで三人で歩いていって、「じゃあ月曜日にね」とバイバイをする。

少し歩いて、来海と可純の姿が見えなくなったのを確認したあと、わたしは小走りで校舎にもどった。


「遅《おそ》い」

天狼朱華は、感情のこもらない声で事実だけを告げた。

怒《おこ》られるかと思ったので、冷静な態度に少しほっとした。

「きょうは部員が少なくて、個人練習で校内に散らばる必要がないくらいだから、音楽室を出てこれなかったの。でもこのあとは大丈夫《だいじょうぶ》」

⑫

スカスカキヅカイ

先生用のモニターの前に座り、マイスコをセットする。ヘッドホンをつけて、『大きな雲』にログインし、メタルヒヨコを握《にぎ》る。

先週やってみた自作の『永遠の輪舞《ロンド》』の曲と映像のイメージをもう一度思い浮《う》かべてみる。二度目だから、ミュージックビデオみたいに再現できた。

「別のものをやってみて」

「なにがいいかな。きれいなのがいい」

吹雪《ふぶき》から桜の花吹雪に移っていく映像は、簡単にイメージできる。でも、それってありがちかなと思う。花やシャボン玉が出てくる『永遠の輪舞』とも少しかぶる。

「自然でなくて、架空《かくう》のものは？　ユニコーンとかペガサスとか」

「ユニコーンなんて、全然思いつかなかった。面白そう」

わたしはユニコーンとペガサスを合体させて、白い翼《つばさ》のある一角獣《いっかくじゅう》をイメージしてみた。

普段《ふだん》本物の馬を見る機会がないので細部はよくわからない。モニターに出てきたのはなんだかぬいぐるみみたいだけれど、雰囲気《ふんいき》は出ている。なかなかいい感じ。走らせてみる。

それから、夢の中の天狼朱華を思い浮《う》かべた。ロングヘアーで、制服をデコラティブにしたようなゴシック調ドレスに、白い長手袋《ながてぶくろ》に編み上げ靴の。

ペガサスの翼とユニコーンの角を持った白い馬を背後にして女の子を立たせる。

なにか物足りない。

ぬいぐるみみたいな質感の体に氷の炎のような青白いたてがみとしっぽをつけた。こうすると本当にファンタジーゲームのキャラクターみたい。

前に考えた『センチュリア』の曲のイメージを重ねて、空を飛ばせてみる。

腕《うで》のしびれで目が覚めた。わたしはキーボードを押《お》しのけて、モニターの前で寝《ね》てしまっていた。体を起こすと首や肩《かた》がバキバキいう。

「やだ、いつの間にか寝てた。いま何時？」

「もうすぐ五時」

「わたし、そんなに長く眠《ねむ》っていたの？　起こしてよ」

「こっちも解析《かいせき》に夢中だったから、気づかなかったの」

なんだかすごく恥《は》ずかしい。

窓の外の西日が眩《まぶ》しい。塀《へい》の向こうの住宅の二階の窓が太陽を反射している。以前、午前中に来たときには強すぎると感じていた冷房《れいぼう》が、生ぬるく感じる。

強烈《きょうれつ》な光に目を細めた。

「カーテン閉めるね」

全部の窓ではなく眩しいところだけ閉めたのだけど、遮光《しゃこう》カーテンなので、パソコン室が一気に薄暗《うすぐら》くなった。

「電気つけない？」

「蛍光灯《けいこうとう》が画面に映りこむから嫌《きら》い。それに明かりがついていると見回りの先生が覗《のぞ》きに来るでしょう？　話の分からない人にあれこれ訊《き》かれたくない。わかってない人ほどわかったふりして訊きたがる。どうせわからないのに」

天狼朱華は円筒形の物を一つパソコン机の上に置いた。キャンドルみたいな淡《あわ》い光が灯《とも》る。形も丸みがあってかわいらしい。

「これはソーラーLEDランタン。窓際に置いて太陽光で充電《じゅうでん》していたの」

これなら蛍光灯をつけなくても、夜でも手元は明るい。天狼朱華なら真っ暗な中でもキーボードを打つのには困らないだろうけれど。

「こんなかわいいの持ってるんだ？　天狼朱華って、いろんなことを知っているね」

単に思ったことを口にしただけなのに、天狼朱華は不満アリアリなため息をついた。

「ねえ、日々希《ひびき》。これからも『大きな雲』に参加するつもりなら、わたしをフルネームで呼ぶの、やめたら？　言いにくいでしょう？」

「言いにくくないよ、天狼朱華」

「PCのことをわざわざパーソナルコンピューターって言っているみたいに不自然に感じる」

「ハネちゃんとかハネッピとかって呼んでほしいの？　ハネズミン、ハネチュウ、ハネズミーランド、ハネネ、テンハネ……」

わざととぼけた名前を言ってみると、天狼朱華の頰《ほお》がほんのり赤くなったように見えた。冷静を装っているけど、きっと恥ずかしがっている。

そして、怒《おこ》った声で言った。

「天狼朱華のままでいい」

「なんだ、せっかく考えたのに」

天狼朱華は生徒用のパソコンにもどって、キーを打ち込《こ》み始めた。そして、感情が感じられない声で言う。

「友だちになるわけじゃないし、どう呼ばれても同じ。帰るなら、先にどうぞ。ご自由に」

かわいげがない。なんなの。

わたしだってかわいい性格とは言えないけれど、もう少し優しいことは言える。天狼朱華は友だちなんて欲しくないのだ。放っておいてほしい子なのだ。

もう帰ろう。長居をしすぎた。

でも、やっぱりもう一度『大きな雲』を試してみたい。さっきは寝《ね》オチしてしまったし、もっと楽しいことを考えたい。

先生用のパソコンの前に座り直し、自分のアカウントでログインする。朱華が操作していたのを見ていたから、今度は自力でできた。メタルヒヨコを握《にぎ》る。

まっさらな画面。

天狼朱華。朱華。ハネズ……跳《は》ねるネズミ。胴体《どうたい》にばねのついたネズミキャラ。ふわふわのハムスターみたいにかわいいやつ。ぴょんぴょん跳ねる白いトビネズミ。

「そのまま続けて」

天狼朱華が言った。向こうのモニターでも見ているのだ。

ネズミが跳ねるたび、鈴《すず》の音がコロンと響《ひび》く。ご機嫌《きげん》な音、寂《さび》しい音、コロンからコロリンへ、ほんのりと音色が移ろっていく。軽やかに、くるくる飛び回る。トランポリンで遊ぶみたいに。その愛らしさには世界中が微笑《ほほえ》んでいる。まるで、天狼朱華の対極にいるような……。

「いいね。ちょっと待ってて、コピーを並べる」

朱華の声とキーを打ち込む音とともに、画面にもう一匹《ぴき》のそっくりなトビネズミが現れた。区別するために、わたしのネズミの色を薄《うす》いピンクに変える。あっちへ行こうよ、と身振《みぶ》りで誘《さそ》うと朱華のネズミも乗ってきた。

幾何学《きかがく》模様のだまし絵を思い描《えが》いて、背景に出す。あちこちが合わせ鏡になっている。画面に広がる無限の奥行《おくゆ》きの世界で、二匹はしっちゃかめっちゃかに戯《たわむ》れる。まるで自分が跳ねているみたい。飛べるような気がする。〝ハネズ〟は跳ねるだけじゃない。羽根のネズミでもある。

キューピッドのような小ぶりの翼《つばさ》をはやした。朱華のネズミにも翼をつける。突然のことにプルプル身震《みぶる》いをして、そして羽ばたきだす。ほら、飛んだ。

だまし絵の世界を抜《ぬ》け出して、地上二十八階の寸胴《ずんどう》の夕賀《ゆうが》タワーのてっぺんに。屋上に帽子《ぼうし》のアクセサリーのように載《の》っている地元のラジオ局の送信塔《そうしんとう》まで飛んでいく。

そこからどんな景色が見えるだろうか。二玉川《ふたたま》は夏の夕陽にぎらぎら金色に浮《う》き上がるように輝《かがや》いているかもしれない。

「ちょっと待って、スケールの設定がわからない。五、六センチの身長なら、送信塔に座った姿は地上から見えないはずで」

朱華が水を差した。

「空想だからいいの。大きさは自由自在」

夕賀タワーを消して、白いテーブルの上に下りた。それは子ども番組の森の広場のセットみたいなスタジオにある。

音楽をつけよう。

単純だけど軽快なリズムに、色とりどりのビーズがまばらにぽろぽろ転がり落ちていくような、楽しい音。それから、天の狼《おおかみ》の美しく甘《あま》い遠吠《とおぼ》え。それはまるで、フルートの荘厳《そうごん》な二重唱。天に住む狼は遠いところにいるからネズミたちは怖《こわ》くない。たとえるなら星たちの子守唄のように……。


ドーン！

重たい破裂音《はれつおん》に、はっとした。

爆発《ばくはつ》？　ううん、打ち上げ花火の音だ。

「なにが起きたの？」

朱華は知らなかったようだ。

「二玉川の花火大会が始まったんだよ」

花火は七時開始だ。つまり、暗くなっている。ヤバい、お母さんに怒《おこ》られる。

「帰らなくちゃ！　ああ、もう。『大きな雲』をやってると時間を飛び越《こ》える」

ログアウトして、自分のマイスコを外す。

でも……あれ？　わたし、さっきまでなにを考えていた？

没頭《ぼっとう》しすぎて、夢の中にいたみたいだ。突然目が覚めて、夢と現実のはざまでめまいを起こしているような感じ。

「待って。わたしも帰る。ＰＣの電源落として」

朱華にも帰る家があるんだ。当たり前のことだけど、不思議に感じた。朱華はパソコン室に住んでいる、と言われても信じたかもしれない。

戸締《とじま》りをして、職員用の玄関《げんかん》からそうっと外に出る。

「パソコン室の鍵《かぎ》は返さないの？」

「これは予備を借りているから。それにしても、打ち上げ花火って本当にドーンって音がするのね」

「えっ、見たことなかったの？」

話しているあいだにも、空気をわずかに震《ふる》わせながら打ち上げ花火が上がっている。直線距離《きょり》ではたぶん一・五キロくらい離《はな》れている。ただし、校門の前では周りの建物が邪魔《じゃま》で音だけだ。

「映像で観ると、もっと軽い音に聞こえるから、ドーンっていう擬音《ぎおん》は大げさだと思っていた。本当にドーンって言っている。ふふふ」

笑うようなことだろうか。

「どういう生活してきたの。ずっと部屋にこもってパソコンばっかりやっていたんでしょう。錆《さび》猫《ねこ》区の住人だったら打ち上げ花火を見たことがないってありえない。ちょっと来て」

わたしは朱華の腕《うで》をつかんだ。

この近くから、花火が見えるところはないだろうか。駅方向に歩いていったところで、三階建てのマンションの、西側まで通路が来ている建物を見つけた。他人様の敷地《しきち》だけど、花火のときだから許してくれるだろう。

古い建物だったので、入り口は自由に出入りできる構造だった。一気に階段を上がって、突《つ》き当たりまでいく。

見えるか？

二玉川の花火は打ち上げ場所が二か所ある。どちらかが見えるだろうか……。

見えた！

高速道路の高架《こうか》で下のほうは少し隠《かく》れてしまうけれど、丸い菊《きく》の形の花火が見えた。

またドーンと響《ひび》く。遅《おく》れて届いた音が、あちこちの建物にこだまする。光の菊がすっと開いてキラキラ流れて消えていく。

「ほら、これが本物の打ち上げ花火」

「あの音は体にも響くのね」

「体の中でも花火が打ち上がるんだよ。ドーンって。近くだと、もっとすごいよ」

嬉《うれ》しくて、手にぎゅっと力を入れた。ためらうように握《にぎ》り返されて、手をつないだままでいたことに改めて気がついた。

花火のせいで浮《う》かれてしまった。友だちでもないのに。

どちらともなく、手を離《はな》す。恋愛《れんあい》ドラマのカップルでもないのに、ムードに流されていたのが恥《は》ずかしく、なんだか気まずい。しかも女同士だ。

感触《かんしょく》を忘れるために、つないでいた手を後ろに隠してグーパーグーパーする。

鳩羽《はとばね》くんも、いまどこかでわたしと同じ花火を見ているのだろうか。

「日々希に『大きな雲』でこの花火を再現してもらいたいかも」

「本物にはかなわないよ」

「日々希の想像力でなんとでもできるでしょう。今度、やってみてよ」

「そうかな、できるかな……。だったらしっかり見て覚えておかないと」

花火大会なんて毎年あるし、興味ないと思っていたけれど、見始めてしまうともう少し見ていたい。

予定より帰るのが遅くなってお母さんに不機嫌《ふきげん》にされるのは確実だから、あと五分や十分の遅れはどうってことない。

家族以外のだれかと一緒《いっしょ》に見る花火は、いままでとちょっと違《ちが》っていた。特別に夜が濃《こ》く、打ち上げ音はダイレクトに心臓に響き、光は色味を増して輝《かがや》いて見える。隣《となり》にいるのが仲の良い友だちではなく、天狼朱華だったとしても。

自分もあんなふうにきれいな形に咲《さ》くことができたらいいのに。一つが消えてしまっても、次々と輝けていければいいのに。

また、時間を忘れそうになる。もう帰らなくちゃ。

13 トビウオハナビ

るー　るっる　るー　らるるー　らっるるー

忘れていた声が、記憶《きおく》の中から夢を侵食《しんしょく》するようにじみ出してきていた。

目覚めると、大スクリーンの3D映画を観たあとのように、現実ののっぺりした遠近感の乏《とぼ》しさに混乱する。現実のほうが本物なのに、強調されたほうに慣れてしまうと意識が逆転する。体はここにあるのに、感覚だけがどこかに飛んでいったみたい。いまここにいる自分が、重たい残《ざん》骸《がい》みたいに感じるのだ。

身を起こすと、ベッドの脇《わき》に窮屈《きゅうくつ》そうに立てかけてあるキーボードの端《はし》が見える。ピアノは好きだった。けど、小学三年生の途中《とちゅう》でレッスンをやめたのだ。長いあいだ、鍵盤《けんばん》に触《ふ》れていなかった。

目覚まし時計が鳴りだした。

「部活、行かなくちゃ」

月曜のきょうから本格的に、夏休みの後半が始まる。

お盆《ぼん》休みが明けて、吹奏楽《すいそうがく》部のみんなにまた会えるというわくわくした気分と、またあの日常が続くのかというぅんざりした気持ち。博物館の天井《てんじょう》から吊《つ》り下げたフーコーの振《ふ》り子の巨大《きょだい》な展示のように、ゆったりするする揺《ゆ》れている。ううん、嘘《うそ》だ。そのどちらかより不安のほうが大きい。

家を出て半分まで歩いたところで、ブレーキのかかった自転車を力任せに押《お》そうとしているような、体のだるさを感じ始めた。

顔の汗《あせ》を拭《ふ》く。

知らず知らずに動きが緩慢《かんまん》になっていて、学校に到着《とうちゃく》したのは部活の開始時間の数分前だった。

下駄箱《げたばこ》に天狼朱華《てんろうはねず》の靴《くつ》があるのを確認して廊下《ろうか》を進んでいると、後ろから呼び止められた。

さつま揚《あ》げ……じゃなくて、担任で副顧問《こもん》の淡藤《あわふじ》先生だ。

「蘇芳《すおう》、吹奏楽部の部長をする気持ちはあるかな？」

なにを言っているんだろう。

「部長はさんごですよ？」

「もちろんそうだが、ほら、もしもいまの部長が部活をやめたらってことだな」

「さんごが部活をやめるわけがないじゃないですか」

「だよなあ……。変なことを言って悪かった」

ばかばかしいことを訊《き》く。

じゃあ練習に行くんで、と話を終わらせて数歩進んだあと、気になって足を止めた。

振り返ると、先生は絆《きずな》プロジェクトのスローガンの書かれた掲示板《けいじばん》を、考えごとをしながら眺《なが》めていた。

「部長、きょうも休みなんですか？」

「うむ……。明日になれば、気が変わるかもしれない。灰梅《はいうめ》先生のことを信頼《しんらい》していたし、ずっと気を張っていたから、休んだ拍子《ひょうし》に疲《つか》れがどっと出たんだろう。あの子はよく頑張《がんば》っていたから。いやあ、しかし、まいったなあ。来月には夕賀《ゆうが》タワーで恒例《こうれい》の青空コンサートがあるんだろ？　来週末の区の音楽発表会はコンクールと同じ曲で切り抜《ぬ》けるとしても、九月のは中止かなあ。地域や保護者会から苦情が来るだろうなあ。まいったなあ」

先生はぶつくさ言いながら、わたしを追い越《こ》して先に階段を上っていった。

廊下《ろうか》には、わたしだけになった。

今朝、家を出る前にEタブを見たら、桂奈《かな》が吹奏楽部のみんなに配るお土産《みやげ》の写真をスクレポに載《の》せていた。ハワイらしいパッケージの、ウエハースチョコの小袋《こぶくろ》だ。

それを一番に受け取りに行って、話を聞いて、わいわい楽しくやらなくちゃいけない。三六〇度からマイスコ測定されてもボロが出ないよう、心の底から桂奈をうらやましがって、話に興味があるようにして。それがきょうのわたしの役割だと思いながら登校してきた。

桂奈は日本にいないあいだもわたしたちにシムボタンを押《お》してもらいたくて、Eタブをわざわざハワイにまで持って行っていた。スクレポはEタブからしか投稿《とうこう》できないし閲覧《えつらん》することもできないのだ。

吹奏楽部内では自粛《じしゅく》ムードになっている人が多い中で、ハワイ滞在《たいざい》中の桂奈の浮《う》かれた顔だの

13

トビウオハナビ

パンケーキだのの写真は、スクレポのグループ内では浮いていた。桂奈のために次々とシムボタンを押していく自分が、世間の目から見たら無神経な人のようで少し嫌《いや》だった。

さんごのことに関しても、もっと二年のみんなが気にかけてあげるべきだったと思う。でも、わたしだって、汗《あせ》をからかわれたり後輩《こうはい》から威張《いば》っていると言われたりして、心をすり減らしていたのだ。

さんごは本気で退部するつもりだろうか？　さんごがやめたら吹奏楽部はどうなる？　あの狭《せま》苦しい砂だらけの音楽室の中で、わたしにどんな音楽が生み出せるというのだろう。わたしの未熟なトランペットで……。

部活って、こんなに息苦しかったかな。先輩《せんぱい》がいなくなり、コンクールで金賞を獲《と》るというはっきりした目的がなくなると、こんなにも簡単に気持ちがバラバラになるものなのか。練習を休んだら、部活の中の自分の場所がなくなってしまいそう。だからと言って、場所取りのために吹奏楽部で無目的に時間を潰《つぶ》すのは無意味なように思えてしまった。


わたしの足は一階のパソコン室に向いていた。

ノックをして「朱華」と声をかけると、どうぞと中から声がした。

「おはよ。部活の前に、ちょっと寄ってみた」

そっと開けると、天狼朱華はいつものように、先生用のパソコンをいじっていた。

いてくれてよかった。

胸をなでおろし、出入り口の扉《とびら》に鍵《かぎ》をかけた。この時間はだれにも邪魔《じゃま》されたくなかったから。

『大きな雲』を使いたかった。日曜日にも、思い出してはドキドキしていた。あの世界にログインすると、まるで夢の中でなにかを作っているみたいな自由さがある。しかも夢と違《ちが》うのは、自分の意思でやりたいことをコントロールできるということだ。

あの『大きな雲』の爽快《そうかい》さや万能感に比べたら、トランペットの演奏は味気ない。毎日音楽室にぎゅっと詰《つ》まって、わたしたちはいったいなにをしていたんだろうと思ってしまう。

「おはよう日々希《ひびき》。土曜の花火を再現してくれる？」

「花火、きれいだったね。少し遠かったけど」

自分のマイスコをスタンドに取りつけた。

パソコンには、二股《ふたまた》にするためのヘッドホンの端子《たんし》がついていた。音が遅延《ちえん》しないで同時に聴《き》けるよう、天狼朱華が用意してくれたのだ。

ヘッドホンをつけてログインし、メタルヒヨコを握《にぎ》りしめる。

土曜日の景色を思い浮《う》かべる。

古いマンションの三階の通路の突《つ》き当り。夕賀《ゆうが》から二玉《ふたたま》川方面に広がる住宅地の屋根や低層の集合住宅に夕賀タワー。田塗木《たぬき》公園の森や街路樹、環状《かんじょう》八号線。そして街並みを遮《さえぎ》るような首都高速の高架《こうか》の向こうの闇《やみ》に、燃える光の花。

ドーン。光よりも遅《おく》れて届く、心臓やおなかに響《ひび》く音。

これでは遠い。花火に迫《せま》っていく。金色の大菊《おおぎく》に、白い輪の青い土星。紫《むらさき》や緑色の花も咲《さ》いていた。星形やにこにこマークの花火も。ドーン、ドーン、ッドドーン！

「すごい、リアル。本物より本物っぽい」

すぐ隣《となり》で朱華のため息が上がる。

「このモニターだけじゃもったいないね」

朱華はヘッドホンを置き、黒板のそばのオーディオセットなどの入った棚《たな》の指示盤《しじばん》に触《ふ》れた。ジジジと音がして、黒板の上に設置されている投影《とうえい》用のスクリーンが下りてきた。幅《はば》三メートルくらいある。

「プロジェクターを使ってみるから、カーテンを閉めてくれる？」

わたしもヘッドホンをいったん置いて、窓の暗幕カーテンを閉める。

すべてを閉めて薄暗《うすぐら》くなったところで、スクリーンに光がともる。やがてパソコンの画面が映し出された。

「さっきの。リピートしてみる」

朱華のパソコン操作で、先ほどわたしが思い描《えが》いた情景が、大きなスクリーンで再生された。

「ほら、ヘッドホン」

朱華から受け取って耳にかぶせると、まるで映画を観ているようだった。

「すごいね」

「日々希がすごいの」

「もっと迫力《はくりょく》出せないかな。３Ｄの映像みたいに」

「やってみてよ」

朱華はマイスコの向きをこちらに合わせて、メタルヒヨコを渡《わた》してくれた。

スクリーンの前に椅子《いす》を置き、考えてみる。リアルだけれど、現実ではありえない臨場感を。

たとえば花火の光の粒《つぶ》のあいだをすいすいくぐり抜《ぬ》けるとか、光の粒と一緒《いっしょ》に落ちて雨のように川にふりそそぐところとか、本物のように見ることができたら面白そう。さっそく想像してみる。

朱華も『大きな雲』にログインし、音楽を入れてくれた。ピアノのクラシック曲だ。聴《き》いたことがある。ドビュッシーの有名な前奏曲第二集より「花火」。ヘッドホンから聴こえてくるピアノの音色を、頭の中で変化させる。今風のデジタルなエフェクトをかけて音を空間的にディレイさせる。

印象の強い音に反応して、青い光の波が八方に飛び散る。奥行《おくゆ》きが出て面白い。これは朱華がパソコンでやってくれているのだ。

川は鏡のように幾千《いくせん》もの光の雫《しずく》を跳《は》ね返す。コオーン、コオーンと氷のシロフォンのような音を立てながら。そのいくつかの光は川の水に触《ふ》れても消えずに、ぐんぐん沈《しず》んで光る魚の群れに変わるのだ。シャリーン、チリリーン……トライアングルみたいに大きなイアリングが耳元で触れ合うような音を響《ひび》かせて。

そうして、トビウオのようにジャンプして、そのうちイルカみたいに大きく跳ねあがる。光の

⑬

トビウオハナビ

パイプオルガンのハーモニーが空いっぱいに虹《にじ》のようにわーっと広がる。光の魚たちは一斉にくるくる回りながら、また夜空の花火に変化していく……。ドドーン！

自分で想像したものに自分で感動するって変かもしれないけれど、思い描《えが》いた通りのものが……ううん、思い描いた以上のものが朱華の協力でスクリーンに再生され、ヘッドホンから聴こえてくると、胸が熱くなってくる。自分で絵に描《か》いたり楽器を演奏したりするのでは技術的にできないことが、『大きな雲』ではできるのだから。

考えた通りに再現するということは、まっすぐの線がぐにゃぐにゃゆがんだり色が混ざって汚《きたな》くにじんだり、音やタイミングが外れたりしない。体を使った技術がなくても、考えてイメージする力さえあればできるのだ。ひとつひとつの数値を入力する時間も根気強さもいらない。

こんな道具が欲しかった。わたしの考えていることや感じていることを、こんなふうに人に伝えてみたかった。いつもうまくできなかったけど、これが、本当のわたし……なんだと思う。

「きれいだったね」

「編集して違《ちが》う角度から再生してみる」

「そんなことができるの？」

「もちろん」

朱華は先ほどの記録を合成して、さまざまな角度から再生したり、画像を重ねて再生したりした。トップアーティストが大金をかけて作ったプロモーションビデオよりも何倍もすごいのが十五分もしないうちにできてしまった。

この映像をインターネットの動画サイトで公開したとしても、中学生の女の子が二人で作ったなんて、だれも信じないだろう。

そして、一度人の目に触《ふ》れれば、絶対に話題になるはず。世界中の注目を集めるだろう。

「編集できるなら、映画とかも作れそうだね」

「作れるよ。花火のほかにもやってみる？」

腕《うで》が疲《つか》れて、メタルヒヨコを手から離《はな》した。

部活のことを忘れていた。

『大きな雲』に入っていると、時間があっという間に過ぎていく。

それに頭も疲れてきた。

スタンドからマイスコを外す。

「部活に行かなきゃ。登校してること先生が知っているから、みんなに探されているかも。ちょっと休憩《きゅうけい》するね」

ヘッドホンで耳が密閉されていたから、外したとたん耳が涼《すず》しく感じる。

鍵《かぎ》を開けて、そっと廊下《ろうか》に出る。冷房《れいぼう》の効いたパソコン室の外は、真夏のサウナだった。汗《あせ》が噴《ふ》き出してくる。

汗のバカ。またからかわれたらどうしよう。汗っかきなのは事実だけど、そのことを人から言われたくない。

13

トビウオハナビ

　耳を澄《す》まして音を探す。校内で響《ひび》いている楽器の音が遠い。

　三年生が抜《ぬ》けた分の音の薄《うす》さに、耳が慣れていない。吹奏楽部の最上級生なのに、結果的に練習をサボってしまった。カピもさんごもいないのだから、仕方がない。

　音楽室に行くと、一年生のグループがＵＮＯをしているのが目に入った。それから、ハワイ土産《みやげ》のウエハースチョコの包装紙が床《ゆか》のあちらこちらに落ちていた。淡藤先生はもういない。

「日々希、寝坊？」

　桂奈のはしゃいだ声が飛んできた。

「えっと……まあそんな感じ」

　来海《くるみ》が暑苦しい髪《かみ》を揺《ゆ》らして笑っている。

「ごめーん、桂奈のお土産、間違《まちが》って日々希の分まで食べちゃったよ」

　可純《かすみ》は、わたしを見ると「おはよう。さんごは休むって」と言った。

　ふざけた音でコマーシャルソングの真似をしている一、二年の男子たちをよけて、床に落ちているゴミを拾って進みながらお弁当の入ったバッグをいつもの場所に置きに行く。ゴミを捨ててから自分の楽器ケースを取って、桂奈たちのそばに行く。本当はそのまま自主練に行くふりをしたいけれど、挨拶《あいさつ》トークぐらいしなくてはまずい。

「明日、『納涼《のうりょう》の夕べ』に行くからそのつもりでね」

「なんのこと？」

「青褐《あおかち》先輩がスクレポで紹介していたの」

来海が抗議《こうぎ》の口調で言う。

「でもね、夕賀町会のお年寄りがやっている小学校のチビ向けのイベント。青褐先輩《せんぱい》の弟って年が離《はな》れていて、私立の小学校に行ってる一年生なんだけど、地元の学校の灯籠船《とうろうぶね》作りに参加したから、先輩も『納涼《のうりょう》の夕べ』に行くつもりって。だから桂奈が行くって」

「それって『どじょうつかみ取り』があるイベントのことかな。聞いたことがある」

夕賀駅から田塗木公園まで続く瓦《かわら》色のタイルの遊歩道の脇《わき》に、「せせらぎ」と呼ばれる人工の小川がある。その一部分に、千五百匹のどじょうを放流して、参加費五十円でチビッコたちにつかませるやつだ。

「どじょう？」

「だから中学生なんて来てないと思うよ、桂奈」

「で、でも、青褐先輩は来るんでしょう？　夏休み中に、一回くらい会いたいじゃない。どじょうはともかく、灯籠船コンクールなら少しは雰囲気出るよ。みんなで行こう！」

「青褐先輩の私服姿、わたしも見たいかも」

可純が意外なことを言った。いつもはさんごの双子《ふたご》の妹みたいなのに、さんごがいないと可純はあまりさんごの真似をしないのだなと思う。人って、よく知っているようでも、実際はよくわかってない。可純も青褐先輩に興味があったのか。

桂奈がわっと反応する。

「でしょでしょ！」

13

トビウオハナビ

「どじょうつかみ、楽しそう。さんごにも知らせておくね」

「可純はさんごと連絡取れてるんだ？」

「メールもＥタブも見てくれてると思うけど……」

来海が口を挟《はさ》む。

「うちら、さんごに嫌《きら》われることをした覚えないし」

「制服だと目立つから、着替《きが》えて再集合ね。で、服のことなんだけど、オレンジと花柄《はながら》はやめてね」

桂奈はアラモアナセンターでかわいいムームーを買った話を始めた。

「あのぅ、相談はもういいかな。個人練習でもうちょっとやっておきたいところがあって」

パソコン室にもどりたくてわたしが言うと、来海は大げさにはやし立てた。

「日々希、まっじめー！　部長の座、狙《ねら》ってない？」

冗談《じょうだん》にしてはひどすぎる。その言い方は、休んでいるさんごにもわたしにも失礼だと思う。

「狙ってないよ！」

強い口調で言ってしまった。

わたしは来海に、下に見られていると思う。

桂奈がスマホを上げた。測定されるとわかったから、こちらからカメラを見つめて考えた。

『桂奈のハワイ焼け、カッコイイ』

《桂奈ノはわい焼ケ、かっこいい》

桂奈に測定画面を見せられ、正しく測定されたのがわかった。

「ふふっ、そうかな。日焼け止め、つけてたんだけどねぇー」

音楽室を出ようとすると、来海がついてきた。

「日々希、待って、わたしも自主練に行く。さぼりすぎたわー」

音楽室の外に出たとたん、来海は笑顔をやめ、わたしにぶつくさ言い出した。

「ハワイ、ハワイ。ちょっと話を合わせたら調子に乗ってさー。毎年家族でハワイなんてほんと素敵ね。ハワイでもどこでも行って、サメとでもデートしてみたらどうなの。あんなお姫《ひめ》様気取りのわがままな女の子なんて、餓《う》えたサメも襲《おそ》わない」

同調したいところだけど、用心する。こういう時にぽろっと言ったことがあとで本人に伝わることがある。そんなトラブルをわたしはたくさん目撃《もくげき》してきている。

「でもお土産《みやげ》は美味しかったでしょ?」

「ふつうに美味しかったよね。というか、わたしが多く食べて日々希の分がなかったんだ、ごめん。よくあるお菓子《かし》だったよ」

「ふうん……」

来海はどこまでついてくるつもりだろうか。パソコン室に行きたかったのだけど、来海と一緒《いっしょ》では行けない。

「ごめん、ごめんってば」

「怒《おこ》ってるわけじゃないよ。遅《おく》れていったのはわたしの都合だし」

別行動をする理由を考えながら一緒に階段を下りていく。わたしが黙《だま》ると、来海は話し続けた。

「わたしねー、なんかこのごろ自分が嫌《きら》い。もっときれいなことや幸せなことだけ考えて、みんなに好かれる人になれたらいいのにって思う。自分のマイスコで自分のことを測定できなくてほんとによかったと思う。いつももやもやしている自分が、自動で言葉に変換《へんかん》されたとして、それを自分で読めたら、実はこんなブラックなこと考えているのかってわかってへこむよ、きっと」

「来海は全然ブラックじゃないよ」

腹黒いとか陰湿《いんしつ》だとかではなく、単純なだけだと思う。

「優しいね。日々希はいつも頭の中がお花畑みたいでうらやましい。測定すると、のんきな言葉ばっかり出てくるもの」

「それひどーい。天真爛漫《てんしんらんまん》って言ってよー」

自分で言いながら、うすら寒く感じた。来海はマイスコで測定した言葉がわたしそのものだと思っているのだ。

行く当てもなく、下駄箱《げたばこ》まで来てしまった。

「日々希はいつもここで練習してたの?」

「そうじゃないけど、なんとなく来ちゃった」

「なにそれ。ほーんと日々希ってなんにも考えてないねー」

来海に笑われた。そして言われた。

「ぼんやりするのもいいけど、もうちょっと周りを見たほうがいいよ。日々希みたいな子こそちゃんとマイスコを使っていれば、みんなが複雑に色々考えているってわかるのに」

周りを見たほうがいいなんて、どうして来海がわたしに言えるの？　来海のほうこそ自分のことをわかっていないいんじゃないの？　桂奈ともめるようなことも平気で言って、すぐにふざけて、みんなが反応に困っていても周りの空気を見てないじゃない。

無邪気《むじゃき》な友人の忠告に、わたしはなんと返したらいいのかわからなかった。沈黙《ちんもく》では返せないので、「ごめん。気をつける」とつぶやいた。

「あれっ、あそこにいるの黒橡《くろつるばみ》さんぽくない？」

玄関脇《げんかんわき》の事務室のガラス戸の向こうに、吹奏楽部ＯＢの黒橡虹《こう》さんがいた。ＩＣＴ支援《しえん》員の仕事の関係で来たのだろうか。白髪《しらが》の事務員さんとしゃべっている。

わたしはコンクール前に指揮をしてもらって以来だけど、来海は偶然《ぐうぜん》何度か黒橡さんと会っている。最近も名刺《めいし》をもらったと話していた。

「そうだ、これでわかるかな」

来海は学校支給のマイスコをポケットから出して目にかざした。そして、「あっ」と言って、驚《おどろ》いた様子で下ろした。

「どうしたの？」

「すごく……なんていうか……」

黒橡さんが廊下《ろうか》に出てきて、わたしたちに気づいた。ふわっと甘い花の香《かお》りを感じる。そういえば、前に指揮に来てくれたときもとてもいい匂《にお》いがしていた。

13

トビウオハナビ

平凡《へいぼん》で個性のない学校の廊下が、黒橡さんの周りだけ最先端《さいせんたん》のファッションビルの空気のように華《はな》やかな緊張感《きんちょうかん》をまとって見える。無駄《むだ》に目立つ人だ。

「こんにちは」

「やあ、こんにちは。練習は順調ですか」

その自然なしぐさが、中学生の目から見ても、腹が立つほどかっこよかった。わたしたちが吹奏楽部の部員だと、黒橡さんは覚えていてくれた。

その時、風が通った。

ガツン、ガツンと、壁《かべ》になにかが当たる音がした。ジジ、ジジッとうなっている。玄関からセミが校舎に入ってきたのだ。

「やだ、やだ、セミ嫌《きら》い！　ぎゃあああ！」

来海がダッシュで逃《に》げていく。

セミは寿命《じゅみょう》で死ぬとき、苦しいのかな。成虫になってから長くは生きられないのに、いつもヒステリックで苦しそう。こんなことなら土の中にいればよかったって、泣いているのかもしれない。

セミはジシッと鳴きながら来海を追うように廊下の端《はし》まで突《つ》き抜《ぬ》けていった。

「不登校をしていた生徒は、元気そうですか」

セミのほうを見ていて、黒橡さんの言葉に反応するのが遅《おく》れてしまった。

「え？」

「では、わたくしはこれで失礼します」

不登校をしていた生徒という言葉が黒橡さんから出てきたのは、唐突《とうとつ》な気がした。聞き間違《まちが》いだろうか。

「練習を見に来てくださったんじゃないんですか？　副顧問《こもん》の淡藤先生には会われましたか？」

黒橡さんが来てくれたら、みんな喜ぶと思うんです」

「ＩＣＴ支援《しえん》員の件で書類を届けに寄っただけです。次の仕事がありますので」

丁寧《ていねい》だけれど、きっぱりと言われた。

帰ってしまう。黒橡さんが来て指揮をしてくれたら、吹奏楽部はあの日のようになれるかもしれないのに。

「あの……、顧問の灰梅先生は休職するし部長も来なくなって、吹奏楽部、もしかしたら、バラバラになるかもしれないんです。コンクールのときには一つにまとまっていたのに」

黒橡さんは一瞬、足を止めた。

「それは……興味深いことですね」

その表情は、微笑《ほほえ》みというよりは薄笑《うすわら》いと言ったほうがいいものだった。

どうして？

意外な反応に、わたしはそれ以上声をかけることができなかった。

足早に去っていく黒橡さんの姿が建物の向こうに隠《かく》れたとたん、甘《あま》い香《かお》りはぷつんと途絶《とだ》えた。

14 キラキラシブキ

『緊急連絡《きんきゅうれんらく》。着替《きが》えを持ってくること』

家を出る少し前に桂奈《かな》からの連絡がEタブに来ていることに気づいた。時計を気にしながら大慌《あわ》てで服をバッグに入れて、お昼に食べるものをお弁当箱に詰《つ》め込《こ》んで家を出た。

途中《とちゅう》まで行って、水筒《すいとう》を忘れた、とはっとした。取りにもどったら遅刻《ちこく》してしまうし、暑いさなかに余分に歩きたくない。水筒がなくても、きょうくらいは学校の水道水でなんとかなるかなと思う。

桂奈のメッセージには、きょうの予定が書いてあった。青褐先輩《あおかちせんぱい》が『納涼《のうりょう》の夕べ』に現れる時間は、夕方の灯籠船《とうろうぶね》コンクールではなく、昼間の『どじょうつかみ取り』だとわかったから、部活を早退して行こうというのだ。

どじょうつかみに参加するつもりはないけど、なにか食べるかもしれないので小銭を持って来た。喉《のど》が渇《かわ》いたらジュースぐらいは買える。

そんなことを考えながら学校の下駄箱《げたばこ》まで来たところで、私服に合わせたサンダルが必要だったと思い出した。

しかも、着替《きが》え用に詰《つ》めた服は、七月の夏祭りに着ていて地味すぎと言われたのと同じだ。少しましになるコーディネートを考えていたのに、小物類を持ってくるのをすっかり忘れてしまった。

来海《くるみ》にまた地味すぎと言われてしまうだろう。でもきょうは桂奈の引き立て役になればいいのだから、目立たないほうがいい。

音楽室に行くと、可純《かすみ》がいた。まだ桂奈は来ていない。

「さんご、休むって」

「きょうも？」

可純が小声になる。

「というか……今朝、メールが来て……あのね、さんご、部活やめるって」

淡藤《あわふじ》先生が引き止めたのに、やめるって可純に知らせたのなら、さんごは本気ということか。

「日々希《ひびき》は驚《おどろ》かないんだ？」

そう言われて、大げさに驚いてみせた。

「えっ、驚いているよ。なんでだろう」

それとも、淡藤先生からちらっと聞いて知っていたって、正直に言ったほうがよかっただろうか。

「来海も、ふうんって言ったきり、どっか行っちゃったし」

「もう来ているの？」

14
キラキラシブキ

「きょうは来海が早く来ていて、音楽室の鍵《かぎ》を開けたの。お弁当のバッグを置いたら、事務室に用事があるって出ていった。なんだか嬉《うれ》しそうな顔をして」

事務室？

きのう黒橡《くろつるばみ》さんに会ったっけ。きょうも来ているのだろうか。来ているのだとしたら、もう一度頼《たの》まなくては。吹奏楽部《すいそうがく》を助けてくださいって。

バッグを置いて、音楽室を飛び出した。

階段を一気に下り、廊下《ろうか》の角を曲がって生徒用の玄関《げんかん》前を通っていくとき、職員用のドアから出ていこうとする黒橡虹《こう》さんの姿が見えた。

「あの、黒橡さん！」

ダメもとで追いかける。気づいてくれた。

「やあ、あなたも吹奏楽部でしたね。おはようございます」

黒橡さんは、きょうもとてもいい香《かお》りがした。でも、香水臭《こうすいくさ》くはない。きっと高級な香水なのだろう。甘《あま》くて優美で、頭の芯《しん》がくらくらする。

「おはようございます。あの……来海が、北川来海っていう子が来たと思うんですけど」

「ちょっとした頼《たの》まれごとをしましてね。北川さんならあちらのほうに行かれましたよ」

職員室前の廊下の先を指さす。

顔をもどすと、黒橡さんはもう外に歩き出していた。二人はいったいどういう関係なんだろう。

来海が気になるけれど黒橡さんも気になる。来海が吹奏楽部のことでなにかを頼んでくれたのだろうか。

「あの……待ってください、少しお話を」

わたしは黒橡さんを追いかけて、上履《うわば》きのままエントランスのタイルに下りた。

「あなたは」

校舎の外に出たわたしを、優しいまなざしでそっとたしなめる。

「上履きのままですね」

恥《は》ずかしさに、かーっと顔が熱くなった。

黒橡さんの前では優美に振《ふ》る舞《ま》わなくてはならないと、なぜか思ってしまうのだ。そうしなくては、たとえ子どもだとしても対等に扱《あつか》われる価値がないのだと、そう思わせられてしまう。

「時間のある時に、また」

黒橡さんにそう言われたら、それ以外の選択肢《せんたくし》はなかった。息をすると、夜に咲《さ》く花のような大人の甘《あま》い雰囲気が肺の中まで入り込《こ》んでしまいそうで、しゃべれない。

息を止めて後ろ姿を見送りながら、ポケットの中のマイスコをつかむ。

測定してみたい。黒橡さんはちょっと、「ふつうの人」じゃない。特別感のある天狼朱華《てんろうはねず》とも違《ちが》う。

迷っているうちに、ぷつっと香《かお》りが消えた。音楽が途切《とぎ》れるように香りがなくなるなんて、不思議。黒橡さんの姿が見えなくなったから、そんなふうに錯覚《さっかく》したのかもしれない。

廊下《ろうか》にもどって、荒《あら》っぽく深呼吸をした。

14

キラキラシブキ

「あっ、日々希。おっはよー！」

来海が大声を上げる。

職員室に近い女子トイレから出てきたようだ。ちょうど職員室から淡藤先生も出てきたところで、「大声を出さない」と注意された。

「はーい、おはようございまーす」

なんだか、変な感じがする。来海がいつもと違う。暑苦しい髪形《かみがた》やがっちり体型は相変わらずなのに、すっきりして見える。

「シャンプー替《か》えたか？」

音楽室に一緒《いっしょ》に向かいながら、淡藤先生が来海に訊《き》いた。

言われてみれば、ほのかにいい香りがする。わたしも訊いた。

「アロマつきに替えたの？」

「え、替えてないよー？　なんか匂《にお》う？」

「女子中学生らしくて爽《さわ》やかで、いい香りだな。新しい柔軟剤《じゅうなんざい》か」

「そうかも。お母さんに聞いてみる。でも、先生。女子中学生らしいってどういう匂いなんですか。あはは、おっかしー」

来海は笑ったけれど、わたしも淡藤先生の言う通り、『女子中学生らしくて爽やかな香り』だと思っていた。

「小学生でも高校生でもない、なんとも言えない感じだな。初々しくもあり子ども臭《くさ》さもあり甘《あま》酸《ず》っぱくもあり残忍《ざんにん》でもあり」

「残忍……」

言葉に反応してつぶやいてしまった。女子中学生らしさを表すには、激しすぎると感じたから。

淡藤先生は発言をごまかすように笑った。

「部長が来てなくても、部員は熱心なんだな」

もしかしたら、二年のわたしたちが原因でさんごが部活をやめるのだと先生は思っているのだろうか。

「わたしたち、きょうの午後、部活を早退してさんごの家に行くことにしたんです。ね、日々希?」

「え？　あ……うん」

そんな話になっていたのか。

「許可してもらえますか？」

「おお、そうか、よろしく頼《たの》むよ」

目の錯覚《さっかく》だろうか、来海が白っぽく、うっすら光っているように見えた。

音楽室に入っていくと、その変化は気のせいではないとわかった。集まっていた部員たちの目は、自然と来海に吸い寄せられていくのだ。どちらかというと一年からも先輩扱《せんぱいあつか》いをされていなかったのに、来海の周りに人が集まっていく。

きょうの来海は、とても感じが良かった。いつもと同じ振《ふ》る舞《ま》いなのに、ガサツなところは目につかない。

「ねえ、来海ったら、こっちに来てよ。早退する理由、一緒《いっしょ》に考えてよ」

「先生には伝えておいたよ。さんごに会いに行くって」

桂奈はパッと笑顔になる。

「ナイスアイデア」

なんだか嫌《いや》な気持ちになった。わたしの気持ちの代わりに、可純が言った。

「だったら、本当にさんごに会いに行かなくちゃ。桂奈はさんごをだしに使うつもりなの？」

「だしになんかしないよう。もちろん行こう。終わったら、みんなで」

「ならいいけど」

「なにがあったか知らないけど、さんごがやめるなんて絶対にありえない。吹奏楽部の部長になるために生まれてきた子でしょう？　部のためにあんなに頑張《がんば》っていたんだし、悩《なや》みがあるならわたしたちのだれかに相談するはずでしょう？」

水臭《みずくさ》いよねという口調で桂奈が言うと来海が続けた。

「担当楽器がバスクラに替《か》わるのが嫌《いや》なせいかも？」

「来海、もしかしたら、きょうお化粧《けしょう》してるの？」

桂奈にも来海がいつもと違《ちが》って見えるようだ。

「するわけないでしょ。なんで？　いつもと同じじゃーん」

「だよね。同じだよね。気のせいか。ね、さんごはやめないよね、日々希？」

「一生懸命《けんめい》すぎて疲《つか》れてしまって弱音を吐《は》いただけかもしれない。少し休んだら、またもどってきてくれるかも」

「だよね。さんごは真面目すぎなんだもん。疲《つか》れちゃうのもわかるよ」

わたしの話に桂奈が合わせてきた。

わたしたちに原因があるのかも、なんて考えたくないから、当然そういうことになる。わたしたちは、なにも知らない。だから、さんごの突然《とつぜん》の心変わりに、みんなで驚《おどろ》いているということでいいのだ。さんごが部活に出てこない理由なんて、わたしたちには思いつかない。信じられない。

「自滅《じめつ》する前にテキトーにやらなきゃだめじゃん。あの子、なにげに共感記章を狙《ねら》っていたから、しょうがないのかな。だとしても、いい子ぶりすぎかなって思うし、ぎらぎらしていたら共感記章はもらえないし。だいたいさあ、青褐先輩《せんぱい》からコメントもらえるような人が休んじゃダメだよね……」

桂奈の話が悪口っぽくなってきた。桂奈はさんごにしてきた自分の態度に、まだ無自覚なのだ。

「そういうのも、プレッシャーになるのかもしれないよ」

「来海先輩、音出ししましょう！」

一年生が割り込《こ》んできて、来海を引っ張っていった。こんなことはじめてだ。きょうの来海は、とにかく感じがよい。そばにいてほしくなるのはわかる。

桂奈が露骨《ろこつ》な批判の目で一年生を見ても、動じない。まるで来海のことしか目に入らないみたい。

14

キラキラシブキ

「じゃあ、それで決定ね。着替《きが》え、持ってきてるよね？」

「でも……」

わたしの声は楽器の音に消された。

「さんごは、みんなに家に押《お》しかけられて平気なのかな」

可純がわたしを見た。でもなにも言わなかった。

「なんで測定ボタンが反応しないんだろう」

桂奈はさっきからスマホで来海を何度も測定して、失敗している。きょうは自慢《じまん》のスマホが不調のようだ。

「来海先輩《せんぱい》って、どこのボディーソープを使ってるんですか」

「え？　ふつうのだと思うけど。家族と同じやつだよ」

「ハワイでマヌカハニーの石鹸《せっけん》を使ってみたんだけど」

下級生に囲まれた来海の横で桂奈が話しだす。でも、だれも聞こうとしない。

わたしもなぜだか来海が気になってしまっている。

当の本人の来海のほうも、だんだん戸惑《とまど》いが出てきたようだ。注目され続けることに慣れていないのだ。

「ちょっと、タイム。トイレ行ってくる。一人で行くから、ついてきちゃダメ」

来海は音楽室を出ていった。

扉《とびら》の向こうに姿が消えると、みんなは突然しんとした。どうして来海のことばかり気になってしまったんだろうって、キツネにつままれたような顔をして。

「ねえ聞いてよー。カイルアのパンケーキ屋さんに行ったらねー」

静けさを破った桂奈の声が合図になって、みんなは自分の楽器ケースを引き寄せて、音出しの準備を始めた。


「どう思う?」

ムームーに着替《きが》えた桂奈が、スマホをこちらに向けて訊《き》く。

《似合ウ!　カッワイ〜イとろぴかるがーるダ》

測定画面を見た桂奈は、ニンマリする。

オレンジの地に白抜《しろぬ》きした花柄《はながら》のハワイアンなドレスは寝《ね》ぼけた色で、おばあさんの寝間着《ねまき》みたいだった。

わたしはグレーのチェックの地味なコットンワンピース。髪《かみ》には水色のシュシュをつけた。

可純は田舎《いなか》の虫とりの少年みたいなボーイッシュなパンツ姿。

来海は大人っぽいドルマンスリーブの黒いカットソーに白いショートパンツだ。色のバランスが今一つで、下半身が膨張《ぼうちょう》して見える。髪は相変わらず暑苦しく広がっていて、骨太のがっしりした体型が、より肉づきよく見えている。三人とも、桂奈の引き立て役にはちょうどいい。

制服を畳《たた》んでバッグにしまい、四人でこそこそと校門を出る。桂奈はわざわざサンダルを持ってきていた。

⑭
キラキラシブキ

午後の強烈《きょうれつ》な日差しのもと、夕賀《ゆうが》タワー方面に歩いていく。青褐先輩《せんぱい》に会うために夕賀町会の小学生向けイベント『納涼《のうりょう》の夕べ』に行くのだ。しかも『どじょうつかみ取り』に。バカバカしいけれど、約束だから仕方がない。

四人で部活をサボったというのにちっともわくわくしない。副顧問《こもん》に嘘《うそ》をついてきた罪悪感もあるし、開放感より息苦しさばかりだった。

「あっ忘れ物。すぐに追いつくから、先に行ってて」

来海がそう言って学校に小走りでもどっていく。忘れるような物なんて、あっただろうか。

「終わったら行くって、さんごに連絡したの？」

可純は不安そうにうなずく。

「来なくていいって」

「なにそれ」

桂奈が言う。でも口先だけでぼんやりしていた。きっと青褐先輩に会うときのシミュレーションで頭がいっぱいなんだろう。

「青褐先輩に会えたら、スクレポに書くんだ。そうしたら若竹と栗沢《くりさわ》が、絶対悔《くや》しがるよ」

同じクラスの派手グループの女の子の名前だ。

「あの二人、わたしに黙《だま》ってディズニーとかに行ってたって、信じられる？　ありえないでしょ？」

「桂奈は吹奏楽部の練習があるからじゃないかな」

「それはそうだけど、友だちならいちおうは誘《さそ》うもんじゃないの？」

もし誘ったら、二人だけで行かないように桂奈は駄々《だだ》をこねて妨害《ぼうがい》するんじゃない？

「んー、だよね。わたしなら誘う」

「だからこっちはこっちで、楽しそうなとこを見せつけてやるの」

桂奈が突然《とつぜん》青褐先輩《せんぱい》に会いたいと言い出したのは、そういう事情があったのか。

『納涼の夕べ』の会場は、夕賀プロムナードという遊歩道の「せせらぎ」だ。

整備された瓦《かわら》タイルの歩道の脇《わき》には、とぎれとぎれに人工の小川が流れている。錆猫《さびねこ》区には、あちこちに湧水《ゆうすい》があって、昔は小さな川がたくさんあったそうだ。いまではほとんどがコンクリートで蓋《ふた》をした暗渠《あんきょ》になっていて、緑道として整備されて公園のようになっているところも多い。

あの角を曲がれば会場に着く、というところで、桂奈は立ち止まった。柄《がら》にもなく緊張《きんちょう》しているようだった。

可純とわたしも足を止めた。

来た道を振《ふ》り向くと、二ブロック先に来海の姿が見えた。こちらに追いつこうと、走っている。向こうも立ち止まっているわたしたちに気づいているけど、声をかけるにはまだ遠い。

でも……あれっ？

来海が白っぽく光って見える。それに、いい香《かお》り。この距離《きょり》で匂《にお》いが嗅《か》ぎ分けられるはずがないのに、それが来海の『女子中学生らしくて爽《さわ》やかな香り』なんだとわかる。

桂奈がスマホを来海に向けた。桂奈も違和感《いわかん》をもったのかもしれない。

14

キラキラシブキ

「エラーになった。まだ遠すぎかな」

確かめるように、わたしにカメラを向ける。別のことを頭に思い浮《う》かべる。

《食べ物ノ屋台ガ出テイルカナア》

桂奈は測定画面を見てつまらなそうにわたしに答える。

「小さいイベントだもの、保護者の有志がテントでポテトフライを売る程度らしいよ」

「なんの話?」

可純が桂奈のスマホを覗《のぞ》き込《こ》む。

来海からは、いまも香《かお》りを感じる。匂《にお》うはずがないほど離《はな》れているのに。なにかがおかしい。

あれは本当に来海なの?

わたしはバッグを探り、制服のスカートのポケットに入れたまま畳《たた》んでしまっていた自分のマイスコを探した。友だちに使うのは信条に反するけれど、来海の違和感を確かめたい。きょうはいつもの来海じゃない。

自分のマイスコを目にかざす。照準が自動的に、一ブロック先まで近づいてきた来海をとらえた。

そのとき、目に光がちらちら飛び込んできた。

えっと思う。万華鏡《まんげきょう》を見ているように、画面が散り散りの色の破片に分割されて飛び散ったように感じた。

思わず目を離した。なにが起きたんだろう。

「日々希のマイスコ、測定できた？」

「待って。あんまり使い慣れてないから……」

もう一度覗《のぞ》き込《こ》むと、すでに測定の画面が表示されていた。

《鳩羽《はとばね》クン、モウ来テルカナ》

文字を見て、また、えっと思う。

鳩羽くんが来るとは思ってなかった。それに、来海が鳩羽くんのことを一瞬《いっしゅん》でも考えていたなんて、知りたくなかった。

「日々希、どう？」

「ううん、だめ。桂奈のスマホでもう一度やってみたら？　桂奈のマイスコのほうが性能がいいもの」

気づかれないように履歴《りれき》を削除《さくじょ》し、バッグにしまう。来海が鳩羽くんのことを考えていたとわかったら、桂奈がからかうに決まっている。鳩羽くんがほかの女の子と噂《うわさ》されるのは嫌《いや》だ。

「だよねー。再チャレしよっと」

「お待たせー。ごめんごめん」

来海が手を振《ふ》りながら走り寄ってくる。もっさりした髪《かみ》が暑苦しいのに、暑苦しそうに見えない。いつもの来海のはずなのに、いつもの来海じゃない。

その笑顔を桂奈は測定した。

「またエラーだ。やだ、もー」

可純が学校支給のマイスコを目にかざし、来海に向けた。そして小さく「あっ」と言って目から離《はな》し、またもどして言った。

「エラーかと思ったら、測定出たよ。《走ッタカラ暑イナア、モウ》だって」

「なにしてんの？　わたしのハートをキャッチしたい？」

来海がおちゃらけて言う。サルっぽい変なポーズまでして。

なのにそれがかわいらしかった。ゴリラみたいな顔をしたのに。

「青褐先輩《せんぱい》来てるかな。行こう。可純も会いたがっていたんだよ。ねー？」

「なんで可純が会いたがるのよ」

桂奈がライバル心を見せると、可純は「違《ちが》う、違う」と慌《あわ》てて否定する。

来海が明るく言う。

「青褐先輩はみんなのアイドルじゃーん。ね、日々希？」

「そうだね。特別な人だと思う」

来海が会いたいのは、鳰羽くんのほうかもしれない。

ショックだ。今朝のうちに鳰羽くんが来ると知っていたら、遅刻《ちこく》をしてでもアクセサリーとサンダルを取りにもどっていた……。

夕賀プロムナードのせせらぎの入り口には、『納涼の夕べ』の看板がかかっていた。地元のお年寄りや保護者、チビッコたちが集まっている。

その中に鳰羽くんがいるのは、すぐにわかった。

黒いTシャツに膝丈《ひざたけ》のパンツにスポーツサンダル。ラフなスタイルだけど清潔《せいけつ》。いまでも真鍮《しんちゅう》色のピカピカしたイメージだ。同級生の一人なのに、ふつうの平凡《へいぼん》な男の子とは思えずに惹《ひ》かれてしまう。こうして会ってしまうと、閉じ込《こ》めていた気持ちがじわじわ湧《わ》き出してきてしまう……好きだなって。

なんて話しかけたらいいの。「こんにちは」って言ったらよそよそしくない？「久しぶり、元気？」だとなれなれしいかもしれない。いけない、じろじろ見ていたら変に思われる。

恥《は》ずかしくなって、顔から汗《あせ》がどっと出てきた。

ちゃんとした女の子に見られたい。できれば、かわいい女の子に……。前髪《まえがみ》が汗でおでこにぺたっと貼《は》りついていたらどうしよう。そうなったら絶対に、変な顔に見えるから。

「鳩羽くぅん、きょうはありがとう」

来海が甘《あま》い声を出す。

「まあ、ヒマだったし、いいよ。青褐先輩《せんぱい》、もう来ると思うし。しっかし、どじょう好きの女子中学生ってどうなの？」

「やっだあ、そんなこと言ってないよ。言ってないったら桂奈。鳩羽くぅん冗談《じょうだん》やめてよー。きゃはは」

いつもと声色が違《ちが》う来海にちょっと引く。来海は説明する。

「あのね、塾《じゅく》の夏期講座で同じクラスなの。鳩羽くんからきのう青褐先輩が昼間来ることを聞いて、それを桂奈に教えてあげたんだよ」

14

キラキラシブキ

「どじょうまみれの写真、撮《と》ってやるよ」

親しそうな二人のやり取りが聞こえるだけで嫌《いや》な気持ちになる。ううん、嫌な気持ちになっているのに、そのそばから強制的に漂白《ひょうはく》されるみたいに気持ちが爽《さわ》やかになっていく。

どういうこと？

鳩羽くんと話をしたい。けど、『女子中学生らしくて爽やかな香《かお》り』のいつもと違って感じのよすぎる来海からは離《はな》れていたい。

来海は鳩羽くんのことが好きなんだろうか。鳩羽くんは来海のことをどう思っているの？

参加費五十円を払《はら》った低学年の子たちが、きゃあきゃあ騒《さわ》ぎながらせせらぎのプールに入り始める。水深は二十センチくらいだ。どじょうがうようよ逃《に》げ惑《まど》っている。耳が痛くなるほどのチビッコの悲鳴が重なる。水しぶきがかからないよう、せせらぎから離れて、人の少ないほうに行く。

なんでわたしはこんなところに来ているんだろう。鳩羽くんが近くにいるのに、気持ちはすごく遠ざかっていく。軽い挨拶《あいさつ》もしにいけないなんて、いくじなし。

ふと顔を上げると、可純がわたしにマイスコを向けていた。

測定されたの？　嫌だ。油断していた。どうする？　どうしよう。鳩羽くんのことを考えていたのを知られてしまったかもしれない。嫌だ。なにを探られたのか、知りたい。

バッグをまさぐって、自分のマイスコを探す。そして、うつむいてマイスコをいじっている可純を覗《のぞ》き返した。

《日々希ヲ測定スルトキハ普通《ふつう》ニ動ク》

可純の関心は別のことにあるようだ。マイスコの動作に不具合があったのでこちらを試し撮《ど》りしたんだろう。

ほっとした。と、同時に、少し複雑な気持ちになる。きょうは二回も友だちを測定してしまった。人の頭の中を覗《のぞ》き見るなんて、いけないことだと思っていたのに。

急に移動し始めた鳩羽くんの姿を目で追う。

なにを考えているの？　だれのことを思っているの？

測定したらわかるだろうか。測定結果を見たらこのもやもやした気持ちをすっぱり諦《あきら》められるのだろうか。

鳩羽くんが話しかけたのは度の強い眼鏡をかけた低学年の男の子だった。その後ろに青褐先輩《せんぱい》がいた。その子が青褐先輩の弟なのだろう。まったく似てない兄弟だった。

夏休み中だというのに、青褐先輩は制服姿だ。桂奈たちは私服姿を見たがっていたから、さぞがっかりしたことだろう。

細身の文学青年風の美少年の出現は、周囲の大人の目を引いた。中学三年生ながら理知的で繊《せん》細《さい》さもあり、国際会議でスピーチをしてもよさそうなくらい華《はな》がある。だけど、先輩の関心は弟だけに向いていた。兄弟というよりも、まるでお世話係だった。青褐先輩はテントのスタッフに参加費を払《はら》い、弟の靴《くつ》を脱《ぬ》がせてどじょうのつかみ取りを始めさせる。

来海が青褐先輩に話しかけている。鳩羽くんと青褐先輩のあいだに入って、とても楽しそうにしゃべっている。そんな来海が、とてもかわいく見える。青褐先輩の隣《となり》にいるのに、色あせてない。

周囲の子どもが、来海に話しかけ始めた。どじょうに飽《あ》きた子どもは、だんだんそこへ集まってきている。来海が小さな子どもに好かれるタイプだなんて、全然知らなかった。

可純を探すと、小学生にまじってどじょうのつかみ取りに参加していた。せせらぎに入って、真剣《しんけん》な顔でどじょうを追い回している。まさか一緒《いっしょ》になってやるなんて。

可純が虫とり少年みたいなボーイッシュな服を着ていたのは、やる気満々だったからだ。夢中になりすぎて五歳《さい》くらいの女の子を突《つ》き飛ばしそうになっている。可純の性格はつかみにくい。

桂奈はどこへ行ったんだろう。あんなに会いたがっていたんだから、青褐先輩に話しかければいいのに。怖気《おじけ》づいたのだろうか。

鳩羽くんは、まだ来海と青褐先輩のそばから離《はな》れようとしない。

桂奈が先輩と話してくれたら、わたしは鳩羽くんに話しかけられるかもしれないのに。

鳩羽くん、わたしに気づいて！

「ふうん。日々希って鳩羽くんのことが好きだったんだあ？」

一瞬《いっしゅん》ぼんやりしていた。横を見たら桂奈がいて、にやにや笑っている。

測定されていたのだ。だれにも知られたくないことを、桂奈に知られてしまった。

心の中に土足で踏《ふ》み込《こ》まれた驚《おどろ》きに棒立ちになる。言葉にできない。「違《ちが》うよ、なに言ってるの」って、言い返せば済むことなのに、声を失くしてしまったように反応できなかった。

「汗《あせ》、すごーい」

気持ち悪いものを見るように笑われた。わたしは黙《だま》ったまま、タオルハンカチで顔の汗をぬぐった。何度も何度も。

桂奈はわたしに興味をなくして、今度は青褐先輩《せんぱい》にスマホを向けている。直接話しかけたらいいのに、なんでこっそり測定しようとしているの？

「あの子ども、邪魔《じゃま》だよー」

桂奈はせせらぎに近寄って、膝《ひざ》の高さの石の縁から水の上に身を乗り出すように手を伸《の》ばし、スマホを構えた。

その時、だれかが桂奈の背中を強く押《お》した。

きゃあっと悲鳴を上げて、スマホを水に落とす。そのあとの二、三秒は手を振《ふ》り回して持ちこたえたけれど、膝の高さの縁石に躓《つまず》く形で体勢を崩《くず》して、盛大な水しぶきを上げて上半身から水の中に落ちてしまった。

「桂奈ったら、やあだあ！　きゃははは」

来海の愉快《ゆかい》な笑い声につられて、周りの子どもや大人たちが一斉に笑い出す。

なにが起こったのかを把握《はあく》する前に、わたしはだれかに腕《うで》をつかまれ、耳元でささやかれた。

「行くよ」

催眠術《さいみんじゅつ》か武術の技でもかけられているように、わたしの足が勝手についていく。

桂奈の背中を押したのは、天狼朱華《てんろうはねず》だった。

キラキラシブキ

天狼朱華に手を引かれながら、小さな水路のある道を早歩きで進んでいく。いまのところはだれも追いかけてこない。

「あんなことして、桂奈、絶対に怒《おこ》っているよ」

どじょうがうようよいる水たまりに桂奈が落ちたところを思い出すと、つい笑ってしまいそうになる。友だちの失敗を笑ってはいけない。押した朱華のほうを非難するべきなのだ。

「マインドスコープを使わない日々希が、きょうに限って二度も測定しているから緊急事態《きんきゅうじたい》かと思ったのだけど……」

「サーバーを覗《のぞ》いて監視《かんし》していたの？」

「朝から待っていたのに、来ないから。午後になって探してみたら、学校にいないし。どこにいるのか知りたくて、ＩＣＴ絆《きずな》プロジェクトのマイスコの記録をちょっと見ただけ。そういうのは監視とはいわない」

それって一応、わたしを心配してくれたってことなのかな。

どじょうまみれの桂奈とスマホ。かわいそうだけど、笑っちゃいけないと思うとますますおかしい。肩《かた》を震《ふる》わせてくすくす笑いながら歩くわたしを、天狼朱華が不思議そうに見る。それがまた面白くて、噴《ふ》き出してしまった。

「桂奈の自慢《じまん》のスマホ、壊《こわ》れてないよね。最新機種なら生活防水機能はついているだろうし」

ほかのみんなはとばっちりをうけてないかな。わたしが黙《だま》っていなくなったこと、怒ってなければいいのだけど。

「朱華には言わなかったけど、桂奈は学校支給のマイスコを壊《こわ》してから、ずっとスマホのマイスコ機能を使っているんだよ」

「そうかなとは思っていた。よそのマイスコなんてICT絆プロジェクトよりカオスなんだから、使わないほうがいい。収集したデータをどこに流しているのかわからない」

「でも、そういう情報って勝手に使っちゃいけない法律があるんじゃないの?」

「ルールを決めたって、いけないことをする人なんて、世界中どこにでもいるものよ」

天狼朱華はパッとわたしの手を離《はな》した。そういえば、せせらぎからずっと手を曳《ひ》かれて歩いていたのだ。

「きのう日々希が作った馬の絵に、実際の馬の基本的な動きのデータを組み込《こ》んでおいたの。動かしやすくなっていると思う」

試しに作ったユニコーンとペガサスを合わせたぬいぐるみっぽい白い馬のキャラクター。あれが動くところが見れるのか。

学校に向かう足が自然と早まってくる。

「あのコの名前、考えてあげよう」

ファンタジックな馬のキャラクターの名前はクリスタルにした。朱華がデータを入れたとあって、リアルな動きをする。ぬいぐるみの質感を残したまま、あいまいだった骨格を修正すると、

⑭

キラキラシブキ

本当にそういう生き物が存在しているみたいになった。

曲が流れ始めた。朱華がもう一台のパソコンから操作したのだ。前にわたしが『大きな雲』で再現した、吹奏楽のための序曲『センチュリア』だった。

「よくこんな複雑な曲を思い浮《う》かべられるね」

感心したふうに言われた。

「練習で何度も演奏して、何度も聴《き》いていれば覚えるよ。それに、一度、黒橡さんが指揮をしてくれたのがとても良かったんだ。あれで曲の細かなところが鮮明《せんめい》になったというか。そうだ、黒橡虹さんて、知り合い？　朱華のことを知っているみたいだった」

「その人とわたしの話をしたの？　『大きな雲』のことも？」

朱華の反応だと、知り合いではないみたいだ。

「ううん、言ってない。向こうから、不登校をしていた生徒は元気そうですかって聞いてきただけ。返事をする前に会話がとぎれてしまって、それきり。すごく指揮はうまいの。カッコよくて大人の色気がある人で、いつもいい香《かお》りがしていて……」

香りを思い出そうとして、あっと思う。

いい香りと言えば、来海の奇妙《きみょう》ないい香り。

「朱華はＩＣＴ絆プロジェクトのサーバーで、わたしがマイスコで測定した画面、見たんだよね？　来海を測定した画像に変なところはなかった？」

「日々希がマインドスコープを使ったことのほうが珍《めずら》しいから、そっちのことしか気に留めてなかった」

「桂奈のスマホでは、何度やっても来海が測定できなかったんだ。きのうまではできていたのに。可純のマイスコで来海を測定したときも、違和感《いわかん》があったみたい」

「違和感って、どんな?」

「わたしが測定したときは、マイスコの照準が合ったとき、急にキラキラしたの。画面が細かく分割して、ええと、ほら、昔のおもちゃに万華鏡《まんげきょう》ってあるでしょう?　あんな感じのがちらちら飛び散ったようになって、えっと思って目から離《はな》して、もう一度見たら測定結果が出ていたの。それに、マイスコと関係なく、来海そのものが、これまでと違《ちが》っているっていうか」

「どういうこと?　別人みたいなの?」

「そこまで違ってはいない。本人なんだけど、なんか違うの。いい匂《にお》いがするし、みんなが来海のことを見ると好きになってしまうみたいな、変な感じ」

そう説明しながら、黒橡さんの持つあの独特な雰囲気《ふんいき》と似ていると思う。きのう、来海は黒橡さんに会って、なにかを受け取ったのかもしれない。

「黒橡さんって、夏休み明けからはうちのICT支援《しえん》員になるみたい」

朱華は特に表情を変えずに「そう」と相槌《あいづち》を打っただけだった。

黒橡さんが「不登校をしていた生徒は元気そうですか」と訊《き》いたのは朱華のことではなかったのだろうか。

「たしか、きのう来海が黒橡さんのことをマイスコで測定していた。その時の結果、朱華は見れるんだよね？」

言ってから、はっとする。

「本当は、盗《ぬす》み見なんていけないことだけど……」

「そうね、いけないことね」

いけないことをしてわたしの居場所を探したくせに、こういうのには協力してくれないのか。

でも、悪いことだと知っていてそれを人に頼《たの》むわけにはいかない。

パソコンのモニターの前に座って、メタルヒヨコを握《にぎ》る。

さっきの来海の違和感を再現できないだろうか。

うまくいかない。蜃気楼《しんきろう》みたいになって、来海の像が結べない。

「好きなように使って。わたしはわたしで少しやることがあるから」

朱華は『大きな雲』からログアウトすると、生徒用のパソコンのキーを打ち始めた。

一人きりになった『大きな雲』で、別のことを試してみたくなって、新しいページを開く。

魚を思い浮《う》かべる。小さくて色鮮《あざ》やかな南の海の魚。

うまくいったので熱帯魚の群れを思い浮かべる。よし。背景に珊瑚礁《さんごしょう》。本物を見たことはないけれど、テレビや図鑑《ずかん》で観た美しい珊瑚を思い浮かべる。そう、森のように生えているのだ。魚の群れが泳ぎ回る。でも、それだけじゃない。ヴィジュアルが整ったら、次は音を考える。

音がパソコン室の外に漏《も》れないよう、ヘッドホンをつけた。

これは珊瑚の森の楽譜《がくふ》なのだ。

珊瑚礁《さんごしょう》の森をそれぞれ自由に動き回っている魚の位置を動かすことで、音高が変わって聴《き》こえるようにする。魚の種類によって音は違《ちが》っていて、継続音だったり断続音だったり、特定のフレーズやリフだったりする。

音が重なって、不思議な音楽が生まれ、流れ始めている。これは音のお絵かきだ。開いたり閉じたりするイソギンチャクをリズムマシンのように使ってビートを打たせてみると、全体のまとまりがよくなった。一度設定すれば全部のことを考えていなくていいので、あとは調整するほうに意識を使えばいい。

わたしは音楽。海流のＤＪ。そして、人魚のコンダクター。

自分のアイデアに夢中になって、時間を忘れていた。

「音ゲーなの？」

朱華がわたしの横に椅子《いす》を引き寄せてきて、もう一つのヘッドホンを装着した。その気配で、自分がどこでなにをしているのか引きもどされた。ここは海の中じゃない。

朱華にも音の変化をしばらく聴かせてから、熱帯魚を小鳥に変更した。海から空へ。熱帯の森をせわしなく行き交う鮮《あざ》やかな小鳥たち。それから、小鳥たちはシャボン玉になって、蝶《ちょう》になって、牡丹雪《ぼたんゆき》になる。牡丹雪は地表に接する直前に、たんぽぽの綿毛に。そして、空に貼《は》りついて星になったあと、コンペイトウの雨に変わって世界中の屋根にパラパラ……。

「こういうのをいっぱい考えて、遊園地みたいな町を作ったら楽しそう。楽しくてきれいなものがぎっしり詰《つ》まった町」

⑭

キラキラシブキ

「面白そうね。日々希ならできると思う。やってみるといいよ」

教室の窓の外の日差しの色は、六時を過ぎている感じ。モニターの隅《すみ》の時計を見ると、その通りだった。夏休み中の部活の終了時間はとっくに過ぎている。

「もう帰らなくちゃ。ああ、きょうも楽しかった。途中《とちゅう》まで一緒《いっしょ》に帰る？」

「急いでいるなら先に帰って。わたしはレポートを書かないと」

「レポートって、宿題かなにか？　そんなのあった？」

「宿題とは違《ちが》うものなの。で、黒橡虹は次はいつ学校に来るの？」

「そんなこと、わからないよ」

「もう少し情報があるといいんだけど。何者かわかる？」

わかるわけがないし、なんで急に知りたくなったの、と訊《き》きそうになった。違う。わざわざ頼《たの》まなくても、わたしが疑問に感じていた来海の違和感や測定結果について朱華は調べてくれたんだ。ポーカーフェイスで言わなくてもいいのに。

「来海が黒橡さんをマイスコで測定した画面を見たの？」

「それらしいのはあったけど、人は映ってなかった。言語化された思考だけ」

「なんて書いてあったの？」

「《蟬《せみ》ハ死ヌ》って」

「なんだ、つまんない。ちょうど死にかけのセミが校舎に飛び込《こ》んできたときだからだね」

「つまんないって、こっちは遊びじゃないんだけど」

「遊びじゃないって……遊びで『大きな雲』を作るために、サーバーの中を覗《のぞ》いていたんでしょう？」

わたしの返しに、朱華が言葉を詰《つ》まらせた。ぱしっと言い負かしに来ると思ったのに。

遊びじゃないのか。

「それとも、レポートに関係あるの？」

「余計なことを言いすぎたみたい。きょうはもう帰って。一人だけで集中したいの」

どうやら朱華のご機嫌《きげん》を悪くしてしまったようだ。

朱華は簡単に人を拒絶《きょぜつ》する。気持ちがつながったかと思うと、ぶち切ってしまう。

わたしは相当がっかり顔をしたんだろう。朱華は付け加えるように言った。

「出ていけって意味じゃないの。きょうはもうおしまいってこと。あの……明日も待っているから。もちろん気が向いたらでいいんだけど」

朱華にしてはずいぶんかわいらしいことを言う。少し、気持ちが救われた。でも、約束はしない。信用して、傷つきたくないから。

友だちというのとは違《ちが》うのだ。

「気が向いたら来るかも。あのね、来海がもらった黒橡さんの名刺にはローマ字でｋｕｂｉｋｉって会社の名前が書いてあった」

「ああ、そういうことね」

意外な相槌《あいづち》がきた。

14

キラキラシブキ

「知ってるの？」

「不登校中にお世話になっていたところの関係者がそういう会社を立ち上げていたかもしれない。クビキなんて変な社名をつけると思って」

ということは、やはり接点はあったのか。

朱華は逆転のカードがそろったみたいにうっすらと笑みを浮《う》かべた。

「明日も、気が向いたら来て。待ってるから」

そっけない言葉だけど、輝《かがや》きを増した朱華の瞳《ひとみ》は、絶対に来なさい、とわたしに言っていた。

家に帰ると、置きっぱなしの中古スマホが点滅《てんめつ》していた。電話がくるなんて珍《めずら》しい。留守録が残っている。

再生ボタンを押《お》すと、蛇口《じゃぐち》をひねったみたいに、可純の声が早口でどばどば流れる。

『可純です。日々希ったらどういうつもりなの。桂奈、ゲキ怒《オコ》だよ。せっかくどじょうを捕《つか》まえたのに、さんごのところに行けなくなっちゃったじゃない。日々希が桂奈にムカつく理由があったのかもしれないけど、いきなり水に突《つ》き落とすなんてひどいよ。好きな人の前でずぶぬれでどじょうまみれなんて、百回自殺したのと同じだってよ。脛《すね》と鼻の頭を擦《す》りむいたし、スマホも調子悪いって。ちゃんと説明してよね。謝ったって許さないって言ってるよ。なに考えてるの？連絡《れんらく》してよ？』

録音を聞いて、呆然《ぼうぜん》とした。わたしが桂奈を水に突き飛ばしたと思われている。

疑われるなんて、考えもしなかった。でも、桂奈が背中を押《お》されて水に落ちたあと、わたしは姿を消したのだ。天狼朱華に押されたなんて桂奈は知らないだろう。朱華があの場にわたしを探しに来たことも知るわけがない。

「どうしよう……」

わたしはスマホを置いた机の前をうろうろした。ばかな子犬みたいに。

桂奈に言ったら、信じてくれるだろうか。怒《おこ》っているから無理だろう。

来海なら信じてくれる？　無理だと思う。来海は水に落ちた桂奈を見て盛大に笑っていたから、桂奈は来海にも怒っているはずだ。こういうときに、さんごがいたら便利なのに。

履歴《りれき》から可純のスマホにつないでみた。通話中だ。

桂奈の電話もつながらない。

来海は……。発信ボタンを押して、すぐとり消した。

来海と話したくない。鳩羽くんの前で、媚《こ》びるように話していた来海。男の子の前に出て、急に女の子であることを強調し始める来海。いつものようでいつもと違《ちが》って、青褐先輩《せんぱい》の横にいてもくすまずにキラキラ注目を浴びていた来海。女子中学生らしくて爽《さわ》やかな香《かお》りに包まれていた来海。もっさり髪《がみ》のがっしり骨太の来海のくせに……。

なんだろう、この気持ち。

急に魅力的《みりょくてき》になった来海のことを避《さ》けたいと思っている。中学生の女の子って、なにひとつ見た目で変わったところはないというのに、スイッチを入れたように突然《とつぜん》変わってしまうものなの

キラキラシブキ

だろうか。ううん、なにか裏があるはずだ。

友だちなんだから、教えてくれたらいいのに。抜《ぬ》け駆《が》けされた気分だ。僻《ひが》み、なのかな。

「どうしよう……」

電話が鳴り、飛び上がりそうになった。

お母さんから、冷凍庫《れいとうこ》のおかずを解凍しておいてというお願いだった。

夕ご飯の用意をしながら、また「どうしよう」と繰《く》り返す。

わたしが桂奈の背中を押して突《つ》き落としたわけじゃない。友だちだったら、信じてくれてもいいのに。むしろ、わたしが黙《だま》ってあの場からいなくなったことを心配してくれてもいいんじゃないの？

気持ちがずんずん落ち込《こ》んでくる。

可純や桂奈にも裏切られたような気がした。

証拠《しょうこ》もないのにわたしを犯人だと決めつけるみんなのほうが、ひどいことをしていると思う。どうしてだれもかばってくれないの？　友だちなのに。わたしはそんなに信用がないんだろうか。

日々希ならやりそうって思われていたのだろうか？

わたしたちの心は、離《はな》れている。五人とも、それぞれに生きている。呼吸をするのも、脈の速さも。好きなおかずも笑いのツボも。

共通点は吹奏楽部のメンバーということ。そんなことはわかっていた。だからこそ、みんなとうまくやっていこうとわたしは気をつかって過ごしてきたのに。興味がないことでもスクレポのシムボタンをたくさん押《お》したし、きょうだって、部活をサボって付き合ってあげたのに。

なんで？　全部、意味がなかったことなの？

こんなにあっさりと見捨てられるの？　さんごが休み続けていても大騒動《おおそうどう》にもならずに受け入れたように……。

いつかみた夢の、砂の詰《つ》まった狭《せま》くるしい音楽室のミニチュアの箱が頭に浮《う》かんだ。

もう、みんなのことで悩みたくない。

「疲《つか》れちゃったよ……」

翌日から、わたしは音楽室に行かなくなった。

⑮ イバショユラユラ

お弁当と水筒《すいとう》を持って、学校には行く。でも、向かうのはパソコン室だ。

夢でみたロングヘアーの朱華《はねず》のキャラはユメハネ、ばねのトビネズミはスプリと名づけた。スプリがユメハネの肩《かた》にちょこんと乗って、鈴《すず》の音をころころ響《ひび》かせて愛嬌《あいきょう》をふりまく。

「日々希《ひびき》の姿も作ろうよ」

言ったそばから、朱華はわたしの写真データを引っ張ってきて、加工して『大きな雲』の中に入れた。

プロジェクターでスクリーンに映しだされた奥行《おくゆ》きのある世界に、「わたし」だけぺらぺらに薄《うす》っぺらい二次元だ。それが別の人の顔だったならシュールで笑えるんだけど。

「自分の顔なんて見たくないって。そうだ改造しよう」

メタルヒヨコをつかんで、考える。

二次元のわたしがモコッと膨《ふく》らんで、水銀みたいににゅるにゅるっと溶《と》けて形を変える。

自分の代わりに表示するならかわいすぎるのは自意識過剰《かじょう》のナルシストみたいで恥《は》ずかしい。

それにユメハネに見劣《みおと》りせずにうまく釣《つ》り合う女の子のキャラクターなんて考えつかない。動物にしようかな……。

「人の形にしてよ?」

朱華に言われて、また悩《なや》む。

人の形なら、人形か、ロボットみたいなキャラでもいい。空想の世界なんだから、あんまり人間臭《くさ》くないものにしたい。たとえば、植物みたいに。

うちには、セダムという多肉植物の寄せ植えがある。お母さんが会社の人からなにかの記念にもらった鉢植えだ。お母さんは嫌《いや》がっていたけれど、わたしはセダムの葉のあのぷくっとみずみずしい感じが好きだった。

体は多肉植物のように。植物体質の女の子がいいと思う。でも裸《はだか》では恥《は》ずかしい。ふつうのドレスではつまらないから、きれいな貝殻《かいがら》と真珠《しんじゅ》と白い花で作ってみよう。白いオパール色の貝殻がシャラシャラ揺《ゆ》れる。植物の体は傷つきやすいから、貝殻の鎧《よろい》で全身を覆《おお》って守るのだ。貝殻をつなぐのはマーガレットのような清廉《せいれん》な花や真珠の鎖《くさり》。

ユメハネと色違《いろちが》いの白い手袋《てぶくろ》とブーツを身に着ける。顔には、つやのある脚《あし》つきボタンみたいなつぶらな瞳《ひとみ》と棒線のような口をかわいい配置で。植物だから喜怒哀楽《きどあいらく》がわかりにくいのだ。『大きな雲』の中でまで、泣いたり笑ったり気をつかったりするのは面倒《めんどう》くさいから、これでいい。

「それが日々希のアバターね。名前は?」

「セダムでいいかな」

15

イバショユラユラ

「男の子みたい」

「じゃあセラム。セラム花子」

「……花子？」

「変かな。この子にぴったりのいい名前だと思うんだけど」

「そう？　日々希の好きなようにするといいよ。言われてみれば、だんだんセラム花子に見えてきた」

朱華がそう言うので、わたしはぷっと笑ってしまった。

本当は、自分でも変な名前だと思っていたのだ。わざと変なのにしたのに。

（なんで笑うの？）

ヘッドホンからほわんとエフェクトのかかった声がした。朱華の声をデジタル加工したのだ。

ユメハネがスクリーンの中で、両手を腰《こし》に当てて不満げなポーズをしていた。

わたしはメタルヒヨコを握《にぎ》り直して、セラム花子を動かす。

王子様が舞踏会《ぶとうかい》でダンスの申し込《こ》みをするときのお辞儀《じぎ》みたいなしぐさ。それを慇懃《いんぎん》無礼《ぶれい》に。

（話せないの？）

下手な人が作ったボーカロイドの歌をイメージして、平坦《へいたん》な声を思考する。

（わたくしは無口な花でございます。災いのもとは貝のようにぴたりと閉じておきましょう）

（日々希とキャラが違うじゃないの）

（わたくしはセラム花子でございます）

（わかったよ、もう。セラム花子のままでいいよ）

ユメハネはひゅっと短い口笛を吹《ふ》いて、クリスタルを呼んで背に飛び乗り、セラム花子を引っ張って後ろに乗せた。ペガサスの翼《つばさ》が邪魔《じゃま》にならない位置に上手にまたがる。体重は設定していないから、二人で乗ってもクリスタルには負担はないだろう。

曲が流れ始めた。朱華がまた、以前わたしが再現した、吹奏楽《すいそうがく》のための序曲『センチュリア』を流したのだ。

ユメハネとセラム花子が空の旅をしているスクリーンに、七つの尖塔《せんとう》を持つ金色のお城を背中に乗せた鷲《わし》が飛来して、おなかを見せて去っていった。風の煽《あお》りを受けて、ユメハネの肩《かた》からスプリが落ちそうになる。

スクリーンに映る風景は、これまでにわたしがイメージしたものを再構成して、朱華が加工してくれたもの。

眼下で景色が移り変わって、やがてフィヨルドの谷が現れる。氷河に削《けず》られてできたというU字型の深い谷だ。澄《す》んだ湖水が鏡になって急峻《きゅうしゅん》な岩山の姿をくっきり映している。まるで、湖面の下にもこちらと同じような世界があるように。

谷を通って、冷たい風が吹きつけてくる。向かい風に負けずに、クリスタルは羽ばたく。雨のしずくのように、きらりと反射した太陽光が目に入る。そちらを見ると、七つの尖塔のお城を乗せた鷲が、空の高いところを飛んでいて、塔の壁に貼《は》られた金の鱗《うろこ》が陽の光に染まっている。あのお城の中の大広間では、きっと『永遠の輪舞《ロンド》』が流れているに違《ちが》いない……。

イバショユラユラ

「ちょっと休む。思ったより、疲《つか》れた」

ヘッドホンを外し、時計を見ると、お昼を過ぎていた。きょうもあっという間に時間が過ぎている。

「コーヒー入れようか？」

「自分でやるよ」

準備室は生徒の立ち入りが禁止だけど、天狼《てんろう》朱華が使っているのを知っているから、平気だ。中に入って、来客用の備品の湯呑《ゆの》みにインスタントのミルクコーヒーを作ってもどる。パソコン室の冷房《れいぼう》が強いから、ホットで作った。

熱いコーヒーをふうふう冷ましてひとくち飲んで、お弁当を広げる。

朱華は上品な包みに入った小さいサンドイッチを持ってきていた。食べる時間が惜《お》しいようで、無駄な会話をせずに手早く済ますと、すぐパソコンにもどってしまう。

朱華が軽やかにキーに触《ふ》れると、モニターにアルファベットと数字が増えていく。わたしには理解できない。ただタイピングの速さに感心するばかりだ。

「レポートは書けたの？」

空になったお弁当箱をしまいながら、なんの気なしに声をかけると、朱華はぎょっとするように手を宙に浮《う》かせてこちらを見た。

「なぜそれを知っているの」

「きのうレポートがあるから先に帰ってって話していたから。訊《き》いちゃいけないことだった？」

「ああ、そのこと」

安堵《あんど》の表情が浮《う》かんだのをごまかすように朱華は咳払《せきばら》いをした。

「だいたい書けたわ」

朱華は世間話が苦手だった。いつ髪《かみ》を切ったのかと訊いたときも、変に過剰《かじょう》な反応をしていたっけ。わたしは深追いしないことにした。すると、朱華は気遣《きづか》いをされたとわかったのか、言いにくそうに言った。

「あのね……学校には内緒《ないしょ》で、ちょっとした調査のアルバイトをしているの。中学生だから、名目上は学生ボランティアってことになっているけれど。パソコンを使うことなら得意だし、不登校中にお世話になったところに頼《たの》まれて、少し協力しているの。これ以上は守秘義務があるから詳《くわ》しく話せない」

「わかった。教えてくれてありがとう」

謎《なぞ》めいた朱華のことが少しわかって嬉《うれ》しい。なにより、朱華がわたしを信用して話してくれたことが嬉しかった。

「そういえば、北村来海《くるみ》の変化のことを気にしていたけど、原因を知りたい？」

大きくうなずく。

朱華は、わたしが使っていた先生用のパソコンのキーを叩《たた》いて『大きな雲』の画面をいったん閉じ、別のファイルを開いた。

⑮

イバショユラユラ

「確認してみたら、きのう日々希が来海を測定した画像と可純《かすみ》が来海を測定した画像には共通点があったの」

モニターの画像をどんどん拡大していく。すると画面の中に細かな文字が埋《う》め込《こ》まれているのが見えてきた。読めるまでズームしていくと、そこには『カレイドビューアーのご用命はkubiki企画《きかく》へ』と書かれていた。

「広告？」

「この文字は、マインドスコープで覗《のぞ》いたときに読めるサイズではないの。サーバーのデータを参照して拡大してようやく見れる文字で書いてあるの。ほかの画像も調べてみたけれど、来海を測定した画像以外にはこの文字はなかった」

「それってつまり……」

「来海がカレイドビューアーっていうのを使っている。詳細《しょうさい》はわからない。でもネーミングから推測すると、万華鏡《まんげきょう》のことをカレイドスコープっていうから、万華鏡のように見せるものということじゃないかな」

そんなものがあるわけない。きのうの来海の違和感《いわかん》を知らなかったら、そう鼻で笑ったことだろう。

あるわけがないといえば、マイスコだっておかしな道具だ。いくら技術革新が進んだとしても、他人の頭の中を覗《のぞ》くなんてできるわけがない……と、だれもが思っていただろう。だいたい、いまの形のスマホだって、子どもまで持つようになったのは数年前のことだ。当たり前のことの中には、数年前には不可能だったこともたくさんある。

「きのうの朝、来海は黒橡《くろつるばみ》さんからカレイドビューアーを渡《わた》された。それを使ったから、急に感じのいい人に変わって、いい香《かお》りがしているようになったってこと？」

「香りの効果は精神的にも生理的にも作用する。だけどもっと直進性の高い指令を出して錯覚《さっかく》を誘発《ゆうはつ》しているのかも。『人気者は作れる』ってことになったら、カレイドビューアーを欲しがる人はいくらでもいるでしょうね。芸能人や政治家でなくてもね」

「錯覚させられた魅力《みりょく》で好きになってしまうのなら気持ちが悪いし、ズルい気がする」

「マインドスコープのプロトタイプを作った人材が流出しているという噂《うわさ》は本当みたいね。ＩＣＴ絆《きずな》プロジェクトのことも熟知している。ｋｕｂｉｋｉ企画はカレイドビューアーを売り込《こ》みたいのなら、もっとわかりやすくすればいいのに」

わたしは言った。朱華はまだ気づいてないようだから。

「それって、朱華に気づいてほしいからかも」

「どうしてわたしなの？」

「黒橡さんは『不登校をしていた生徒は、元気そうですか』ってわたしに訊《き》いたの。やっぱり朱華のことを訊いたんだ。朱華がサーバーを覗《のぞ》いているのを知っているんだよ」

朱華は考え込む。そしてパソコンのキーをいくつか打ち込み、また考える。

「わからない。心当たりがあるとすれば、ハッキングの腕《うで》は自分のほうが優秀《ゆうしゅう》だと誇示《こじ》したい人なのかもしれない。そういうの、わたしは興味ないから。中学生って案外忙《いそが》しいの。遊んであげる暇《ひま》はないわ。こっちに直接被害がないうちは放っておく」

朱華はばっさりと無駄《むだ》なものを切り捨てるように言った。実に朱華らしい。

でも、朱華のいう人と曲の指揮をしてくれた黒橡さんの印象は、わたしにはずいぶん違《ちが》っているように感じる。

「もしみんながカレイドビューアーを使うようになったらどうなるんだろう」

「感じのいい人が増えて、なにも言う必要がなくなって、アリみたいに黙《だま》るんでしょう」

「そりゃあアリは鳴かないけど……」

変なたとえをする。

「コーヒー飲み終わったのなら、『大きな雲』の続き、始めてくれる?」

わたしは返事の代わりにヘッドホンを装着し、メタルヒヨコをつかんだ。


金曜の夕方、下駄箱《げたばこ》で下履《したば》きに履き替《か》えようとすると、中にメモ用紙が入っていた。

桂奈《かな》の文字だろう。絵柄《えがら》がディズニープリンセスだから、間違いない。ミニーやダッフィーのファンはたくさんいるけれど、プリンセス柄を使う子はほかにいない。中学生ならせいぜいアリス柄までだろうって来海が陰《かげ》で指摘《してき》したとき、わたしもついにやりとしてしまって焦《あせ》ったことがある。

『学校に来ているのに、どうして部活に来ないの?』

心配されているのか、まだ怒《おこ》っているのか、文面からは読み取れない。

桂奈には会いたくなかった。吹奏楽部のみんなにも。

中学に入ってから必死になって維持《いじ》してきたあの居場所は、一度離《はな》れてみると、もう魅力的《みりょくてき》には思えない。

なんであれほど、心を砕《くだ》いていたのだろう。毎日毎日周りに気をつかって生きるのに、わたしは疲《つか》れてしまった。嫌《きら》われないようにしていたのに、だれもわたしの味方じゃなかったから。

メモ用紙をクシャっと握《にぎ》りつぶす。

ふつうに下駄箱《げたばこ》を使っていたから、毎日学校に来ているのはばれていた。探されていたら厄介《やっかい》だ。朱華の靴《くつ》があることも、もしかしたら気づいているかもしれない。わたしたちが一緒《いっしょ》にいるなんて、思いもしないだろうけれど。

明日からは別のクラスの下駄箱に靴をしまおう。偽装《ぎそう》したほうが身のためだ。嫌《いや》がらせに、靴を隠《かく》されたら困るもの。


翌朝、部員と鉢合《はちあ》わせしないよう遅《おそ》めの登校をして学校の門を通り過ぎたところで、桂奈に後ろから声をかけられた。門柱に隠れて待ち伏《ぶ》せていたのだ。

「部活、来るよね?」

「あっ、おはよう……」

逃《に》げ場はない。無視をするのも不自然だから、ふつうに挨拶《あいさつ》をした。うまくやらないと、余計な怒《いか》りを買うことになる。

桂奈が下駄箱までついてくる。どうしよう。

「きのうもおとといも、わざわざ学校まで来てんのに、なんで部活に出ないの？　みんな心配していたよ。どこに隠れていたの？」

桂奈は怒《いか》りをぶつけるために話しかけてきたのかと思ったけれど、そこまで激しい様子でもなかった。待ち伏せをしていた理由がわからない。どじょうつかみの水の中に突《つ》き落とした犯人がわたしだと疑っているくせに。

わたしは答えを言わずに知りたいことを訊《き》いた。

「さんごは来た？」

「ううん。でも、おととい電話をしてみた。どうして来ないのって。部活をやめるなんて許さないよって。そしたら、電話を切られてびっくりした」

さんごが桂奈と話したくない気持ちはわかるよ。

わたしは、さんごがなにを思って、なにをしたいのかなんて知らないし、知りたいとも思わない。深く関わる気なんてない。いまのわたしはさんごに部活の友だち以上の興味をもてなかった。わたしたちは、そういう友だちなんだ。それ以上の関係は別契約《けいやく》って、賢《かしこ》いさんごならよくわかっているはず。同じ場所にいなくなったらそれでおしまい。それが嫌《いや》ならこれまでのようにいい子を演じて、理想と現実との評価のギャップに苦しみ続けなさいよ。それはさんごが自分で望んだキャラなんだから……わたしたちが押《お》しつけたわけじゃない。みんなそうやって生きている。

「でもね、きのうの夜、さんごがうちに電話をかけてきてくれたの。ほら、わたしスマホが不調で、家の電話を使ってかけたから、知らない番号が表示されて、オレオレ詐欺《さぎ》みたいなやつかと思ったんだって」

「防水なんじゃなかったの？」

「初期不良があったみたい。修理に出したら新機種だから部品を取り寄せるのに時間がかかるって。マイスコが使えないと、みんなが考えていることがわからなくて困る。不便で。だから学校のマイスコのほうも修理願いの申請《しんせい》を出したところ。日々希はいま、なに考えているの？」

「……なにも」

顔を見つめられたので、頭の中を真っ白にした。心の中では、きょうは測定されないことにほっとしている。

「あのね、可純《かすみ》が日々希に謝れって電話をしたみたいだけど、あれ、勘違《かんちが》いだったから」

桂奈は硬《かた》いものでも噛《か》んでいるような顔で、話しにくそうに言う。

「あとで来海から聞いたんだけど、青褐先輩《あおかちせんぱい》がたまたま日々希がせせらぎから離《はな》れて立っていたのを見ていて、押《お》したのは日々希という子ではなかったって言ったって。友だちは信じなくちゃねって。わたしの服がきれいな色で目を引いたから、やんちゃな子がいたずらをしたんだろうって」

青褐先輩、いい人だ！

「だから、日々希のことは怒《おこ》ってないよ。もし嫌《いや》な思いをさせていたのなら、ごめん。あのとき、鳩羽《はとばね》くんのことが好きなんでしょうってからかったから、怒って仕返しをされたんだと思ってた。

からかって、ごめん。いつも優しい日々希が仕返しをするはずがないのに」

「うん……。言ってもらえてよかった」

「だから部活に来て。部活に出るつもりで学校に来ていたんでしょう？　わたしが怒っていると思って、来づらかったんでしょう」

困ったな。桂奈が一緒《いっしょ》にいたら、パソコン室に行けない。どうやって巻こうか。

下駄箱《げたばこ》の前でわたしはもたもたして靴《くつ》を履《は》き替《か》えずにいた。

「うーん……さんごがいないと、どうせ練習にならないし」

「だよね。さんごに吹奏楽部《すいそうがく》にもどってきてもらって、またみんなで頑張ろうよ。困るの。もうのんびりしている時間がないのに」

練習嫌《ぎら》いの桂奈がそんなふうに言うなんて、意外だった。

「時間がない？」

「ちょっと、しっかりしてよ！　次の土曜日には、区立中学校音楽発表会で演奏するんでしょう？」

コンクールの前でも平気でサボっていた桂奈が区の発表会を気にしているなんて、どういう風《ふ》の吹き回しだろう。

話が呑《の》み込《こ》めなくてぼんやりしているわたしに、桂奈は言った。

「大おじい様と親戚《しんせき》たちが区民ホールに聴《き》きに来るって言うの」

「ふうん、よかったね」

「よくない！」

そういえば、桂奈の大おじい様というのは、森一家がハワイ旅行やディズニーリゾートに遊びに行くときのスポンサーだった。羽振《はぶ》りが良くて、親戚《しんせき》で集まると、かわいい女の子にはたくさんお小遣《こづか》いをくれて、桂奈はいつもいとこの中では一番高額なのだと、自慢《じまん》話をしたことがある。

「大おじい様にみっともないところを見せられない！　親戚の前で親に恥《はじ》をかかせられると思う？」

そういうことか。

理由がわかって、わたしは安堵《あんど》した。桂奈は桂奈のままだ。なにをするにもジコチューなところが桂奈らしさだ。変な道具を使っていい子になったわけじゃない。

「引退した三年生にも発表会に出てもらえるように、お願いのメッセージを送ってるの。ほら、ぼーっとしてないで、音楽室に行こう！」

桂奈がわたしのバッグを奪《うば》い取った。

仕方がない。顔だけ出して、個人練習の時間になったらパソコン室に行こう。それから、具合が悪くなったとかって理由をつけて、部活を早退すればいい。下駄箱《げたばこ》に靴《くつ》がなければ探されないだろう。

四日ぶりに音楽室に向かう。砂の詰《つ》まった狭苦《せまくる》しい音楽室に。

「あっ先輩《せんぱい》、おはようございまーす！」

金管の一年生に楽しそうに声をかけられ、こちらも明るく挨拶《あいさつ》を返す。

二年の部員たちからも「久しぶり」「おはよう」と声をかけられた。顔見知りの人が集まっているだけで、安心するのはなぜだろう。殺伐《さつばつ》とした思いを抱《かか》えていたのに、自分はまだここにいてもいいのかもしれないと思う。居心地がよいかはともかく、わたしが入り込《こ》む場所がなくなったわけではないのだ。

一年生と楽しげに笑いあっていた可純がわたしに気づいて手を振《ふ》る。わたしはおはようと声を返した。

「日々希、留守電ごめんね。ちゃんと謝らなくちゃって思ってたんだけど……」

すぐに謝ってくれればいいのにと思ったけれど、「いいよ」と答えた。すると、もう話は済んだとばかり、可純はさっきまで話していた一年生との会話にもどった。こっちに来ないんだ。

わたしはそっと桂奈に訊《き》いた。

「可純はさんごに会いに行かなかったの？」

「結局、行ってないみたい。最初はさんごがいなくてつまんなそうだったけど、最近はクラの一年と仲良くしてる。面倒《めんどう》くさくなったんじゃない？」

「いつも双子《ふたご》みたいにくっついていたのに」

「可純は意外とあっさりタイプ。頻繁《ひんぱん》に顔を合わせているときにはものすごく仲良くべたべたするけど、いなくなったら忘れちゃう子っているじゃない？　小学生のときに同じ塾《じゅく》だった子に、そういう子がいたもん。交換《こうかん》ノートをするくらい仲良かったのに、わたしがコースを変えたとたん、あんただれって」

桂奈でも、そんな思いをしたことがあったのか。

「でもね、そういう子って悪気はないと思うんだ。習性なんだよ。目の前のことをうまく乗り越《こ》えてその場その場で生き残るための習性。だからそういう子はそういう子なんだって思って、仲良くしてあげればいいんだよ」

「桂奈、怖《こわ》いよ……」

わたしは桂奈の突《つ》き放した人の見方のことを言ったのだけど、桂奈は誤解した。

「怖いよね。だからマイスコが必要なんだよ。なにを考えているのかがわかっていれば、その人に合わせて付き合い方の対応ができるもの。損をしたくないし」

桂奈がそんな思いでマイスコを使っていたなんて、考えたこともなかった。ただの覗《のぞ》き見趣味《みしゅみ》じゃなくて、桂奈は裏切られるのが怖かったんだ。そして、自分に損か得かまで考えている。

「みんなーっ、おっは、おっはよー！　寝坊《ねぼう》ごめーん」

来海が大声を出して音楽室に入ってきた。いい香《かお》りがしたからすぐにわかった。

大スターが現れたかのように、音楽室の中はわっと色めき立つ。来海の周りに人が集まっていく。きょうもあれを使っているのだ。

「来海、すごい人気」

思わずわたしがつぶやくと、桂奈は不安そうな目をわたしに向けた。

「楽しそうだよね。ここんとこ、毎日キラキラしている。相変わらず演奏は下手だけど、みんなが来海を部長にしたいって言い始めている。でも、あの子、楽譜《がくふ》がろくに読めないし、音楽的なカンもないよ。本人もそれをわかっているから絶対無理って辞退しているけど」

「毎日キラキラしているんだ？」

わたしが念を押《お》すように訊《き》き返すと、桂奈は強くうなずいた。

「マスカラとかデカ目に見えるコンタクトをしているのかなってよーく見ているんだけど、そういうのじゃないみたい」

桂奈は来海の変化をうさん臭《くさ》く思っている。でも、その異変がカレイドビューアーのせいだとは気づいていない。来海はうまくみんなを騙《だま》している。

桂奈がカレイドビューアーの存在を知ったら、なにがなんでも手に入れようとするだろう。

わたしは適当に茶化しておくことにした。

「恋《こい》でもしたのかな？」

笑うかと思ったのに、桂奈の顔はさっと緊張《きんちょう》した。深刻なことのように暗い声で言う。

「このごろ来海は青褐先輩《せんぱい》のことをよく話すの。あれから二度も街でばったり会ったんだって」

「会ったのは偶然《ぐうぜん》でしょう？」

「偶然が三日に二度もあるわけないし」

桂奈は来海への嫉妬心《しっとしん》を抑《おさ》えるように、大きく深呼吸をした。

これまでの来海だったら、道ですれ違《ちが》っても青褐先輩は気づかなかっただろう。でも、カレイドビューアーを使った来海だったなら、すぐに気づく。

わたしは気になっていることをもう一つ訊いた。

「黒橡さんは、部活に来た？」

「来てないよ。でもいつだったか、一年が下校途中《とちゅう》で黒橡さんを見かけたって話をしていたから、営業の仕事でこのあたりの地区を回っているみたい。近くにいるなら、吹奏楽部に来て練習を見てくれたらいいのにね」

「ホントだよねえ」

話を合わせて、わたしは笑った。

来てくれたらいいと思う。黒橡さんに会ったら、聞きたい話はたくさんある。


帰宅直後に、電話が鳴った。

桂奈だった。

『なんで黙《だま》って早退したの？』

桂奈の声は怒《おこ》っていた。

「おなかが急に痛くなって」

『午後何度か電話したけど出なかったよ』

わたしがパソコン室を出たのは、七時近くだった。『大きな雲』をしていると、時間があっという間に過ぎる。

「寝《ね》ていたから。でも、もう平気」

『月曜には来てよ？　絶対だよ。三年生、全員じゃないけど来れる人は月曜から来てくれるって。

⑮ イバショユラユラ

音楽発表会の指揮は桔梗《ききょう》元部長に頼《たの》んだから、もうひと押《お》し。カピが先生をやめるって決まったわけじゃないでしょう。休職ってことなら、復帰する気持ちがあるってことじゃない？　淡藤《あわふじ》先生には四十九日が済むまではそっとしといてやれって言われたんだよね。それって、もしかしたら四十九日のあとに復帰するかもってことでしょう？　もし来海が部長になったら、来年はコンクールに行けないよ。さんごじゃないとダメなんだよ。だからさんごにも来てもらえるよう説得を続けてるから。来週からガッツリ発表会の練習ね！』

桂奈がこんなに部活に熱心になれるのなら、コンクールの時から一生懸命《けんめい》になってほしかった。

桂奈の興奮した声を聞いて、わたしは気が重くなる。

みんながやる気を出してしまったら、パソコン室に行く時間が減ってしまう。

今朝は桂奈につかまったせいですぐパソコン室に行けなくて、申し訳ない気持ちになってしまった。このところ三日連続で朝から入り浸《びた》っていた。急に行かなくなったら心配になるだろう。わたしが行かないと、朱華は一人になってしまう。あの子は一人でも平気な子だけど……。

月曜の朝は桂奈に待ち伏《ぶ》せされるよりも早く学校に行って、朱華に事情を説明しよう。

八月末の音楽発表会が来るということは、わたしたちの夏休みももうすぐ終わるということだ。

朱華とわたしの夏の成果も、みんなに知ってもらえたらいいのに。

週明けの朝、音楽室にはさんごがいた。三週間ぶりに会う三年の先輩《せんぱい》と楽しそうに話をしていた。

さんごは、塾《じゅく》の合宿に参加していて、そのあと風邪《かぜ》をひいて欠席していた、とみんなに嘘《うそ》をついた。

「親が連絡《れんらく》をしたと思っていて、忘れていました。ごめんなさい」

さんごがそう言ったから、部員のみんなはそうなんだと思った。退部騒動《そうどう》を知っていた部員も、もうそのことには触《ふ》れない。淡藤先生も、余計なことはなにも言わなかった。

「桔梗先輩《せんぱい》と電話で話していて気づいたの。灰梅《はいうめ》先生が音楽をやめるわけない。やめたら藍《あい》ちゃんが一番悲しむもの」

桂奈の説得がどれだけさんごの心に響《ひび》いていたのかわからないけど、元部長を巻き込《こ》めたことは功を奏したといえる。

「発表会は五日後。先輩たちが助《すけ》っ人《と》に来てくれました。しっかり練習しましょう」

さんごはいままで通りに振《ふ》る舞《ま》う。さんごはそういう役割だ。

わたしもいつものトランペットの場所に、すぽんと収まる。役目が果たせるうちは、居場所はあるのだ。

「きょうの目標は、発表会の特別編成で曲を仕上げに持っていくこと。余裕《よゆう》があれば、新しい曲をさらってみます。楽譜《がくふ》のわからない一年生は、二年生に聞いてね」

「部長、二年がわからなかったときは？」

楽譜を読むのが苦手な来海が発言したので、一年部員たちからどっと笑いが起こった。カレイドビューアーを使っているから、きょうも来海は注目の的だ。

イバショユラユラ

「みなさーん、来海以外の二年生に聞いてくださいねー」

桂奈は来海の人気にライバル心を刺激《しげき》されてか、髪《かみ》に派手な飾《かざ》りのヘアクリップをつけてきた。

「これ、原宿でいとこが買ってくれたのー」

かわいいね、と言ってあげる。アクセサリーはかわいい。

「ホントにかわいいと思ってる？」

「うん、かわいいよ」

アクセサリーが。

「実は変だと思ってるんじゃない？」

マイスコが使えない桂奈は、しつこく訊《き》いてきた。

「ホントにかわいいって。桂奈のイメージにぴったり」

あんなに目立つものなんて、わたしだったら恥《は》ずかしくて頭につけたくない。桂奈じゃなきゃ無理。

可純は、もどってきたさんごに寄り添《そ》うか、仲良くなっていたクラの一年に寄り添うか、どっちつかずになって迷っている。

私語が増えてきて、さんごが声を張り上げる。

「それで、きょうは個人練習はやめて、いきなり音楽発表会の曲を全体で合わせてみます。それでは楽器の準備をお願いします！」

ええーっと声を上げたのは、わたしだけだった。

音楽室から一人で抜《ぬ》け出すことができたのは、お弁当タイムになってからだ。

「遅《おそ》い。すぐに来るって言っていたのに」

朱華は先生用のパソコンのモニターを見つめたまま、こちらをちらりとも見ずに言った。怒《おこ》っている。

「ごめん、ごめんね！　発表会が近いからって午前中のいつもの個人練習の時間が急に合奏になっちゃって」

「別に、約束していたわけじゃないし」

朱華はそっけなく言うと席を立ち、プロジェクター用のスクリーンを下げようとした。

「いまは『大きな雲』で遊べない。来れないって伝えようと思って一瞬《いっしゅん》だけ抜けてきたの。すぐにもどらなくちゃ」

戸惑《とまど》ったように朱華は動きを止めた。そして、壁《かべ》を向いたまま平板な声で言う。

「日々希のしたいようにすればいいよ」

「土曜日の発表会が終わるまで、ずっと音楽室に缶詰《かんづめ》になりそうで」

「じゃあ、もうここには来れないのね。『大きな雲』のアカウントもいらないね」

朱華はわたしのほうを見てくれなかった。

「わーっ、なに言ってるの？　来るから、消さないで！」

「本当に？」

⑮

イバショユラユラ

「部活が終わったら来る。遅くなるけど、待てる？　いったんみんなと校門を出て分かれてから、職員玄関《げんかん》から忍《しの》び込《こ》んでくるから」

朱華はそっぽを向いたまま、こくりとうなずいた。怒っているにしては、妙《みょう》に素直《すなお》に。

ああそうか。朱華は寂《さび》しかったのだ。わたしが必ず来るものと信じていたから、午前中ずっと待ちぼうけをして。

「大丈夫《だいじょうぶ》だから、約束する。でも、どうしても来られない時もあるから、その時はごめんね」

朱華はこくりとうなずいた。いつもこんなふうに聞き分けがよかったらかわいいのに。

「あのさ……」

「無理よ」

「まだ話してないのに」

「動画サイトに投稿《とうこう》したいって話でしょう？」

それは今朝立ち寄った時に話して、即座《そくざ》に却下《きゃっか》されたことだった。

前に『大きな雲』で作った花火の映像をきのう見直したら、自分で言うのもなんだけどとても良い出来だと思ったのだ。だからほかの人にも見てもらいたくなってしまった。

でも朱華が構築した『大きな雲』は秘密のものだから、ほかの人をパソコン室に連れてくるわけにはいかない。だったら『大きな雲』の花火の場面だけを動画作品に加工して、匿名《とくめい》でネットの投稿サイトに公開することができないか。そのことを朱華に相談した。そうしたら、「それは無理よ。だって、『大きな雲』は二人だけの秘密だもの」と、きっぱり断られてしまった。

「秘密を守るために、なにで作ったのかわからないように加工して、ＣＧの動画作品みたいにできないかなって思うの。せっかくきれいに作れたんだし」

「『大きな雲』の一部を切り売りするようなことなんてありえない。わたしたちの世界なんだから、ほかのだれかに観てもらう必要なんてない」

「でも、せっかくきれいにできたのに知っているのが二人だけじゃ……」

うまく話が通じなくて、平行線だった。朱華はがんこだ。もしかしたら、わざとわかっていないふりをしているのかもしれない。

いま、その話を繰《く》り返している時間はない。

桂奈たちに知られないうちに音楽室にもどらなくちゃ。

後ろ髪《がみ》をひかれる思いでパソコン室を出る。

『大きな雲』の中は快適。それを思うと、部活なんてどうでもいいような気がする。だけどいま練習を抜《ぬ》けたら、この先吹奏楽部には確実にいられなくなるだろう。本当にその覚悟が自分にあるのか……。

わたしは部長のさんごやピッコロ名人の桂奈ほど重要な部員ではない。やめたあとにもどってきてと言ってもらえるような理由が、一つも思い浮《う》かばないのだ。

いつまでも二人の世界にこもってはいられない。永遠に『大きな雲』の中にいられるわけじゃない。二学期が来て授業が始まったら、朱華だって一日中パソコン室にいるわけにはいかないだろう。

16 カーテンクレープ

合奏って、なぜあるんだろう。

それは、一人の演奏では、表現できるものに限りがあるから。

集団は面倒《めんどう》くさい。だけど、人が集まって協力することで、初めて形作られていくものがある。心が湧《わ》き立つハーモニー。鼓動《こどう》のように安定したリズムに逸《はや》るリズム。曲芸みたいに鮮《あざ》やかなメロディーラインのバトンタッチ。主旋律《しゅせんりつ》と競《せ》り合いながら高まっていくオブリガート。喜びや怒《いか》りを込《こ》めた、渾身《こんしん》のスフォルツァンド。

世界が息を止めたような、沈黙《ちんもく》という名の一番大切な音。これは偶然《ぐうぜん》の音の集まりではないのだと強く意思を示すための無音。大勢の、凛《りん》とした、強烈《きょうれつ》な休符《きゅうふ》。そして、音。聴《き》く人の心の扉《とびら》を叩《たた》く音。

それを生み出すのは人なのだ。思い思いに、でも一つになるために、呼吸を合わせて演奏をする人たち。録音や放送では聴衆《ちょうしゅう》の心はなかなか動かない。なのに、生の演奏は違《ちが》う。再現することが目的ではなく、未熟でありながらも人の心を震《ふる》わせてしまうなにかを持った、生きた音を作ろうとする人たちが目の前にいるからだ。予期せぬ揺《ゆ》らぎや溜《た》め、微妙《びみょう》に乱れ、整う妙《みょう》も人間の音楽だ。

わたしたちは、そのことを知っている。わたしたちにも、それを作り出すことができるから。

八月三十一日土曜日、区立中学校音楽発表会。午前の部だったわたしたちは、無事に予定の演奏を終えた。

錆猫《さびねこ》区役所の隣《となり》にある区民ホールは千二百席で設備も古く、二千席のどりーむホールを経験したあとには少し物足りない。

どの学校も、吹奏楽《すいそうがく》コンクールの時のような緊張感《きんちょうかん》はなくて、参加することに意義があると言った感じの、気の抜《ぬ》けた演奏だったように思う。聴衆《ちょうしゅう》だって真剣《しんけん》に演奏を聴《き》くというより、家族や友だちが出るから来たという雰囲気《ふんいき》で、ビデオカメラを回したり、知り合いを探そうと客席できょろきょろしていたり、演奏中なのに時々おしゃべりも聞こえるような会場だった。

そんな中でも、わたしたちの学校は、かなりよい出来だった。コンクールで金賞を獲《と》った学校より、はるかに良かったと思う。

いい合奏ができたと感じるたび、吹奏楽部に入って良かったと思うのは、単純すぎだろうか。

副顧問《こもん》の淡藤《あわふじ》先生はなにもしていないのに校長先生の前で鼻高々だった。

「終わった終わったあ！」

ホールの外に出て桂奈《かな》が伸《の》びをすると、来海《くるみ》が笑った。

「きょうのピッコロは、張り切りすぎだよねー」

16

カーテンクレープ

「桂奈先輩《せんぱい》のスポンサーが来ていたんだから当然ですよ、来海先輩」

すっかり来海の取り巻きになった一年生がお追従《ついしょう》を言う。

桂奈がにらんでも一年生は平気な顔だ。カレイドビューアー効果で来海の周りにはいつも人が集まっている。人は人を呼ぶ。来海は単純だから人気者になれたならそれだけで嬉《うれ》しいのだろう。わたしはあまり来海とは話さなくなっていた。

部長のさんごがメモを読み上げる。

「大きい楽器を保護者ボランティアのバンで運んでもらう人は、責任を持って車に積むところまで見届けてください。そのほかの人はしっかり持ち帰ってください。それではきょうはこれで解散です。お疲《つか》れ様でした」

「お疲れ様でした」

可純《かすみ》がさんごの身ぶりを真似して繰《く》り返す。可純はまたさんごにひっつくことに決めたようだ。

屋外の時計は十二時を回ったところだ。区民ホールの前からは夕賀駅を通るバスが出ている。学校にもどって音楽室にトランペットを置いたら、パソコン室に直行しよう。

「わたしは大おじい様たちとお食事に行くことになってるの。テレビで有名なシェフの松濤《しょうとう》のレストランを予約してあるって」

訊《き》いてもいないのに桂奈が話しかけてきた。でも、用事があるのならよかった。

「わたしも約束があるから、すぐ帰ら……」

桂奈にひじで脇腹《わきばら》をつつかれた。

「ねえ、あれ、もしかしたら青褐先輩《あおかちせんぱい》じゃない？」

見ると、本人だった。わざわざ聴《き》きに来てくれたんだろうか。青褐先輩はきょうも制服を着ている。各校の制服の集団に埋《う》もれていても、ほかのだれよりも華《はな》がある。やはり夕賀中学校のスターだ。

「あっ青褐先輩！　こっちです」

来海が手を振《ふ》って、とても親しそうに走り寄っていった。

来海の動きに合わせて、周りの人たちの視線もそちらに移動していく。素敵なものに意識を奪《うば》われている猫《ねこ》のように。

「みんな聞いてー。わたしたち、交際することにしました！」

一年生の取り巻きたちからきゃあっという歓喜《かんき》の悲鳴が上がった。

わたしは声も出ない。

「ハァ？」

チンピラがすごむように、桂奈が片頰《かたほお》をゆがめて言った。桂奈の驚《おどろ》きと憤《いきどお》りはよくわかる。

「ありえない。あれ、ありえないよ。いつの間に？　日々希《ひびき》、知ってた？」

「知るわけないよ！」

大変なことになった。新たに面倒《めんどう》なことが始まってしまった。

青褐先輩は単なる来海を気に入って選んだの？　カレイドビューアー込《こ》みの来海を選んだの？

来海は鳩羽《はとばね》くんのほうを意識していたんじゃなかったの？

⑯

カーテンクレープ

「ねえ、説明してよ。あれなに？　悪い夢？」

桂奈にがくがく肩《かた》を揺《ゆ》すぶられた。

「日々希のマイスコを貸してよ。青褐先輩の頭ン中が壊《こわ》れてないか確認しなくちゃ。ねえ、貸して。持ってきているんでしょう？　持ってるなら使ってよ、ねえ！」

知りたくない。知ってもどうにもならないことなら、知らないでいたい。

「バ、バスが来てる。ごめん、わたしあれに乗らなくちゃ。またね。ごめん」

良いタイミングでバスが現れてくれた。わたしは桂奈に謝りながらバス待ちの列に駆《か》け寄っていった。


楽器を持った他校の生徒とまじりあった満員のバスの中で、背の低いわたしはどこにも目を向ける場所がなく、目を閉じていた。

来海にカレイドビューアーを渡《わた》した黒橡虹《くろつるばみこう》さんは、吹奏楽部の部員の関係が急激に変わったら混乱するって気づかなかったんだろうか。わかっていて、わざとそうしたのだろうか……。

きょう、灰梅《はいうめ》先生抜《ぬ》きでもいい演奏ができたというのに、気持ちがバラバラになってしまったら九月の青空コンサートはどうなるのだろう。

青褐先輩に来海が選ばれたことで、もしも桂奈がへそをまげて部活をやめてしまったら。ううん、やめたら負けを認めたことになるから、桂奈は素直《すなお》にやめたりしないだろう。もっと陰湿《いんしつ》で露骨《ろこつ》なことをし始めるかもしれない。そうなったらわたしは巻き込まれてしまう。じゃあ、来海の側につく？　それは嫌《いや》。

バスが何度目かの角を曲がって、夕賀駅のバスターミナルに着いた。バスを降り、学校へ走る。

わたしの意識は、吹奏楽部のことから『大きな雲』にシフトし始める。

最初のバスに駆《か》け込《こ》んだので、学校にほかの吹奏楽部員はまだもどって来ていない。だれにも会わずに音楽室に楽器を返すと、パソコン室に向かう。

途中《とちゅう》で、お財布を出した。

中にUSBメモリーが入っている。お母さんに借りて、入れてきたのだ。それを制服のポケットに移す。

明日は日曜で学校が閉まっているから、実質的にきょうが夏休み最後の活動日だ。

もしも吹奏楽部のみんなで『大きな雲』にログインして、頭の中で合奏をしたら、どんなふうになるだろう。面白い演奏ができるんじゃないかな。そんなことを、部活中に何度か考えていた。

わたし一人で考えるよりも、『大きな雲』を使って大勢の人と考えたほうが、もっと感動的な曲を作れるのかもしれない。それともみんなが勝手な演奏を浮《う》かべて、めちゃくちゃになるだろうか。試してみる価値はあると思う。

だけど、そういうことは朱華《はねず》が許してくれない。『大きな雲』は二人だけの秘密。サーバーに無断で侵入《しんにゅう》して、ICT絆《きずな》プロジェクトのクラウドのシステムをハッキングして利用しているのだから、公にしたら困るのだろう。

でも、コンピューターで加工して作った動画ということにすれば、どうやって作ったかなんて、

16

カーテンクレープ

だれにもわからないと思う。せっかくきれいにできたのに、だれにも見せずにしまっておくなんてもったいない。それに、システムは朱華が作っていても、わたしが考えて創造した作品でもある。少しくらい、わたしが好きにしてもいいと思う。作品をだれかに見てほしいし、反応を知りたい。だから……。

動画は無理でも、画像をコピーするくらいなら、朱華の手を借りなくてもできる。パソコン画面をスクリーンショットに撮《と》る方法はEタブで調べてきた。

「朱華、入るね」

ノックと同時に声をかける。鍵《かぎ》は開いていた。

「お帰り」と朱華は言った。

「ただいま。発表会やってきたよ。出来はまあ、悪くはなかった」

わたしが近づいていくと、朱華はパソコンの画面を閉じた。なにを見ていたのかはわからない。

「する?」

「うん」

朱華はパソコンの前を譲《ゆず》って、投影用《とうえいよう》のスクリーンを下ろす操作をしに行った。

わたしは『大きな雲』にログインして、それからキーボードのスクリーンショットを撮るためのキーをじっと見つめた。全画面表示にして、プロジェクターにも投影されているのを確認する。

汗《あせ》が出てきた。

持っていた水筒《すいとう》の氷水を飲む。飲んだら、余計に汗が出た。寒いくらいの冷房《れいぼう》の風が当たるのに。

焦《あせ》らないで待とう。朱華に知られたら失敗だ。

メタルヒヨコをつかんで画面を動かそうとする。でも、動かない。

「日々希、マインドスコープを忘れている」

朱華に言われて、慌《あわ》ててスタンドにつないだ。いつもと違《ちが》う動きをしたら朱華に疑われてしまう。

「そういえば、朱華は使ってないね」

『大きな雲』を動かすときに、マイスコを使うのはいつもわたしだけ。朱華はもう一台のパソコンでログインしてキーボードを打つ。

「わたしは《保護》されているもの」

「マインドプロテクターを外せばいいじゃない」

「外せないの。ずっとつながっているから」

「えっ？」

朱華は言い直した。

「外したくない。ねえ、感情なんて持ってなければいいのにって思ったことない？　わたし、プログラムだったらよかった。正しくきっちり動いてさえいればいいんだもの」

変なことを言う。でもわたしは朱華に話を合わせた。

「ああ、確かに厄介《やっかい》だね。生身は面倒《めんどう》くさい」

「そう、面倒なの。わたし、人間じゃなければよかったのに」

「朱華が人間じゃなかったら、もったいないよ。せっかく、きれいなのに」

朱華は黙《だま》ってしまった。気に障《さわ》ることを言ってしまったかと心配になってパソコンの向こうを覗《のぞ》くと、やはり怒《おこ》っていた。こらえるように、かすかに。

「きれいに見えるのは、きれいに作られたから。美しい人には特権があると勘違《かんちが》いした傲慢《ごうまん》な男女が後先考えずに作ったの」

「きれいに作られた、なんて、きれいに生まれてこなくちゃ言えないセリフだよ」

「きれいなだけじゃ生きていけない」

「なに言ってるの。朱華はこんなにすごいものが作れるじゃない。『大きな雲』を秘密にしておくなんて、ホント、もったいない」

「いいの。これはマインドスコープでできそうなことを、ちょっと試してみたかっただけだから」

「ちょっとやそっとの思いつきでこんなのが作れたら、だれも苦労はしないって」

わたしは『大きな雲』にこれまでに保存した谷や町や花火や砂丘《さきゅう》の画面を呼び出して、ページをめくるように移動していく。

「違うよ、日々希がいたからここまでのものになったの。ねえ」

朱華は珍《めずら》しく感情をあらわにしてしんみりと言った。

「二学期が始まったら、こんなふうには会えなくなるね」

「ええっ、寂《さび》しいこと言わないで。わたしは会いに来るよ。ねっ、ユメハネ?」

スクリーンにユメハネが現れる。わたしが呼び出したから。

(わたしたちの冒険《ぼうけん》は永遠に続くわ)

(永遠なんて、ありませんよ。終わりのないものには始まりもありません)

朱華がキーを叩《たた》いて操作したセラム花子が、難しいことを言う。

「そうかなあ?」

「始まりがあったら永遠とは言わないでしょう。始まりと終わりどちらの方向にもどこまでも続いていくから永遠って言うんだもの。だから、永遠っていうのは、始まりと終わりのない閉じた世界のこと。外から見たら、それは無と同じことよ」

永遠が閉じているというのなら、『大きな雲』もそうかもしれない。

無限の世界のように感じていたけれど、この中は閉じた世界なのだ。だってわたしと朱華以外はだれもいない。どこにもつながらない。

ユメハネとセラム花子に楽しそうにお茶を飲んでいなさいと命じれば、二人はいつまでも楽しそうにお茶を飲み続けるのだ。

わたしが作った町の中では、カラフルなコンペイトウ人間たちがスーパーボールのように飛び跳《は》ねる。

体に長いファスナーがついていて、裏表になるリバーシブル人間が、男になったり女になったり、大人になったり子どもになったり、王様になったり奴隷《どれい》になったり、狼《おおかみ》人間になったり猫《ねこ》人間になったりする。

鳥の群れが巨人《きょじん》の形になっていて、掃除機《そうじき》の巨大怪物《かいぶつ》に吸い取られて、排気口《はいきこう》からまた現れる。カレーだらけのどろどろの家。そうめんの噴水《ふんすい》に、飴細工《あめざいく》の交差点。市民ホールではご飯粒《はんつぶ》たちが組体操。鮭《さけ》おにぎりです、鉄火巻きです、と技を決めるたびに、天井《てんじょう》から手が伸《の》びてきて二階席に食べられてしまう。

パレードのフロートが華やかな音楽を流して行き交い、蝶《ちょう》の形の紙吹雪《かみふぶき》があちこちに舞《ま》う。作っているときは夢中で気づかずにいた。ここは、楽しいのに、どこか寂《さび》しい。

それは、わたしたちのほかに、だれも観てくれる人がいないから。この外に出てしまったら、存在できない世界だから。

こんなに楽しそうなのに。あんなに楽しかったのに。

青い空から突然《とつぜん》どしゃぶりの流れ星。光のゲリラ豪雨《ごうう》。

世界が真っ白になる。これがこの世界の夜明け。永遠のリフレイン。

怖《こわ》いよ。この永遠が無と同じになるなんて。

「コーヒー作る?」

朱華が言った。

わたしは無意識に冷風から身をかばい、両腕《りょううで》をさすっていた。

「お願い」

この時を待っていた。

朱華が準備室にコーヒーを作りに行く。

パソコンにUSBメモリーを差し込んだ。

『大きな雲』で作った町の様子を全画面表示にする。キーを押《お》してスクリーンショットを撮《と》る。

パソコンの反応が遅《おそ》い。早くUSBメモリーを認識して。認識した。ファイルを開いて、その中で画像ソフトを起動させてコピー。保存。できた。USBメモリーを取り外すための操作をする。

OKが出た。パソコンから引き抜《ぬ》いて、ポケットに。完了《かんりょう》。

USBメモリーの画像はコンビニの印刷機でプリントアウトすればいい。以前、桂奈がスマホで撮《と》った自撮りの写真をコンビニで出力するのに付き合ったことがある。だから機械の使い方はきっと大丈夫《だいじょうぶ》。

まだ朱華はもどらない。

タオルハンカチで顔の汗《あせ》を拭《ぬぐ》う。

冷風に背中の汗が冷やされて鳥肌《とりはだ》が立つ。

ごめん、朱華。

でも、わたしはだれかに観てほしい。わたしの、わたしたちの作った世界を。わたしたちはこの中で、本当に自由に生きていたんだから。

これは裏切りなんかじゃない。きっと朱華のためにもなる。

わたしは冷静さを装《よそお》うため、準備室の朱華に話しかけた。

「ねえ朱華、聞いてよ。来海が青褐先輩と付き合うことになったんだ。絶対にカレイドビューアーの影響《えいきょう》だよね。そういえば黒橡さんってどうしてるの？」

「興味ないからどうでもいい」

朱華の反応は良くなかった。本当に興味がないようだった。朱華のことだからわたしの知らないところで調査しているのだろうと思っていたのに。

「そうなの？　新学期が始まったら、ひと波乱あるのかなあって、心配になってるんだけど……」

黄色い砂漠《さばく》はとても静かだった。砂漠の砂は砂時計に使えそうなほど細かくさらさらしていた。空気は冬の朝のように冷えていて、かすかに感じる風はシナモンの香《かお》りに似ていたと思う。

　るー　るっる　るー
歌が聞こえる。

　らるるー　らっるるー
だれが歌っているの？

違《ちが》う。あれは歌ではなく、わたしが作った曲のはず。わたしの『永遠の輪舞《ロンド》』はこうだ。主旋《しゅせん》律《りつ》はトランペットで、こう。

　ラッ　パッパ　パーン……

砂交じりの風が吹《ふ》いて、わたしの思考は中断された。

　るー　るっる　るー

また、歌が聞こえてくる。この砂の下に埋《う》まっているのだ。正体を突《つ》き止めたい。

わたしは膝《ひざ》をついて、砂地に穴を掘《ほ》り始める。

ふた掻《か》きで、砂以外のなにかが指先に触《ふ》れた。

少なくとも『永遠の輪舞』ではない。

なにが出てきたのだろう。考えたものと違《ちが》うものが出てくるなんて、どういうこと？

それとも無意識に違うものを探していたんだろうか。もしかしたら『大きな雲』では、深層心理も再現できてしまうの？　それはちょっと怖《こわ》い気がする。

砂から出てきた一部分をぐいっとつかんで引っ張り出してみた。

ドキッとした。

人形の上半身の一部だった。しかも壊《こわ》れている。

出てきたのは栗《くり》色の髪《かみ》のついた頭部と胴体《どうたい》だけ。クリーム色の塩ビ製の顔。プリントされた瞳《ひとみ》には白い星が入っている。恥《は》ずかしそうに微笑《ほほえ》んでいる女の子の顔だ。

「どうしてこんなものが？」

だれかが捨てていったのだろうか。

まさか、この砂丘《さきゅう》がゴミの埋《う》め立て地の上にあるとか？　それとも古い映画で観たような、人類が滅亡《めつぼう》したあとの地球の姿とか？

「ねえ……」

自分しかいないと思っていたのに、朱華がいた。本物じゃなくて、ロングヘアーのユメハネの

⑯

カーテンクレープ

ほうだ。

「それって日々希の友だち？」

ユメハネが面白そうに言った言葉に、えっと思う。

壊れた人形に向かって、友だちかと訊《き》くなんて。

「これ、人形だよ？」

「忘れてしまったの？」

「忘れたもなにも……」

と、つぶやいたとたん、息苦しくなった。悪魔《あくま》にぎゅっと胸をつかまれたように。

——ひーちゃんは絵を描《か》く人になったらいいよ。

小学生の小さな女の子の声が頭に響《ひび》いた。歌っている。

——るー　るっる　るー　らるるー　らっるるー
そうだ。この人形の顔はスミレちゃんにどことなく似ているんだ。

と思ったとたん、背筋がぞくっとした。

〝スミレちゃん〟なんて知らない。

ううん、知っている。知らない。思い出したくない。全部忘れたはずなのに。

——ひーちゃん。スウとしゃべってくれてありがとう……。

心臓のあたりが、ずきんとした。

痛い。冷たい。胸に氷の破片が突《つ》き刺《さ》さったみたいに。それになに？　この真冬の牢屋《ろうや》に閉じ込《こ》められたような悲しさは……

「こ、こんな人形、知らない。見たくない！」

寒さで、指先が凍《こご》えて震《ふる》えている。

なにこれ。なぜこんなものを掘《ほ》り出してしまったの？

すぐに砂に埋《う》めもどした。思い出したくなかった。

悲しさの奥《おく》から、悔《くや》しさがこみあげてくる。


あのころわたしが通っていたピアノ教室の先生の家の近くに、スミレちゃんは住んでいた。学校の外で会うスミレちゃんは、小粒《こつぶ》の、つるっとした空色のスーパーボールみたいなイメージ。小さいくせにあちこちに鋭《するど》く飛び跳《は》ねてしまって、いったんはずみをつけてしまったら、持ち主にもコントロールできない危険な感じがあったと思う。高く跳《と》んだら、同じ色の空に溶《と》け込《こ》んで見失い、どこに落ちてくるかわからない。

スミレちゃんは古いアパートの並んだ路地で、雨の日も寒い日もたいてい一人で遊んでいた。

ピアノ教室に行くわたしに気づくと、スミレちゃんは必ず話しかけてきた。

「わたしもちっちゃいころ、習っていたんだよ」「いま、なんて曲？」「両手で弾《ひ》けるの？」「その曲、黒い鍵盤《けんばん》も使うの？」「この歌知ってる？　るー　るっる　るー　らるるー　らっるるー」

質問に答えている途中《とちゅう》で、スミレちゃんは笑いながらどこかに行ってしまうこともあった。特に一輪車に乗っているときは、真剣《しんけん》に話さないほうがいい。

16

カーテンクレープ

小学三年生の時、わたしのクラスのみんなは、スミレちゃんを仲間はずれにした。それは楽しいゲームの一種で、それがいじめなのだとは思ってなかった。わたしたちは知らなすぎた。大人が思っているほどには、物事を知らないのだ。そして子どもは知っているふりが得意だということを、大人はよく忘れる。

夏を過ぎたころから、わたしたちのクラスでは小さなケンカが続発していた。男女とも主張の強い子が何人かいて、些細《ささい》なことでよくぶつかりあっていた。だれとだれが仲良くなって、だれとだれがケンカしたって、日替《ひが》わりで友だちが変わっている感じ。批評家のようにその状況《じょうきょう》を解説し、楽しむ子たちもいた。

担任の先生はトラブルが発生するたびに必死に走り回っていたけれど、それがまた別の生徒の心をかき乱してしまうのだ。人間関係はなかなか固定しなくて、一日一度はなにかしらもめごとが起きていた。

けれども、そんな中、急速にクラスに一体感が生まれて、穏《おだ》やかな日が始まった。

それは突然《とつぜん》やってきて、どこかへ移って消えていく。教室にそれがいると、決まって快適に過ごせる子が増えるのだ。その一方で、息をひそめていなくてはならない子もいた。

冬が始まったころ、わたしはそれにとり憑《つ》かれてしまっていた。その時はなにが起きているのか自分にはわかっていなかった。なぜだか急に、教室で話しかける友だちがいなくなり、休み時間になると一人になっていた。わざと避《さ》けられていたのだと自覚したのは、二日経《た》ってからだ。でも、確証はなかった。確かめようとすると、人がすうっといなくなってしまう。だから、怒《おこ》ることも抗議《こうぎ》することもできなかった。

あの違和感《いわかん》は四日間くらいで終わり、学校では特に問題にはならなかった。鬼《おに》ごっこの鬼が替《か》わっていくように、教室のだれもが自然に受け入れていたから。

わたしもそうするほかにみんなに受け入れられる方法はなかった。水に流すという言い方があるけれど、いつまでも手元に置いてはいけないものがある。残せばそれは本物のけがれになってしまう。みんなの中にいたかったら、うまくやらなきゃいけない。

スミレちゃんはその暗黙《あんもく》のルールを理解していなかった。だれかに渡《わた》すということを知らなかったのだ。

水底に沈《しず》んでいた泥《どろ》が、ふいに現れた大きな魚に掻《か》き回される。そんなイメージが目の前に広がっていく。心の中がどんどん濁《にご》って暗くなって、息苦しく感じる。このままでは窒息《ちっそく》してしまう。

スミレちゃんは、学校ではもともと存在感の薄《うす》い子だった。そのうち、スミレちゃんが教室にいてもいなくても、まったく気にならなくなっていた。

お正月休み明け、ピアノ教室に行く途中《とちゅう》でスミレちゃんから話しかけられたときには、知らない子のように感じてしまった。

「ひーちゃんのポスター、なんで選ばれなかったんかな。スウは一番好きだった。ひーちゃんは絵を描《か》く人になったらいいよ」

スミレちゃんは、図工の時間に描いたわたしのポスターのことを言ってきたのだ。

時間が足りずに最後のほうは乱暴な塗《ぬ》り方になったので、満足のいく出来栄えではなかったし、線は曲がって色ははみ出していた。先生の評価もよくなかった。それに、わたしの描いた絵を、お母さんはいつも嫌《いや》がる。ふつうの子どもの絵ではない、と。昔ブタと呼ばれていたお母さんは、お母さんが勝手に思い込《こ》んでいる「ふつうの子ども」の姿からわたしが少しでも外れることを許さなかった。授業で描いた絵を持ち帰ってお母さんに見せると、たいていため息しか反応がなかった。そして、次の燃えるゴミの日には捨てられてしまうのだ。だから上手く描こうとは思わなくなっていた。

お母さんが言う通り、わたしの描くものはどれもだめなんだと思っていた。それを「好き」と言う人がいるなんて。

わたしは戸惑《とまど》いながら、訊《き》き返した。

「すごく下手なのに？」

スミレちゃんに、ぱあっと微笑《ほほえ》みが広がった。わたしが久しぶりに口をきいたからだった。

「あのねえ、えっとねえ、色と形が生きてるよ」

わたしはスミレちゃんの言葉にぽかんとしてしまった。

「絵なのに？」

「うん、絵の中で生きてる」

変なことを言う子だと思った。だけど、褒《ほ》めてくれたのだとわかったから、わたしはほんのり嬉《うれ》しくなった。

「生きてるのかなあ……」

レッスンの時間が気になったので、じゃあねと言う。

「生きてるっていいよね。スウはいま久しぶりに生きてる感じがした。ひーちゃん。スウとしゃべってくれてありがとう……るー　るっる　るー　らるるー　らっるるー……」

スミレちゃんはいつもの歌を口ずさんで一輪車で遠ざかっていった。

レッスンのあと、スミレちゃんの一輪車が、路地に立てかけてあったのは覚えている。まさか、それきり会えなくなるとは思ってなかった。

るー　るっる　るー　らるるー　らっるるー
砂を。

砂で蓋《ふた》をして。

これ以上は思い出したくない。

さらさら流れる黄色い砂丘《さきゅう》に隠《かく》してしまおう。どこに埋《う》めたかわからないように。

(だめよ。思い出さなくては。わたしは日々希のことを知りたいもの)

風が強く吹《ふ》き、足元の砂を飛ばしていく。

埋めて隠《かく》したスミレちゃんにそっくりな人形が、バラバラに壊《こわ》れた状態で表面に現れてきた。

忘れよう。忘れよう。

スミレちゃんみたいにはなりたくなかった。

だれにも守ってもらえないなら、自分で自分を守るしかない。絶対にみんなから離《はな》れてはいけない。一人になってはいけないのだ。本当のわたしを知られないように。森に木を隠すという言葉のように、ふつうの子でいられるように、みんなの中に。

寒いのに、汗《あせ》がにじみでてくる。

——それ汗なの？　オタクみたーい。

——キモい。

わたしの掌《てのひら》から、冷たい黒い粒《つぶ》が湧《わ》き出してきた。顔からも脇《わき》の下からも。汗が玉になるように、凍《こお》った黒い粒は次々と湧き出して、わたしの全身の皮膚《ひふ》をぞわぞわ這《は》って埋め尽《つ》くしていく。わたしは後悔《こうかい》という虫の大群に襲《おそ》われた。それはアリの形をしていて、びっしりとわたしを覆《おお》う。

スミレちゃんは、ずっとずっと寂《さび》しかったのではないだろうか。

るー　るっる　るー　らるるー　らっるるー
あの曲はスミレちゃんの歌だったんだ。そんなことまで、わたしは忘れて……。

わたしは真っ黒いアリ人間になる。

もう身動きができないよ……。


「起きて」

朱華がわたしの肩《かた》に触《ふ》れていた。落ち着かせようと手を置いたのだ。

はっと目を見開く。自分の顔が濡《ぬ》れている。

なにが起きたの？　パソコン室で、眠《ねむ》りながら泣いていたってこと？

さっきのあれは夢の出来事なの？　それとも『大きな雲』の中でわたしが想像していた世界なの？

まだ猛烈《もうれつ》に悲しかった。まるで、絶望の滝《たき》に打たれているみたいに、とめどなく。

こらえきれず、そのまま感情に任せて泣きじゃくった。

肩《かた》で切りそろえた長さの髪《かみ》の、現実の朱華は、準備室からティッシュボックスを持ってきてわたしの前に置いた。

「レポートに集中していたあいだ、ずいぶん静かだとは思ってた。途中《とちゅう》で顔を上げて見たら、日々希の頭がこっくりこっくりしていたから、寝《ね》ているんだってわかって、そのままにしておいた」

忘れたつもりのことが、夢の中で突然浮上《とつぜんふじょう》してきた。こういう時のショックは大きい。脳が疲《つか》れたというより、心が疲れている感じ。重すぎる荷物を載《の》せられた荷台みたいにギシギシする。

ティッシュで鼻をかむ。涙《なみだ》はまだ止まりそうになかった。泣きながら寝ていたなんて、それを朱華に見られていたなんて、みっともない。猛烈に恥《は》ずかしい。

「冷えきっている」

朱華がわたしの腕《うで》をさすった。右半身だけにエアコンの冷風が当たっていたから、凍《こお》ったように冷たくなっていた。

「日に当たって温まったほうがいいかも」

⑯ カーテンクレープ

ぼんやりした頭のままで、ゆっくりゆっくり腕を引かれて窓際《まどぎわ》に立つ。

ふわりと控《ひか》えめで優しい香《かお》りがした。自然で清潔な、いい香り。シャンプーかな。と思う間もなく、冷え切ったわたしの右側から抱《だ》きしめられた。朱華が体温で温めようとしてくれたのだ。

「は、恥ずかしいよ」

それに、まだ涙が止まったわけじゃない。

「じゃあ、恥ずかしくないように見えなくする」

窓に引いていた遮光《しゃこう》カーテンが、強烈な西日で熱くなっている。朱華がカーテンの裾《すそ》を引っ張り、小さい子が窓際でかくれんぼでもするように、一緒《いっしょ》にくるまる。バナナクレープみたいにふんわりくるりと包まれる。

息苦しいけど、ほっとした。さっきまですごく寒かったし、寂《さび》しかったから。

カーテンの中で、わたしは意識しないうちに朱華の体にしがみついていた。暗闇《くらやみ》が怖《こわ》い子どもがベッドの中でぬいぐるみの安らぎを求めるように。

夢にもどってしまいそうで怖かった。早く目を覚まさなきゃ。変な夢だったたって笑い飛ばさなくちゃ。

大人になればなるほど、こうやって思い出したくないことは増えていくのだろうか。

小学三年生の時、同じクラスにスミレちゃんという子がいた。

でも、いまはもういない。行方不明になって、亡くなったのだ。

なぜ?

なぜあんな夢をみたのだろう。

スミレちゃんのことなんて、最近では思い出すことはなかったのに。ようやく忘れてしまえたのに。

わたしの真っ黒な悲しみが落ち着くまで、朱華はそのままでいてくれた。

「氷のアリがね、びっしりわたしの体についていたの」

「アリなんて、もういない」

確認するように背中をなでられた。

「あの曲、わたしのオリジナルじゃなかったんだ」

「そう……。気にしてないから」

すぐにそう答えてくれて、安心した。わたしがなんの話をしているのか朱華にわかるはずがないのに。

夢を怖《こわ》がることはない。わたしの記憶《きおく》の中に閉じ込《こ》めておいた過去の出来事が、蓋《ふた》を開けて出てきただけ。また閉じ込めて、鍵《かぎ》をかけてしまえばいい。

朱華の息がこめかみに当たる。くすぐったい。

「日々希のせいじゃないよ」

いい香《かお》り。来海や黒橡さんから漂《ただよ》ってくるような、なにかを強く主張した香りとはまったく違《ちが》う。女の子の肌《はだ》の香りだ。

「日々希は気にしすぎ」

16

カーテンクレープ

朱華はカーテンの中でそうささやくと、わたしに顔を寄せた。こめかみのところに柔《やわ》らかいものが当たる。唇《くちびる》？　それはお母さんが赤ちゃんにするみたいな優しいキスだった。

気持ちの良いあたたかさが皮膚《ひふ》の表面を波のように伝わり、くすぐったさとむず痒《がゆ》さがピリッと感電するみたいに体中に走って、思わず身震《みぶる》いをしそうになった。でも、留められたのは、その快楽以上に戸惑《とまど》いが大きかったからだ。

居心地が悪くなる。慰《なぐさ》めてもらっておいてなんだけど、とても不自然なことをしているような気がする。

「も、もう大丈夫《だいじょうぶ》。落ち着いたから」

離《はな》れようとすると、朱華は言った。

「もう少し」

「えっ……」

「もう少し、お願い」

わたしを抱《だ》く朱華の腕《うで》は、震えているようだった。朱華らしくない。

「どうしたの？」

「強くなりたい」

「朱華は強い子だよ。頭もいいし」

思いがけない言葉に、どう答えたらいいのかわからない。朱華の不安が腕に伝わってきて、言葉の代わりに、わたしからしっかり抱きしめ返した。

「強くなりたい。なにも感じないくらいに強く。日々希は、わざと自分で自分を空っぽにしていたのね。そういうやり方もあったんだ。わたしは弱かった」

そんなふうに考えているなんて、意外だった。わたしが取り乱して泣き出したから、朱華も同じように心細くなったのかな。それで強くなりたいって言ったのかな。朱華ほど強い人はいないのに。

「どうしてわたしは生まれてきたのかな……」

返事のしようがなかった。だって、わたしだって自分がなんのために生まれたのかなんてわからない。

少し間を置いて、わたしは言った。

「あったかいね」

体が冷え切っていたとはいえ、日の当たる場所のカーテンにくるまって抱《だ》き合っているのだから、あったかいのはもう超《こ》えている。密着している部分はうっすら汗《あせ》をかき始めていた。

「あのね、日々希」

朱華がわたしのこめかみあたりにまた唇《くちびる》をつけてきた。柔《やわ》らかい感触《かんしょく》。逃《に》げ場のないカーテンのクレープの中でも無理やり体を離《はな》すべきなのか。過剰《かじょう》に反応したら冗談《じょうだん》の戯《たわむ》れを真に受けたと笑われるのではないか。ためらっているうちに、自分がその部分だけの存在になってしまったように、体中が柔らかく痺《しび》れていく。

「スミレちゃんは、日々希が好きだったんだと思う」

どうして朱華がスミレちゃんのことを知っているの？　コンピューターに詳《くわ》しい朱華でも、人の夢の中までハッキングすることはできない。ふつうの状況《じょうきょう》であれば、それは当たり前のこと。でも、わたしは『大きな雲』をしている最中に眠《ねむ》ってしまったのだ。メタルヒヨコを握《にぎ》ってマイスコを向けられている状況で。頭で考えたクリスタルやセラム花子がモニターで再現できたみたいに、夢の中で考えていることを、読み取られていたのかもしれない。

わたしはようやく口を開いた。

「わたしの記憶を……夢を覗《のぞ》いたの？」

「ごめん。『大きな雲』を通して見えていたから、日々希のことを知りたくて」

「そんな……」

そういえば夢の中で、思い出すのをやめようとするたびに、だれかが話しかけてきた。あれは朱華だったのか。

「どうして日々希が人のことを気にしてばかりいるのか、不思議だったの。みんなの中にいるのにだれにも心を許さないで、なのに友だちのために必死になって行動したり心にもないことを言ったりして同調する。その割にわたしには本音に近い感情をぶつけたことがあった。スミレちゃんのことがあって、人の中にいられなくなることを恐《おそ》れていたせいね」

わたしは答えず、カーテンから抜《ぬ》け出した。

「そして結果的にいじめに加担していたことへの良心の疼《うず》きと後悔《こうかい》がある。自分もまたいじめられるのではないかという不安もある。死と、死者に対する恐怖《きょうふ》も。それから親を失望させることや捨てられることへの恐怖……」

朱華の言い方に、だんだんイライラしてきた。

「そんな分析《ぶんせき》、されたくないよ。わたしを怒《おこ》らせたいの？」

「違《ちが》う。知りたいの。わからないから、知りたい。日々希のことをもっと知りたい。あのね、はじめ、日々希はふつうの子だと思っていた。だから興味がなかったの」

「わたしは自分をふつうの子だと思っているけど」

朱華は包み隠《かく》さずに言いすぎる。朱華はきっと、鳩羽《はとばね》くんへの気持ちも知っている。これまでのマイスコの測定履歴《りれき》のデータも見ているわけだし、わたしが学校では嘘《うそ》の塊《かたまり》になって生きていることも、ふつうにこだわる変わった親のことも、なにもかも知られてしまっている。『大きな雲』で心のままに描《えが》いたことも。

自分でさえよくわからない「蘇芳《すおう》日々希」という人間を、天狼《てんろう》朱華は知っているのだ。外からも中からも覗《のぞ》き見たから。

「ふつうの子って言葉には、つまんないとか退屈《たいくつ》とか透明《とうめい》って意味が含《ふく》まれてるのわかってる？だから日々希はふつうの子になんかならなくていいの。日々希はふつうじゃない」

「ふつうじゃないなんて、ふつうじゃない同い年の子から言われたくないよ」

隠《かく》すものがない、取り繕《つくろ》うものがない、うすら寒さ。裸《はだか》の王様の衣装を着ていた透明人間みたいに、わたしは朱華の目にはすけすけになっている。そんな心もとなさ。寝《ね》ているうちに甲冑《かっちゅう》を脱《ぬ》がされた戦士みたいに、無防備で滑稽《こっけい》で無力化されたすかすか感。

16

カーテンクレープ

バッグをつかむ。まっすぐ出口に向かおうすると、朱華が「ねえ」と、わたしの服の背中をちょこんとつかんだ。

「なに？　帰れないよ」

「帰るなら、その前にもう一度ハグして」

予期せぬ言葉に、わたしは動揺《どうよう》した。

わたしは怒っているし、傷ついている。なのに朱華には自分のしていることに、まったく悪気を感じていない。急に赤ちゃんみたいに甘《あま》えてきて。

「いいからハグして」

「なんなの、もう。信じられない」

そう言いながら、頬《ほお》を赤らめて待っている朱華のことを見たら、かわいいと思ってしまった。ほんの一瞬《いっしゅん》だけ、朱華を両腕《りょううで》でギュッとハグした。

「ずっとそばにいてくれる？」

「ずっとって？」

「夏休みが終わってもってこと」

「もちろんそのつもりだよ」

「日々希が欲しい」

どういう意味で？

朱華はわたしをまっすぐに見た。照れたりふざけたりしないで真剣《しんけん》に。

きれいだ。夏の終わりの西日の照り返しの中でも、朱華は色褪《いろあ》せることなく白く輝《かがや》くようだった。

「こ……こんなわたしでよかったらどうぞ。あ、なんか汗《あせ》かいちゃった、暑いよね。もう夏終了でいいよねえ」

朱華はさっきより力を入れてしっかりわたしを抱《だ》きしめた。

互いの胸のふくらみが当たる。まだどちらも小さいけれど、女性の体に間違《まちが》いはない。意識してしまうと、ぬくもりの気持ちよさと同時に、悪いことをしているような嫌悪感《けんおかん》がおなかの底からこみあげてきて、体を離《はな》した。

日々希が欲しいって、友だちとして？　それ以上で？

その疑問が頭の隅《すみ》に浮《う》かんだとたん、死ぬほど恥《は》ずかしくなって、そのあとは朱華とは目を合わせないようにして部屋を出た。

怒《おこ》っている。なのに、朱華に求められたことを喜んでもいる。

混乱していた。気が高ぶって、興奮している。

なんだろう。自分でもこの気持ちがなんなのか、よくわからない。

廊下《ろうか》を走る。通学路も。

ポケットにＵＳＢメモリーが入っているのを服の上から何度も確認して。

17　ヒミツトモダチ

二学期が始まった。

体育館での始業式のあと、教室にもどりながら桂奈《かな》が愚痴《ぐち》る。

「夏休み中に雰囲気《ふんいき》変わってキラキラしてるのがいっぱいいいなかった？　二学期デビューってやつ？　青褐先輩《あおかちせんぱい》が色褪《いろあ》せて見えたわぁ。来海《くるみ》なんかと付き合っていたら褪せて当然だよね。今朝あの二人は一緒《いっしょ》に登校してきたんだよ」

言われてみれば、体育館はデパートの一階のコスメ売場みたいな匂《にお》いがしていた。でも香水《こうすい》とは違《ちが》う。わくわくするこの感じは、たぶんカレイドビューアーだ。本日付で正式にＩＣＴ支援《しえん》員に着任した黒橡《くろつるばみ》さんは、吹奏楽《すいそうがく》部以外の生徒にも接触《せっしょく》していたに違《ちが》いない。

二年Ｂ組で急に注目を浴びるようになった人物は、桂奈の隣《となり》の席の柳《やなぎ》という男子だった。サッカー部になじめずに一年の途中《とちゅう》で部活をやめてから無口になっていた小柄《こがら》な男子。『高校生っぽさのある十四歳《さい》の香《かお》り』がする。

「なんか気に入らない。ムカつくんだけど」

桂奈が文句を言うと、柳くんは爽《さわ》やかに笑って答えた。

な顔をしている。

「黙《だま》れブス」

そんなことを言う人ではなかったのに、注目を浴びるようになって強気になっている。でも、カレイドビューアーの効果で周囲は嫌《いや》な気持ちにはならなかった。桂奈《かな》はまるで褒《ほ》められたよう

教室友だちの土田詩音《しおん》さんが遅《おく》れて入ってきた。二つの香《かお》りがまじりあう。始業式のあいだ、もしかしたらと思っていたけど、これは間違《まちが》えようがない。『出しゃばりすぎない元気女子の香り』がした。教室では、詩音さんと柳くんが人の関心を奪《うば》い合っているようだった。

その片隅《かたすみ》に、ぽつんと小さな穴があいているように、朱華《はねず》がいる。

今朝、パソコン室に顔を出そうとしたら、鍵《かぎ》がかかっていた。朱華が教室に現れてすぐに話しかけようとしたら、わかりやすいくらいにぷいっと避《さ》けられた。

もしかしたら、あのことがばれたのかとひやりとする。

「怒《おこ》っているの?」

「教室では話さない」

きっぱりとした拒絶《きょぜつ》。夏休み前と同じ冷たい態度だ。

なんで? ずっとそばにいてくれるってわたしにかわいらしく訊《き》いてきたのは朱華のほうなのに。

でも、きっと「教室以外なら話す」ということだ。

桂奈は久しぶりに会った派手グループの友だちと話し始める。これまでだったら小さなグルー

プがあちこちにできるのだけど、きょうは詩音さんと柳くんの周りに人が集まっていく。そして、マイスコの覗《のぞ》き見大会だ。

わたしは、対応に忙《いそが》しそうな詩音さんと話すこともなく、桂奈とも朱華とも離《はな》れた位置で、先生が来るのを心を無にして待つしかなかった。

担任の淡藤《あわふじ》先生が、大きな空箱を抱えて教室に来た。

「それでは、まず提出物の回収だ。自由課題を集めるぞう」

『永遠の遊戯《ゆうぎ》』と名前をつけた『大きな雲』で描《えが》いた町の画像のＬサイズのフォトプリントを、折れ曲がらないように台紙にくるんで、わたしは先生に提出した。スクリーンショットから作った画像は解像度が粗《あら》かった。でも、あの町の雰囲気《ふんいき》は十分に伝わると思う。先生がどう思うかわからないけど、それがこの夏のわたしの成果だ。

「さて、校長先生が式でお話しされたように、二学期の本日からＩＣＴ絆《きずな》プロジェクト第三弾《だん》が始まりました。みんな、Ｅタブは持ってきているよな？　バージョンアップされているか確認しなさい。できてない場合は再起動だ」

Ｅタブを鞄《かばん》から出し、電源を入れて掌《てのひら》認証でロックを外す。

画面に、「ＩＣＴ絆プロジェクト」とかっこいいロゴが浮《う》かんで消え、細かい文字が右から左に流れていく。協賛企業《きぎょう》　ＢＩＧＣＬＯＵＤ《ビッグクラウド》　国家未来戦略局能力開発企画《きかく》室　人材育成コンサルティング絆……。

よく見慣れていた画面の一つがふと目についた。

協賛企業《きぎょう》のＢＩＧＣＬＯＵＤはＢＣグループと呼ばれる大企業だ。日本語に訳したら「大きな雲」になる。朱華はここから名前をもらったのだろうか。

朱華が不登校中にお世話になっていたところはＢＣグループと関係がある人のいるところなのかもしれない。そうでないと朱華の飛び抜《ぬ》けたプログラミングのスキルが説明できない。ＩＣＴ絆プロジェクトと関わりがあるのなら、マインドプロテクターを一人だけつけていることも納得できる。モニターとして調査のレポートを書いていたのもそういう関係なのかもしれない。

Ｅタブの起動画面が終わると、見慣れた画面の中にマッチング・マップという新しいアプリが表示されていた。

先生が説明書を見ながら言う。

「マッチング・マップでは、これまでの使用状況や学習の進捗《しんちょく》のデータをもとに、個々のユーザーに最適な情報が表示される。学習の項目《こうもく》を開いてみなさい。各自が取り組むべき課題が科目ごとに出ている。進学したい高校や目指したい職業、人生プランを入力しておくと目標達成までの学習計画や必要となる費用が表示されるようになっている。明日までに入力しておくこと。ちなみに先生が目標にサッカー日本代表と入れてみたら達成率０・００パーセントと出た。性能は信頼できるぞ」

教室に、微妙な笑いが広がる。

「さらに、コンテンツターゲティング広告と連動しているので、おすすめの商品も表示される。この連動型広告は、インターネット広告で実用化されているものと同じだな。ＩＣＴ絆プロジェクトは生徒の生活環境《かんきょう》や嗜好《しこう》、活動情報を収集して消費傾向《けいこう》を割り出している。支援企業との提《てい》携《けい》で通信販売《はんばい》の機能もある。ただしこちらはクレジットカードの登録が必要になるので保護者と相談して使うこと」

わたしには関係なさそうな機能だな、と思いながら、学習の項目に文字を入れてみた。

高校は吹奏楽部《すいそうがくぶ》のある都立校に行くつもりだけど、その先はまだなにも考えていない。軽い気持ちで、有名な私立の音楽大学と美術大学の名前を希望欄《らん》に記入してみると、警告のポップアップが出た。

『保護者の世帯収入・資産保有額に即《そく》した進路を設定してください』

『奨学金《しょうがくきん》の返済プランを設定してください』

頬《ほお》を叩《たた》かれたような気持ちになって、固まってしまった。

将来への夢や希望を持つためではなく、現実的な道筋を教えてくれるシステムらしい。もう中学生なんだからシビアに考えなさいということかもしれないけど、そんな機能は好きになれそうにない。

広告欄には、紫《むらさき》色やグレーの地味な色合いの文房具《ぶんぼうぐ》がたくさん表示されている。そんな色、全然欲しくないのに。

「マッチング・マップ、けっこう使えるよ」

休み時間に、派手グループの楽しい会話のおすそ分けのつもりか、桂奈がEタブを見せにきた。

ショップのカテゴリーの中にファッションのページがあり、おしゃれ特集の記事が読めるようになっている。

「そんなページがあったの？　使いこなすのが早いね」

桂奈はそこに表示された『あなたは姫《ひめ》系のオレンジ？　お嬢様《じょう》系エメラルド？』のチャートを見せてくれた。

「日々希《ひびき》はどっちがいいと思う？」

特集記事を見て、不思議に思う。

なんでオレンジと緑の色の服しか選べないんだろう。裾《すそ》にワイヤーの入ったフリルとか金色のリボンとか、デザインがごてごてして、わたしには派手すぎる。この選択肢《せんたくし》ではどちらかなんて選べない。

「日々希も自分のEタブで見てごらん」

開く場所を教えてもらいながら同じページを開けた。

『あなたは着心地シンプル派？　機能重視のスマート派？』

桂奈とは違《ちが》うチャート画面が開いて、グレーのコットンワンピースや薄紫《うすむらさき》色のロングTブラウスの写真が出ていた。わたしだって中二の女の子なのに、歳《とし》を取った人でも着られそうな地味な服しか紹介されないなんて、悲しすぎるし情けない。わたしが普段から地味だからなの？

「桂奈とのこの差ってなに？　紫なんて好きじゃないのに」

「でも、日々希のマイスコのレンズカバーはクリアパープルだったよね？」

「それは……」

桂奈と色がかぶらないように遠慮《えんりょ》したからで、好きな色ではなかったのに。

「Eタブが苦手って言って日々希はスクレポの投稿《とうこう》もあんまりしてないから、データが少なくて趣味《しゅみ》が正確に反映されてないのかもよ」

そうなのか。あと、保護者の経済状況《じょうきょう》のこともあるのかもしれない。

スクレポに投稿したくなかったのは、よその家庭とうちの家庭の違《ちが》いがはっきり見えてしまうからだ。

たとえば、夕食のカレーライスの写真一枚にしたって、たくさんの情報が写っている。レトルトかお店か自家製か、盛りつけのお肉の量や付け合わせの種類やお皿やスプーンの質感が違う。食卓にカレーライス以外のおかずやカラフルなサラダがいくつも並《なら》んでいたり、背景に高級なカーテンや古めかしい家具や絵画が見えていたり、家族旅行の写真やだれかのトロフィーが写り込《こ》んでいたりする。何気なく投稿した生徒は、そういう家が標準的なふつうの家庭なのだと思っていて、自分の家との違いに冷や汗《あせ》をかいたり恥《は》ずかしさを感じて落ち込んだりする生徒がいるなんて思わないんだろう。

お昼休みになってすぐ、C組の人気者となった来海がわたしたちのところに「休憩《きゅうけい》」をしに避《ひ》難《なん》してきた。そのときEタブのおしゃれ特集の記事を見せてもらったら、来海は『あなたはモテ系センパイ派？　甘辛《あまから》トーク系アイドル派？』で、ピンクのチェック地のフレアショートパンツとマリンブルーのドット柄《がら》のふわっとしたミニスカートの画像が映っていた。

同じ物を使っているのに、人によってこんなに内容が違うのか。太腿《ふともも》むき出しの服は苦手だから自分のところには表示されなくてよかったけれど、自分では着たり買ったりできなくても、かわいい服や流行りの服にどんなのがあるのかは知りたい気がする。同じような物の中から選ぶのはつまらない
来海たちとの話に一区切りがついたところでわたしは教室を出た。

さっきから、教室に朱華がいない。だからきっとパソコン室にいるはずだ。だれもあとをついてこないことを確認しながら、特別教室のある校舎に向かう。

引き戸を開けると、予想通り朱華がいた。

「朱華のマッチング・マップのおしゃれ特集にはどんな服が表示されているの?」

「なにも出ない。Eタブはマインドスコープとコネクトされているから《保護》も有効になっているし」

「もうプロテクターなんて外してくればいいのに」

「知られたくない。わたしはみんなと違《ちが》うから」

わたしは『大きな雲』にログインしながら言う。あまり時間がないから、スクリーンは下ろさずパソコンのモニターで見る。

「特別なところがあるのはわかるけど、朱華が思っているほどには、そんなにみんなと違わないと思うけどどな」

朱華はものすごくプライドが高いだけなのかもしれない。

「みんなはわかっていないの、奪《うば》われ放題なのに」

「なにを奪われるって言うの？」

朱華は言った。

「自由」

「自由？」

意味がわからない。自由という言葉について、わたしはあまり深く考えたことがなかったから。

「みんなもわたしもふつうに自由にしているよ？　みんなと同じようにマッチング・マップを使えない朱華のほうが、わたしには不自由に見えるけど」

モニターにユメハネが現れた。朱華が画面に出したのだ。

『個人の生活情報の収集と、制御《せいぎょ》された情報提供による心理的統制。素直《すなお》で従順な消費者の創出に、安定的継続的《けいぞくてき》な販売《はんばい》ルートの確保』

「意味わかんないよ」

わたしは背景を昔のファミコン風の、曲線のない町並みにした。

『Eタブは検閲《けんえつ》と宣伝を同時にできるものなの。メッセージは全部盗聴《とうちょう》されるし、アクセスできる情報もICT絆プロジェクトの息のかかったサービスだけ。マインドスコープで互いの腹の中を探って監視《かんし》させておきながら、Eタブは利用者に自由に選択《せんたく》しているように見せかける。情報を与《あた》え続けることで選択をルーティンワーク化し、深く考えずに個人が意思決定をするようなトレーニングをさせている。そしてその選択を他人がよいと感じたかどうかまで、本人に知らせるの。ランキングまでつけて』

「自分が選んだ結果をほかの人からもよいと思われているのがわかったら、心強いと思うけど」

画面からユメハネは消えて、スプリだけになる。迷路の中の食うか食われるかのレトロなゲームのようにカクカクと小刻みに動き出す。

「自分の判断より、他人によいと思われるためだけに選択《せんたく》をする人もたくさん出てくる。選ぶことを放棄《ほうき》して、自分を偽《いつわ》ってでも周りに合わせ評価されることを良しとする人たちが」

それって、わたしのことかな。

「国語の読解テストの選択《せんたく》問題で、どれも選べないって感じたことはなかった？　そういうときは、近い言葉や意味が似ていると感じる解答を選ぶしかない。自分が考えていた本当の答えではなくて、問題を作った人が正しいとする考えを選ぶしかないの。選択肢《し》の設定次第で、人の意見はすり替《か》えられていくのよ」

「でも、正解するためにするのがテストでしょう？」

朱華は明らかに失望したという顔をした。わたしがバカだと言いたそうに。

『大きな雲』の画面は迷路の捕食《ほしょく》ゲームからシューティングゲームに変わる。

「朱華って実は怖《こわ》がりなの？　人を疑うことばかり考えている。嫌《いや》なら使わなければいいだけでしょう。朱華がＩＣＴ絆プロジェクトを嫌《きら》いなのはわかるけど、学校が決めたことだから仕方がないよ」

朱華が真剣《しんけん》になればなるほど、わたしは反発を感じてしまう。

「学校が決めたことだから仕方がない？　わたしはいま、重要なことを日々希に話したつもりなのに」

「重要なら、わたし一人に話すより、みんなに話したほうがいいのに」

わたしは朝からずっと訊《き》きたかったことを言った。

「どうして教室で話さないの？」

朱華ははっきりと表情をむっとさせた。

「話す必要がないもの」

「いつまでも特別な生徒のままでいるより溶《と》け込《こ》もうよ。友だちは作ったほうがいいよ」

「どれも似たり寄ったりの、つまらない子どもばかりじゃないの」

そんな言い方はない。自分だって子どものくせに。

「じゃあ、わたしは？　わたしは朱華の友だちじゃないの？」

「友だちって、なにそれ？」

冷たくさらっと言われて、傷ついた。

「なにそれって……」

天狼朱華は動作確認のためのプレイヤーが欲しかっただけなんだろうか。『大きな雲』の中では、ほかのだれよりも親しい関係になっていたような気がしていた。この自由な、楽しかった気持ちまで無にされたような気がする。

「友だちなんていらない。わたしが欲しいのは友だちなんかじゃなくて……」

朱華は一瞬《いっしゅん》口ごもる。でも、言った。

「日々希」

ドキッとした。怒《おこ》った顔をしてそう切り返されるとは思わなかった。

言葉をどう受け取っていいのかわからない。とりあえず茶化して返す。

「えっと……それって、色っぽい意味で？」

ばかなことを口走った。土曜日にカーテンの中で額にキスされた感触《かんしょく》を思い出してしまった。

二人だけでパソコン室にいることに、急に居心地が悪くなる。

「えっと……あげたら自分のがなくなっちゃうし……」

昼休み終了のチャイムに助けられた。

「先にもどるね」


放課後、部活の休憩《きゅうけい》時間のタイミングでパソコン室に向かうと、鍵《かぎ》がかかっていた。昼休みの朱華のあの態度ではまたケンカになるかもしれないけど『大きな雲』の中に入りたい気持ちのほうがまさっていた。

ノックをする。

「朱華、ねえ、いないの？」

「そこにはだれもいませんよ」

ふわりと、月夜の白い花のような、大人の色気を感じる良い香《かお》り。目で確認するよりも先に鼻で黒橡虹《こう》さんが廊下《ろうか》を歩いてきたのだとわかった。

「天狼《てんろう》さんが……時々鍵を借りていたようなんですけど」

「そのような申し送りは聞いていませんね。特定の生徒だけに貸すということはできません。前任者が鍵を紛失《ふんしつ》したというので、昼休みのあと、業者に引き戸の鍵をつけ替《か》えてもらいました。許可なしではもうネズミ一匹《いっぴき》入れないように」

朱華は先生の許可をもらっているように言っていたけど、もしかしたら前任の納戸《なんど》さんが失《な》くした鍵を使っているのかもって、わたしもなんとなく気づいていた。この人もそれを知っているんだ。

黒橡さんはICT支援《しえん》員としてこの平凡《へいぼん》な公立の学校の廊下にいるのがとても場違《ばち》いな人だ。でもそれは、カレイドビューアーを使っているからだ。

「どうして来海にカレイドビューアーを渡《わた》したんですか？」

「お気づきになりましたか。あれはいつでしたか、学校の近くで偶然《ぐうぜん》会いまして、心神鏡……マインドスコープを覗《のぞ》いたときにキラキラしたのはなぜかとか、カッコよさの秘訣《ひけつ》など、質問を受けました。あの子は自分が嫌《いや》でたまらなくて、変えたいのだ、と」

「来海がそんな話を？」

「ですから、わたくしの会社にはこのような製品がございますよ、とご紹介《しょうかい》いたしました。それで、あの子が欲しがったからですよ。現在キャンペーン中で、ご希望のかたには無料でお配りしています。二か月目からは有料になりますけれど。あなたも必要ですか？」

「いりません。道具を使って人気者になるなんて、ズルではないですか」

「それは考え方しだいでしょう。メイクをしたり、髪形《かみがた》を気にしたりするのと同じですよ。つけまつげや口紅《くちべに》をした人をズルとは言いません。高級な腕時計《うでどけい》やアクセサリーをつけたりヒールの高い靴《くつ》を履《は》いたりするのもね。自分を良く見せようと工夫をすることはいけないことですか。カレイドビューアーという、身だしなみのためのアイテムが新しく一つ増えただけですよ」

「でも、ズルだと思います」

「いまでは美容整形手術さえする人がいます。ズルかズルでないかはお客様がお決めになることで、ここで議論することではありません。訊《き》きたいことはこれだけですか」

「来海のことをどうしたいんですか。青褐先輩《せんぱい》と付き合っているのもカレイドビューアーのせいですよね？　そんなの、いいんですか？　吹奏楽《すいそうがく》部のことをどうするつもりなんですか？」

黒橡さんは優しげに微笑《ほほえ》んだ。でもそれは嘲笑《ちょうしょう》がにじみ出るのを隠《かく》すためだ。

「わたくしどもkubiki企画《きかく》は、そんなささやかな単位をどうこうするためには動きませんよ。吹奏楽部に伺《うかが》ったのは、布石にすぎません」

「布石って……。吹奏楽部のOBだから来てくださったんですよね？」

「指揮の経験はありますが、母校ではありません。その点はお詫《わ》びいたします。ですが、わたしが接触したことで、士気が高まり、結果的にはみなさんのお役に立てました。ひと組の中学生カップルも成立しましたし」

優しそうな営業スマイルで、にっこり微笑む。お役に立てて満足ですって幸せそうな顔をして。すごくいい人そうなのに、考えていることは訳がわからない。

「黒橡さんは朱華のことが嫌《きら》いなんですか。朱華は黒橡さんを知らないと言っていたけど、来海の測定画像に広告を入れたのは朱華へのメッセージですよね？」

黒橡さんは名前をかみしめるように言った。

「天狼朱華さんにはお気をつけなさい、あの子は監視《かんし》しています」

「朱華が時々マイスコの測定履歴《りれき》を見ていたことは知っていますけど……」

朱華のことをなにも知らないとは思われたくない。夏休みの長い時間一緒《いっしょ》にいて、『大きな雲』の世界を共有してきた。わたしは朱華のことを知っているし、わかっていると思いたい。

「では、あの子はあなたを選んだのですね。あの子が計画的に夕賀《ゆうが》中学校に送り込《こ》まれ、吹奏楽部を調べているのは察知しましたが、ターゲットを特定するには至らなかった。あの派手なピッコロの子か来海さんのどちらかだと踏《ふ》んでいたのですが、あなたとは意外でした」

「あの、なにに選ばれたって言うんですか」

「被験者《ひけんしゃ》ですよ」

被験者というのは、試験や実験の対象となる人のことだ。

「では、きょうはこのへんで」

「ま、待ってください。黒橡さんはなにがしたいんですか？」

「わたくしはわたくしがやるべきことをするまでです。一つお教えしておきましょう。マインドスコープの原型となる心神鏡のシステムを開発したのはわたくしです。ですから今回の夕賀中のプロジェクトには責任を感じているのです。さ、これから業務日誌を書かねばなりませんので、また別の機会に。あなたも、お友だちを探していたのでしょう？　さようなら」

黒橡さんはピカピカの鍵《かぎ》を使って引き戸を開けると一人でパソコン室に入って、きっちり扉《とびら》を閉めた。

ここはもう朱華とわたしの居場所ではないの？

わたしたちは『大きな雲』の中に行けなくなってしまったということ？


「日々希ったら、なんでこんなところにいるの？　あちこち探したんだから」

桂奈の声で、止まっていた時間が動き出した。

「パソコン室なんかに用事？　もしかして黒橡さん目当て？　へーそうなんだ？　イケメンだもんねー！」

「ち、違《ちが》うよ。そこに水を飲みに来て、これからのことを考えてぼーっとしてたの。桂奈こそどうしたの？」

「大ニュース。早く音楽室にもどろ」

桂奈はわたしの腕《うで》を引っ張っていく。内容を聞くまでもなく、桂奈は勝手にしゃべりだした。

「思ってた通り、四十九日のあとにカピは復帰するつもりだったよ。金曜には出て来るから、それまでに青空コンサート用の譜読《ふよ》みを済ませておくようにって、淡藤《あわふじ》先生の机に灰梅先生からの新譜が届いていたんだって。もうさんごがパート譜を配ってるよ」

桂奈のハイテンションに合わせて言う。

「本当？　よかった！」

「青コンまで三週間で仕上げることになるから、二年のうちらが頑張《がんば》らないと」

階段を四階まで一気に駆《か》け上り、荒《あら》い息をしながら言う。

「桂奈、変わったね」

「そう？　さんごには発表会の借りがあるし。いまの部はうちらしだいでどうにでも変わるってわかったし」

「そっか、カピがいるなら下手な演奏はできないしね」

「来年はうちらで金賞を獲《と》る。それで都大会で大おじい様に演奏を聴いてもらいたい。そうなったらご褒美《ほうび》にわたしの部屋にシャンデリアを買ってくれるって」

ああ、桂奈はやっぱり桂奈なのだ。そういうことを黙《だま》っていれば、もっといい人っぽくなれるのに。桂奈は本人が思っている通り「裏表のない」、損得《そんとく》に素直《すなお》な自己中の天才なのだ。この子はずっとそうだった。

笑いがこみあげてきた。

「わたし、桂奈と友だちになれてよかった」

「なんなの、急に」

桂奈が気持ち悪がる。

「ズッ友だもんね」

「まあ、そうだけど」

小学五年生の時に桂奈は転校してきた。

わたしたちはズッ友の誓《ちか》いをすることで、見えない敵から逃《に》げ惑《まど》うゲームの終了を宣言したのだ。クラスに桂奈が現れるまで、学校にはスミレちゃんの代わりになるだれかを捜《さが》す空気がいつも残っていた。あのころは、あの重苦しい状態が一生続くような気がして、いつも雨空の下にいるようだった。

桂奈の出現はちょっとした嵐だった。新しい突風《とっぷう》が停滞《ていたい》していた雨空を吹《ふ》き飛ばしてくれたのだ。

友だちの在り方は一つじゃない。ほかのだれかの許可が必要なわけじゃない。

だから、朱華のこともわたしは友だちだと思いたい。

18 ムジャキナヒトミ

翌朝、学校はちょっとした騒動《そうどう》になっていた。

パソコン室の前の廊下《ろうか》に消火器の中身が撒《ま》き散らされていたからだ。犯人はわからない。支援《しえん》員の黒橡《くろつるばみ》さんは出勤日ではなかったため、教頭先生たちが粉まみれになって片付けをしていた。それは消火器のいたずらとして処理された。

あとで見に行ったら、ドアに傷がついていて、硬《かた》い物をぶつけて鍵《かぎ》を壊《こわ》そうとしたと推測できた。

次の日は、パソコン室の窓ガラスが割られていた。ヒビが入ったところでだれかに感づかれて犯人は逃《に》げたらしく、侵入《しんにゅう》の形跡《けいせき》はなかった。

二日連続して起きた怪事件《かいじけん》を、生徒たちは七月にICT支援員をやめさせられた「納戸《なんど》さんの呪《のろ》い」と呼んだ。そんなわけはないはずなのに、みんな面白がってそう呼んだ。

「明日はなにが起きるだろうね」

桂奈《かな》は期待している。冗談《じょうだん》じゃない。

「なにも起きないでほしいよ」

犯人は……考えたくはないけど、朱華《はねず》のような気がする。

この二日間、パソコン室に入れなくなったわたしたちはまったく会話ができていない。休み時間に話しかけても完全無視。

「ねえ、いい加減にしゃべったら？　なにか言ってよ」

「……」

「放っときなよ。しつこくしたらかえって迷惑《めいわく》になるよ」

カレイドビューアーでキラキラしている詩音《しおん》さんに言われてしまったら、わたしが一方的に悪いことをしているみたいだ。

カレイドビューアーをつけて登校したクラスメイトの数が、二学期の二日目、三日目と日を追うごとに一人ずつ増えていた。吹奏楽部《すいそうがく》でも来海《くるみ》のほかに一年生が一人つけてきた。学校全体でも、増えている。カレイドビューアーという道具をまだ知らず、なにが起きているのかわからない過半数の生徒たちは、校内で魅力的《みりょくてき》な生徒を見るたび、ひたすら注目して、影響《えいきょう》を受けて、浮足《うきあし》立って過ごすしかなかった。

木曜日はなにも「呪《のろ》い」は起きなかった。でも、金曜日の朝になると新しい噂《うわさ》が飛び交った。木曜の下校時間のあと、パソコン室の一つ上の階の水飲み場の蛇口《じゃぐち》が全開に開かれて、廊下《ろうか》が水浸《みずびた》しになるところだったらしい。

青褐先輩《あおかちせんぱい》が朝のうちに、ありもしない呪いの噂をしないようにとスクレポで自粛《じしゅく》の呼びかけを書いた。それでかえって加速して、尾《お》ひれがついて広まってしまった。

青褐先輩の言うことを素直《すなお》に聞こうという人はもうほとんどいない。だって学校にはキラキラした素敵な人が山ほどいるのだ。この九か月間片思いをしてきた鳩羽《はとばね》くんの眩《まぶ》しささえかすんでしまうほどに。

もしかしたら、それがよかったのかもしれない。昼休みに鳩羽くんが教室にいるわたしを呼んだとき、嬉《うれ》しさで倒《たお》れたりしないでふつうに歩いて行けたから。


「蘇芳《すおう》さん」

鳩羽くんが廊下からわたしに向かって手招きをしている。そんな妄想《もうそう》をいままで何度していただろう。

夢だったら覚めないで、と願いながら、桂奈《かな》にちらっと目をやってから静かに廊下に出た。桂奈は派手グループの会話に夢中で気づいていない。

「さっき写真を見たんだ。職員室の前の掲示板《けいじばん》の『永遠の遊戯《ゆうぎ》』って蘇芳さんの作品だよね？」

夏休みの自由課題に提出した『大きな雲』の画像のことだ。まさか貼《は》りだされていたなんて。

「それで、唐突《とうとつ》なんだけど、力を貸してほしいんだ。おれ、いや、ぼくは、今度の生徒会選挙に生徒会長として立候補《りっこうほ》する予定なんだけど、先輩の話を聞いたら、別のクラスの人にも協力してもらったほうがいいということだった。で、蘇芳さんに選挙ポスターを描《か》いてもらえないかと思って」

すぐに話が呑《の》み込《こ》めなかった。

「立候補《りっこうほ》受け付けが今度の月曜で、告示がその週の金曜日だからその日には掲示《けいじ》したい。もしほかに応援《おうえん》したい人がいるなら断ってくれてかまわない」

「えっと、いないけど……」

生徒会というものが自分には無関係すぎて、選挙があることすら把握《はあく》してなかった。

「蘇芳さんは、そういえば一年の時に同じクラスだったし、それにあの絵の写真を見たら、ほかの作品も見てみたいと思ったんだ。あんな才能があったなんて知らなかった。それで、ポスターを頼《たの》めないかなって」

「えっと、でも、変な絵じゃなかった？」

「変じゃないよ。ああいうの、おれ、すげえ好きだわー」

好き……。魂《たましい》ごと、ぐらっときた。

冬休み明けの踊《おど》り場で、わたしのトランペットを聴《き》いたあとに「好きだわー」と笑ってくれた時と同じ、無邪気《むじゃき》な百パーセントの笑顔。

いまなら死んでもいいと思うくらいに、嬉《うれ》しくて泣きそうになる。

相手がだれならどうするかではなく、いいと感じたものを素直《すなお》にいいと伝えてくれる、鳩羽くんのような人が生徒会に入るんだったら、いくらでも応援したい。わたしが同じクラスだった事を忘れないでいて頼《たよ》ってくれたのも嬉しい。

「えっと、うまく描《か》けるかわからないけど、わたしが描くのでもいいのなら……」

「やった、ありがとう。スゲー嬉しい。あれってパソコンで描いたの？　絵の具とか必要？」

そう訊《き》かれて少し冷静になった。わたし、ポスターなんて長いことまともに描いていない。安請《う》け合いをしてしまったかも。あれは朱華の『大きな雲』でイメージしたものだから精巧《せいこう》に表現できたのだ。

「あの、パソコンが……学校のパソコン室のパソコンがいいの。選挙ポスターを描くために昼休みにパソコン室を借りる許可をとってもらっていい?」

「了解《りょうかい》。絆《きずな》委員会の指導担当の檜皮《ひわだ》先生と仲のいい先輩《せんぱい》を知ってるから、頼んでみるよ。よっしゃー!」

わたしだって、ガッツポーズをしたいくらいだった。

パソコン室を借りられると知ったら、朱華が喜んでくれる。そう思っていたから。

「蘇芳さん、ちょっとちょっと!」

午後の授業の教科書とノートを机の上に並べていたら、駆《か》け込《こ》んできた詩音さんに腕《うで》をつかまれた。

「どこいくの。五時間目が始まっちゃうよ」

「いいから来て」

どちらかと言うと動きがスロウだった詩音さんは、カレイドビューアーを使うようになってから活発になった。もともとはこういう人なのかもしれない。

一階の職員室のほうに連れていかれた。

目立っている詩音さんのそばにいるとわたしまで注目されそうで嫌《いや》だ。頼んでないのにあとをついてきた子もいる。

掲示板《けいじばん》の前に、朱華がいた。その横で淡藤《あわふじ》先生が怒《おこ》っている。

「あれなに？」

野次馬の一年生に訊《き》くと教えてくれた。

「あの先輩《せんぱい》が突然《とつぜん》来て、いきなり壁《かべ》の写真を破りだしたんです。だからわたし、驚《おどろ》いてすぐ先生に……」

朱華がびりびりに破いてしまったものは、わたしの『永遠の遊戯《ゆうぎ》』だった。

「理由を言いなさいと言っているのになぜ答えないんだ。このままでは埒《らち》があかん、職員室に来なさい」

朱華は動かない。わたしは先生の前に進んだ。

「待ってください。たぶんわたしが、天狼《てんろう》さんを怒らせることをしたからです」

「事情はどうであれ、天狼がしたことはやってはいけないことだろ？　器物破損だ。このところ学校が荒《あ》れてきたし、いまこれを見逃《みのが》すわけにはいかない。いいから来なさい、ほら」

朱華はなにも言わずにわたしをちら見して、職員室に入っていった。こんな時でも、朱華の瞳《ひとみ》はきれいだった。

灰梅《はいうめ》先生が復帰した。会った瞬間《しゅんかん》、老《ふ》けたと思う。目元のしわが増えたせいで前より優しそう

ムジャキナヒトミ

に見える。

　二週間後の青空コンサートに向けて、新曲の細部を仕上げていく。コンクールと違《ちが》って、オープンスペースで市民向けに演奏するもののため、演目はみんなが知っているポップスや映画音楽が中心だ。そして引き受け手のなかったバスクラを一切使わない編成になっていた。灰梅先生は三年生が抜《ぬ》けたあとの吹奏楽部のことも、よくわかっていたということだ。

　わたしたちの代には、わたしたちの代が出すべき音がある。灰梅先生は先輩たちと同じ音を望んでいるのではなく、わたしたちの作りだすベストの演奏を求めているのだ。

　明確な目的に向かってみんなでまっしぐらに進んでいくときの、戦車みたいに強靭《きょうじん》なスクラムが部員の意識の中にできてくる。力のある指揮者は人の心も駆《か》り立てる。

　指揮者としての黒橡さんのことを、灰梅先生は知っていた。時期が違《ちが》っていたから顔を合わせたことはないけれど、同じ教授に指揮法をならっていたそうだ。黒橡さんはその恩師にとって最後の若き門下生として知られた存在だった。

「恩師が病に倒《たお》れなければ、黒橡少年の人生はいまとはずいぶん違っていただろうね」

　休憩《きゅうけい》の雑談中、灰梅先生がついうっかり漏《も》らした言葉に、桂奈が「やっぱ人生に運は大事ですよねえ。灰梅先生も倒れないでくださいね。死んだら終わりです」なんて笑って返した。そのあと灰梅先生はわたしたちとの会話を終わらせてしまったのだけど、桂奈はまったく気にしていない。カピからなにげなく、さりげなく、やっと黒橡さんの話を訊《き》きだせたというのに。

「なに？　なんでいまわたしを見たの？」

「桂奈はいつもはっきりしてるね」

「はっきり言わなきゃ伝わらないじゃん」

「そうだよね。言って伝えないとね」

でも、子どもを先月亡《な》くしたばかりの人に、死んだら終わりですって伝える？

桂奈のマイスコがまだ壊《こわ》れていてよかった。桂奈は強い子なんじゃなくて子どもっぽいだけなんだって思うのを止められなかったから。

⑲ ウソツキユウギ

月曜の朝、教室に朱華《はねず》はいなかった。先週の金曜の昼休みに淡藤《あわふじ》先生から叱《しか》られたあとも、朱華は教室にもどってこなかった。

「おはよう日々希《ひびき》、マイスコ直ったよ」

怖《おそ》れていた日が来てしまった。

「レンズカバー変えたんだ？」

けばけばしい色で、すぐにわかった。

「マッチング・マップにかわいい別売りカバーがあったから買ってもらったの」

「ハートのラメが入っててかわいいね」

測定される。どうしよう。頭に浮《う》かべた「作った考え」が、わたしの考えとしてサーバに保存されてしまう。

《測定シナイデ》

桂奈《かな》はわたしに結果を見せながら言った。

「これは？」

「友だちから測定されるの、嫌《いや》なんだ。信用されてないのかなって、ちょっと傷つくなあって」

「仲がいいから測定してるのに。本音がわかったほうがふつうに仲良くできるでしょ？」

「この二週間、測定してなくてもわたしたち、ふつうに仲良くしていたでしょう」

「まあそうだけど。いままでなんも言わなかったじゃん？」

「遠慮《えんりょ》していたの」

「遠慮？　友だちなのになんで？」

「桂奈の気を悪くさせたらよくないと思って。でも、わたしも桂奈みたいにもっとはっきり言ったほうがいいのかなって最近思えてきたから」

「そういうのがふつうの友だちでしょ？　日々希ったら変なの！」

「じゃあわたしたちの間ではマイスコ測定禁止にしようよ。ズッ友なんだし」

「いいよ。日々希は測定してみても、いつも大したことを考えてないもん」

「褒《ほ》めないでいいよ」

「褒めてないよ」

「褒めてよ」

　わたしたちは笑った。

　こんなにすんなりと桂奈がやめてくれるのだったら、もっとはやく嫌《いや》と言えばよかった。

　ううん、わたしの本音なんてどうでもいいと思っているからやめたんだ。桂奈は相手の気持ちじゃなくて、自分が裏切られていないかを知りたいだけだから。わたしは桂奈を裏切らない。ううん、万が一わたしに裏切られても桂奈にとっては痛手にならないって、わかったからだ。

選挙ポスター作成のためのパソコンの使用許可を得て、わたしは一人で昼休みのパソコン室に向かった。

もしかしたら、そこに朱華がいるかもしれない。

そんな期待をしていたらしい。ノックに返された低い声に、わたしは自分でも驚《おどろ》いたほど落胆《らくたん》してしまった。中にいたのは絆《きずな》委員会の担当をしている四角い顔の檜皮《ひわだ》先生だった。

「鳩羽《はとばね》と青褐《あおかち》から話を聞いているよ。この鍵《かぎ》を渡《わた》しておくから、昼休みが終わる前に施錠《せじょう》して職員室のわたしの机にもどすように」

「あの……きょうだけでは完成しないと思うんですけど」

「明日またわたしのところに取りに来なさい。鍵の管理を徹底《てってい》するよう、今度の支援《しえん》員の人にも言われているんだ。前任者のことがあったから、厳しくてね。黒橡《くろつるばみ》さんのような『わかる人』が来てくれると本当に助かるよ。それから主電源の消し忘れもないようにと。ああ、でも熱に弱い特殊《とくしゅ》な機材があるとかで、空調は消せないようになっている」

「はい……」

檜皮先生が部屋を出ていくのを待ってから、マイスコをつなぐケーブルとメタルヒヨコを隠《かく》してありそうな場所を探す。たぶんここと目星をつけていた引き出しの中にあった。ヘッドホン二つもそのまま残っている。

つまり、朱華にとっても、この部屋が使えなくなったことは予想してない突然《とつぜん》の出来事だったんだ。

祈《いの》るような気持ちでパソコンの電源を入れる。

『大きな雲』がまだありますように。

軽やかな起動音を立てて、モニターが明るくなる。

パッと見ただけではわからない平凡《へいぼん》なホルダーの中に秘密の入り口のアイコンを見つけた。まだ残っていた。

いつものやり方でログインする。

帰ってきた。

自分の故郷に帰ってきたように、懐《なつ》かしい気持ちが心にあふれた。

そこは本当の、本物のわたしがいるべき場所のように感じる。余計なものを一切脱《ぬ》ぎ捨《す》てた、軽やかでシンプルな魂《たましい》一つでもいられるところ。

ユメハネやセラム花子を呼び出したいところだけど、遊ぶのはあと。先にやることがある。

「ええと、ポスターの大きさや文字の要項《ようこう》は……」

鳩羽くんから渡《わた》されたプリントを確認しながら、日曜に一日かけて考えていたデザインを思い浮《う》かべる。

モニターに現れた画像を目で確認し、細部を整えていく。鳩羽蒼《そう》という文字は3Dで、目の前に浮かびだしているようにしてみよう。

「なるほど、うまいものですねえ」

後ろから声をかけられ、ぎょっとしてメタルヒヨコを落としそうになった。

「黒橡さん、いつの間に入ってきたんですか。きょうはいつものいい匂《にお》いがしてないです」

相変わらずのイケメンではあるけれど華《はな》やかさはなく、いつもよりひとまわり縮んだ感じのどこにでもいそうな男性に見える。

「電池が切れました」

「カレイドビューアーって電池で動くんですか」

「ほかになんの力で動くと言うのですか。わたくしは魔術師《まじゅつし》ではありませんよ」

黒橡さんはモニターに目を移した。

「これは作画ソフトではなく、BCグループの技術者が開発したIICC『インター・インナー・クリエイティブ・センター』ですね」

「えっと、違《ちが》い……たぶんそうですね」

朱華が作った『大きな雲』というシステムです、と本当のことを言いたかったけど、朱華には秘密だと言われていたから言葉を飲み込《こ》んだ。勘違《かんちが》いをさせておいたほうがいい。

「中学生のあなたがIICCを使いこなせるとは驚《おどろ》きです。まだ一般《いっぱん》向けには発表されてなくて、BCグループの中でも限られた人しかアカウントを持てないという話です。わたくしも本物はきょうはじめて見ました。もう少し、色々見せていただけませんか」

「はあ……でも……」

「どうしました？」

勝手に見せたら朱華に怒《おこ》られる。

朱華にEタブからメッセージを送ってみたけど、金、土、日に送った三通とも未読のままだ。

『大きな雲』で作った画像『永遠の遊戯《ゆうぎ》』を学校の宿題に提出したことは、朱華にはばれないだろうと思っていた。もしも『永遠の遊戯』を評価してくれる人がいたのなら、それはこんなにすごい『大きな雲』を作った朱華への評価でもある。だから一緒《いっしょ》に喜んでくれるだろうし、そうなれば騙《だま》したことも許してくれるはずだと甘《あま》えていた。まさか知らないうちに掲示板《けいじばん》に張り出されて、朱華に破られることになるなんて。それに、このポスターを見たら、もっと怒るに違《ちが》いない。

懲《こ》りずにまた『大きな雲』で作っているのだ。

「天狼《てんろう》朱華さんから使い方を教えてもらっているのでしょう？　あの子はBCグループの一員で、ICT絆プロジェクトが生徒の間でどう影響《えいきょう》をしていくかを報告している学生調査員ですからね。あなたが被験者《ひけんしゃ》にされた理由がわかりましたよ。IICCを楽々と使いこなせる能力がありますし、IICCの使用中なら、非常に簡単に被験者の頭の中を調査できますからね。夢の中に割り込《こ》まれてくるような感覚になると聞いたことがあります。そういったことはありませんでしたか？」

音楽発表会の日の午後、わたしは『大きな雲』をしながらスミレちゃんの夢を見て、取り乱した。でもあのとき朱華は、偶然《ぐうぜん》夢を覗《のぞ》いてしまったはずなのだ。

朱華から聞いていた話と黒橡さんの言うことが違うのでもやもやしてきた。

だって、わたしが使っているこれはＩＩＣＣではなく、朱華の作った『大きな雲』のはず……。

「あの、わたし、この選挙ポスターをなるべく早く完成させないといけないんです。それまでは昼休みにパソコン室を貸してもらえる許可をもらっていて……」

「檜皮先生からその連絡《れんらく》はいただいています。生徒会選挙があるのですね。では、お邪魔《じゃま》にならないよう退室しましょう。そうそう、春に区長選があったのを覚えていますか。ＩＣＴ絆プロジェクト推進派の現職の小保方《おぼかた》区長が再選されて、錆猫《さびねこ》区のみなさんの選択には正直、失望いたしました」

黒橡さんは、古風な電卓《でんたく》のようなものを取り出し、キーを打ち込んだ。

「明日から夕賀《ゆうが》中内で稼働《かどう》しているわが社のカレイドビューアーの設定数値をランダムに変化させてみましょう。ＩＣＴ絆プロジェクト下での生徒会選挙は、面白いことになりそうです。では」

黒橡さんが廊下《ろうか》に出ていくのを待って、わたしはいままで一度も確認したことのない『大きな雲』のアカウント設定のページを探して開いてみた。

そこにははっきりと『インター・インナー・クリエイティブ・センター』と著作権表示が記されていた。これは朱華が独自にプログラムした『大きな雲』なんかではなかった。

この一か月、朱華はわたしに嘘《うそ》をついていたのだ。

⑳ ツヨキショウモウ

「日々希、おはよう」

校門を入ったあたりで声をかけられ、一瞬《いっしゅん》、だれかわからなかった。もさもさして重そうな髪《かみ》の来海《くるみ》だ。

「きょうはひとり？　青褐先輩《あおかちせんぱい》は？」

「いつもの場所で待ち合わせをしていたのに、あーくんに素通《すどお》りされたの。頭来たから文句言ったら、なんか反応が違《ちが》って、気に入らないから怒《おこ》って先に来ちゃった」

「青褐先輩に怒れるなんてすごいね」

「付き合っていたら、怒ることもあるでしょ。あーくんが謝ってくれるまで一緒《いっしょ》に歩いてあげないんだ」

わたしは来海の顔をじっと見てしまった。

いつもと違う。来海の髪ってこんなに暑苦しかった？　それに『女子中学生らしくて爽《さわ》やかな香《かお》り』がしない。

「電池切れ？」

20

ツヨキショウモウ

「はあ？」

来海はわかってないようだ。

「来海が黒橡《くろつるばみ》さんからもらっていたやつ、電池が消耗《しょうもう》しているのかも」

「えっ、えええ？　つ、使ってないよ、わたしはなにも使ってないからね。変なこと言わないで。あ、用事を思い出した。先に行く」

来海は逃げるように去っていった。嘘《うそ》をつくのが下手だ。

でも、電池切れではないことが、一時間目の授業のときにわかった。

教室で妙《みょう》なにおいがし始めたのだ。

「おまえ風呂入ってないのかよ」

「入ってるってば」

「ありえねー」

口の悪い男子が土田詩音《しおん》さんに向かって苦情を言ったので、そのにおいのもとがクラス中に知れることになった。

二学期が始まってからキラキラしていた詩音さんが、どことなくくすんで見える。だけど不思議なことに、二時間目が終わるころには、またキラキラ感はもどっていた。

それに入れ替《か》わるように、次は爽やかそうだった柳《やなぎ》くんから、豚骨《とんこつ》スープを煮《に》だしているラーメン屋さんの換気扇《かんきせん》のような強烈《きょうれつ》なにおいが漂《ただよ》い始めた。隣《となり》の席の桂奈《かな》は、授業中にも関わらず、すぐに文句を言い始めた。

「あんた、さっきからおならしすぎ！」

「屁《へ》なんかこいてない。臭《くさ》いのはおまえだろ」

「ひどっ！　先生、柳が臭いよ！　なんか漏《も》らしてるかも」

「森さん、言い方に注意しなさい。柳さん、トイレにいってらっしゃい」

「なんだよ先生まで！　漏らしてねえよ」

柳くんは教室に居づらくなって椅子を蹴《け》って出ていった。

そのあとの時間も、カレイドビューアーをつけていると思われるクラスの子たちから、蒸れた革のにおいや老犬の口のにおいや強烈《きょうれつ》なゆで卵のにおいがしてきては、だんだんしなくなっていった。そのあとしばらくすると、今度は順々にうっとりするような香《かお》りがして、気が散るほどキラキラするのだ。

五時間目のころには、においに敏感《びんかん》なタイプの人の具合が悪くなって一人、二人と保健室で休むようになった。六時間目には早退者が出た。

放課後になり、来海が「部活行こー」っとやってきたとき、幸いにして強いにおいは感じなかった。でも音楽室に行くと一年生が焦《こ》がしたカレーのようなスパイシーなにおいを放っていて、合奏どころではなくなった。人に対して臭いと言うのは失礼だし、言われたらどれだけ傷つくかよくわかっているから口に出せないけど、むちゃくちゃ臭い。

幸いにして灰梅《はいうめ》先生が音楽室に来た時には、その一年生はカレイドビューアー特有のキラキラした雰囲気《ふんいき》をまとい始めていて、なにごともなかったように周囲の人を魅了《みりょう》していた。

20

ツヨキショウモウ

きのう黒橡さんは、カレイドビューアーの設定数値をランダムに変化させると言っていた。電《でん》卓《たく》のようなものを出して操作していたのは、このにおいのことらしい。黒橡さんはなにをしようとしてるのか。聞きただしたかったけれど、出勤日ではなかったようで、お昼休みにパソコン室に現れなかった。そして、朱華《はねず》も。

黒橡さんに会えたのは翌日の昼休みだった。カレイドビューアーを使わなくなった黒橡さんは、カメレオンみたいに溶《と》け込《こ》んで校内で見つかりにくくなっていた。

鳩羽《はとばね》くんの選挙ポスターが完成し、パソコン室のプリンターを使わせてもらっているときに黒橡さんは現れた。

「なんのために設定数値を変えたんですか。体調を崩《くず》して休んでいる子がいるんですよ」

「わたくしはＩＣＴ絆《きずな》プロジェクトについて責任を感じていると、以前もお伝えしましたよね」

「責任を感じているのなら、これ以上生徒を変なことに巻き込まないでください」

「生徒たちはプロジェクトの協力者であり、無関係とは言えません」

「そんなことはないと思います。好きじゃない人だっています」

「ではお話ししましょう。わたくしどもは、マインドスコープの前身である心神鏡をコミュニケーション・トイ、つまりおもちゃとして売り出すつもりでいました。当時のわたくしは、脳血管障害で発話が困難になった恩師と会話をする道具が欲しかった……開発のきっかけはただそれだけでした。

人間の思考にはいくつもの階層があり、表層に浮《う》かんでくるのは一部分です。社会的な経験を積むに従って、人というものは本音と建前を使い分けるもので、両義的な感情を同時に発生することもあります。状況《じょうきょう》や立場によって思考の浮上過程《ふじょうかてい》は無自覚のうちに抑制《よくせい》されます。心神鏡で測定したものが、その人そのものの意見を常に正確に代弁するとは限りません。ですから、おみくじや診断《しんだん》ゲームのように仲間と盛り上がるためのコミュニケーションのグッズとして、喜怒哀《きどあい》楽《らく》などの相互《そうご》の測定結果のほかに、ネット上の人気ワードや名言などをランダムに表示させて笑いを提供するツールとして完成させたのです。

ところが、実用化が見えた矢先に、改変して売り出そうと思いついた商売上手な人間がいたのです。それは世界的規模で活動する巨大企業《きょだいきぎょう》BCグループの幹部たちでした。彼《かれ》らには冗談《じょうだん》や笑いのコミュニケーションなど、必要ありませんでした。彼らはビッグデータや違法《いほう》に収集した個人情報を活用し、消費者を永続的に管理統制するための大規模なシステムを考えていたのです」

「あの、それがカレイドビューアーとどう関係あるのですか」

「あなたはマインドスコープの仕組みをご存知ですか」

「発汗《はっかん》や体温、表情筋などを測定していると聞いています」

「プロトタイプの心神鏡ではその程度で、感度は低かったのです。ですがいまあなたがお持ちの物は、レンズでとらえた対象を、顔の認識とマインドスコープや携帯端末《けいたいたんまつ》の微弱《びじゃく》電波の位置情報とで個人を特定し、人物参照データにアクセスするのです。強烈《きょうれつ》な思考をとらえた場合は、リアルタイムの情報が優先されるのですが、通常はその人物の過去の言動や傍受《ぼうじゅ》した個人情報を参照して予測値が表示されることが多いのです。ところでビッグデータという言葉をご存知ですか」

「聞いたことはありますけど……」

「購買《こうばい》情報、移動の履歴《りれき》、防犯カメラ、サイト閲覧《えつらん》や検索《けんさく》の履歴、メールの内容などが、個人が特定できない形でビッグデータとして現在多くの企業で利用されています。しかしたとえ暗号化され匿名化《とくめいか》されていても情報をつなぐことは可能ですし、そこから人物はいくらでも特定できる。

それらの生活情報に、本人の成育歴や性格のほか、三世代分の家族の情報や親交の深い人たちの家庭環境、視聴《しちょう》した番組や新聞・雑誌・読書の記録や創作物、過去の発言の記録などを加えていけば、だいたいの思考パターンがAIにより予測できます。そうしてマインドスコープの測定結果となる言葉が決められるのです」

「予測値が入っていて、悪用できてしまうという話は前に朱華から聞きました。お祭りで、ゆるキャラのキグルミの中の人の思考を桂奈がマイスコで測定できた時、見えてないのに変だなと思って……」

「マインドスコープが世の中に浸透《しんとう》すれば、予測値に第三者の意思を介入《かいにゅう》させ、特定の人間の思考だけを立派なものに直して表示させ、対立する者を貶《おとし》めることが可能です。また広告や閲覧《えつらん》サイトでの誘導や、交友関係から『浮《う》かない』ためのSNSの相互監視《そうごかんし》により、BCグループに都合のよい政治家を当選させることができます。多くの人は、情報が操作されていることを知らず、与えられた選択肢《せんたくし》への疑問も持たず、選択していくわけです。自分たちは正しいと思い込《こ》まされ、あたかも自由な空気の中にいながら、選ばされたとは感じずに。多数派が力を持つ世界で影響力《えいきょうりょく》を持ち続けるためには正義や妥当性《だとうせい》を説くよりも、大勢の人の共感を得ることが必要ですからね。いずれは大企業《きぎょう》や企業に強いコネクションをもった各国の政府の要人が、既得権《きとくけん》や権力維持《いじ》のために利用していくでしょう。錆猫《さびねこ》区は世界展開に向けた事前調査に利用されているのです」

「黒橡さんたちはどうしてマイスコの商品化を止めなかったんですか」

「当然わたくしどもは拒否《きょひ》しました。特命推進部との交渉《こうしょう》は決裂《けつれつ》したのです。ですが、決裂後に次々と汚《きたな》い手を使われまして、すべてを奪《うば》われるのはあっという間でした。心神鏡にはそれだけのことをしても手に入れる価値があるとあちらは判断したのです。その一連の経緯《けいい》で、ＢＣグループの傘下《さんか》から追い出された者たちが作った会社が、ｋｕｂｉｋｉ企画《きかく》というわけです。

　わたくしどもｋｕｂｉｋｉ企画は、マインドスコープで人を操《あやつ》ろうという連中に、別の方法で介入《かいにゅう》し、ＩＣＴ絆プロジェクトを混乱させるという実験をこの夕賀《ゆうが》中学でさせていただこうと考えているのです。合法的に夕賀中学に関わる方法を考えあぐねていた時、納戸《なんど》というＩＣＴ支援《しえん》員が解雇《かいこ》され、わたくしがチャンスをいただきました。わたくしがカレイドビューアーを配っていたのは、マインドスコープの有用性を低下させ、ＩＣＴ絆プロジェクトを失敗させるためです。ＢＣグループの思惑《おもわく》通りにはさせません。カレイドビューアーは、面白いでしょう？　現在は最大三、四十名の範囲《はんい》でしか効果が出ませんが、安定的に広範囲で出力をあげられるようになれば、ファッションリーダーも人気政治家も、コントロール可能です。また、人気を失墜《しっつい》させることもできるのです」

「訳のわからないことで混乱させられている夕賀中の生徒の気持ちはどうなるんですか？」

黒橡さんは優雅《ゆうが》で上品な微笑《ほほえ》みを浮《う》かべた。

「わたくしどもがしていることは、あなた方のためでもあるのです。そもそも、区民が現区長の政策を支持したのですよ。世界最先端《せんたん》や経済効果という気持ちの良い言葉に注目し、実験に使われる子どもの気持ちなどだれも優先しなかったのです。さて、昼休み終了《しゅうりょう》の予鈴《よれい》が鳴り始めましたね。話の続きはまた別の時に」

㉑ フツウノハンタイ

金曜の朝、来海《くるみ》はいままで見たことがないくらいしょんぼりしていた。きょうの来海はキラキラしてなかったし、良い香《かお》りもしてこなかった。

「ゆうべ塾《じゅく》のあとに道であーくんとすれ違《ちが》ったんだけど、全然気づいてもらえなかった。前はすぐに声をかけてもらえたのに。わたし、わがまま言いすぎて嫌《きら》われたのかな。今朝も待ち合わせ場所を素通《すどお》りしてたし」

きのうまでの来海だったら常にだれかがそばにいたから二人だけで話をすることはできなかった。注目されていないと、人の行き交う廊下《ろうか》でも内緒《ないしょ》の話ができる。

「カレイドビューアーはやめたの？」

わたしには隠《かく》しても無駄《むだ》と考えたのか正直に言った。

「壊《こわ》れたみたいだから外してる。修理をしたいんだけど、なかなか黒橡《くろつるばみ》さんに会えなくて」

来海はシャー芯《しん》のケースみたいなプラスチックを見せてくれた。これが本体なのか。こんな小さなもので簡単に人に与《あた》える印象が変わってしまうなんて、気味が悪い。

「こっち側に両面テープをつけておなかに貼《は》るんだよ」

21

フツウノハンタイ

「ハイテクなのに、ずいぶん大ざっぱな装着だね」

「大急ぎで開発したんだって」

「直ったらまた使うの？　人に注目されているのって大変じゃない？」

「でもあーくんに気づいてもらえたし、ちゃんと人に話を聞いてもらえるようになったし、友だちも増えたよ。このまま使えなくなったら、ふつうにもどっちゃう」

「ふつうの来海で十分なのに。わたしは急に来海がいろんな人に囲まれるようになったら、少し遠い人になってしまったように感じてたよ」

「周りが勝手に騒《さわ》ぐだけで、わたし、日々希には同じにしているよ。たとえわたしが人気者でも、中身は変わってないもん、日々希だって友だちだよ」

来海はわたしを慰《なぐさ》めるように言った。自前の魅力《みりょく》で人を惹《ひ》きつけているのではないのに、どうして上から人を見るんだろう。ううん、来海はもともとこういう子だった。

来海のカレイドビューアーが壊れているのでなく、黒橡さんがわざと校内を混乱させているのだ、と教えたい気持ちが消えてしまった。

「青褐先輩《あおかちせんぱい》が、ふつうの来海にも気づいてくれて、中身を好きになってくれるといいね」

来海の顔がパッと明るくなった。

「そうだね。あーくんと話しあってみる」

少し残酷《ざんこく》な励《はげ》ましだったかもしれない。青褐先輩がカレイドビューアーの魅力と付き合っていたのは明らかだから、話しあいで解決するはずがないのに。

連休明け、来海の頭に変なものを見つけた。

二センチくらいの肌《はだ》色のなにかをつけているのかと思ったら、地肌だった。髪《かみ》が抜《ぬ》けて、円形脱毛症《だつもうしょう》になっていたのだ。

「本当は休みたかったけど、もうすぐ青コンだから部活、休めない」

生徒会選挙の演説会は今週の金曜日で、そのあと教室ごとの投票になる。そして翌日が青空コンサートだ。一日一日は長いと思うのに、振《ふ》り返ると毎日があっという間だ。

「あーくんがね、交際を解消したいって言ってきた。三年生の九月だし、受験生はこれからが大切な時期になるでしょ。突然《とつぜん》、女の子と交際をしているようではいけないと思ったんだって。まだだれにも言わないでね。桂奈《かな》にも」

「わかった……」

どういう言葉をかけたらいいのかわからなかった。

でも、翌日になると、来海は復縁《ふくえん》を迫《せま》ろうなんて思わなくなっていた。奇妙《きみょう》なことが起きていたのだ。

「日々希《ひびき》おはよう。青褐先輩《せんぱい》のこと、もう知ってる?」

派手グループの子たちと騒《さわ》いでいた桂奈は、教室に入ったばかりのわたしのほうにやってきた。

「おはよう。とりあえず席に鞄《かばん》を置かせて」

いつものようにまず朱華《はねず》の席を確認する。きょうも来てない。あれ以来、朱華はすっかり不登校にもどってしまった。メッセージを送っても、返事はない。

「絆《きずな》委員長の本性が発覚って、ゆうべからスクレポですごい噂《うわさ》になってるよ。朝、測定してみたんだけど、これ」

　桂奈のマイスコの履歴《りれき》を見ると、青褐先輩が映っていた。通学路と下駄箱《げたばこ》と廊下《ろうか》にいるときの斜《なな》め後ろからの横顔の三枚だ。

《ドブ臭《く》サばばあ寄ルナ》

《オ前ノ顔見ルトけつカユイ》

《馬鹿《ばか》ハ可哀想《かわいそう》ダナ》

「桂奈のマイスコ壊《こわ》れてるんじゃない？」

「壊れてないよ。だれが測定してもこんなのが出るから噂になってるんじゃん。青褐先輩って、本当はこういう人だったんだね」

「この測定結果がおかしいんだよ。こんなのを信じるほうがおかしい」

「でも面白いでしょ？　嘘《うそ》でも本当でも、共感記章を三個も持ってる絆委員長がこんなことを考えていたらさ」

「そんなことしたら来海だってかわいそうだよ」

「来海は『別れた。もう関係ない』って言ってたよ。もともとそんなに好きじゃなかったんだって。強がり言ってるのかと思ってマイスコで測定してみたけど、本当に幻滅《げんめつ》してて未練もないわ。こんな人だってわかっていたら付き合わないよね。来海は男を見る目がないから」

桂奈ははずんだ声で言い、笑いそうになるのを我慢《がまん》していた。

桂奈のほうが青褐先輩《せんぱい》に夢中だったくせに、悔《くや》しがっていたくせに、損得《そんとく》で動く人は態度がころっと変わるんだ。

「桂奈のこと、測定してもいい？」

「いいよ。珍《めずら》しいね、日々希から言うなんて」

わたしはマイスコで桂奈を測定した。ほかの人も、変な測定結果になってるんじゃないかと思ったから。でも、桂奈の結果は特に驚《おどろ》くような中身ではなかった。

《二人ガ別レテ、アアすっきり》

これは桂奈の本音でいいと思う。

でも、こんなのってない。


わたしは黒橡さんを探した。行き会えたのは昼休みになってからだ。

「どういうことなんですか！　今度はなにをしたんですか」

「カレイドビューアーで悪ノリしすぎたようで、使用を控《ひか》える生徒が増えてしまい、別の作戦も進めることにしました。ICT絆《きずな》プロジェクトのマインドスコープのプログラムの中枢《ちゅうすう》に侵入《しんにゅう》できたので、そちらのパラメータを変更《へんこう》したのです。面白いことが始まったでしょう。まずは絆委員としてアドバンテージを受けていた生徒たちから」

絆委員になる人は特別に優秀だからだと思っていた。優遇《ゆうぐう》されていたとは知らなかった。

「嘘《うそ》の測定結果を出すなんてひどいです」

「改ざんはしておりませんよ。予測値が入るということは、恣意的《しいてき》に運用できるということですから、パターンを少々下品で野蛮《やばん》なワードに置き換《か》えてみたのです」

「元にもどしてください」

「それはできません。次は生徒会選挙の立候補《りっこうほ》者のパラメータをいじってみようと思います」

「自分が発信したいことを確認できないで、自分の発言のように発信されるなんて、わたし嫌《いや》です。立候補者の鳩羽《はとばね》くんは本当にいい人なんです。せめて鳩羽くんのことは変なふうにしないでください」

「おや、応援《おうえん》の依頼《いらい》ですか？」

「そういうつもりじゃ……」

「彼《かれ》には手を加えませんよ。BCグループの個人情報タンクにアクセスしてみたところ、あの鳩羽という少年は成人までに発症《はっしょう》する遺伝《いでん》病の因子を高確率で持っています。短命でしょうから、いい思い出を持たせてあげたいです」

わたしは絶句した。

「それって……本人は知っているのですか」

「知るはずがありません。極秘データです。違法《いほう》な個人データはこの世には存在していないことになっていますからね」

「予防とか、いまのうちからできないんですか」

「いま健康な人に病気になると言って、だれが信じますか？　病状のない者が受ける検査には保険が利《き》きませんし、高度な医療《いりょう》機関は混雑していますから、精密な検査をする前の予備検査で門前払《ばら》いをされるでしょう。あの少年の病種では早期発見をすることはトータルの医療費も介護《かいご》費用も嵩《かさ》むため、重篤《じゅうとく》な状態になったところで発見されることが最も効率的な公共予算の支出であると書かれていました」

「わかっているのに隠《かく》すなんて、なんのための情報収集なんですか。そんなことをして、だれが幸せになれるんですか」

「特権的な立場にある集団は、目的のためなら平気で嘘《うそ》をついてルール破りをするものです。なのに、一般の多くの方はそのことに無頓着《むとんちゃく》で権力の監視《かんし》もせず、きれいで心地よくわかりやすい言葉を信じたいのです。知りたくないことはぎりぎりまで知らないでいたほうが、長く気楽に過ごせますからね」

「よくわかりませんけど、そんなことを有名な大企業《きぎょう》がするわけないと思います。悪いことをするような会社が、世界的に成功するわけがないです」

わたしの言葉に、黒橡さんは小さなため息を返した。子どもっぽいことを言ってしまったということだろうか。

「だ、だって、役に立つものをたくさん作っているし、感じのいいコマーシャルをたくさん見かけるし……」

「人は信じたいことを信じたいようにしか信じません。あなたがいま、それを体現しています。

青褐先輩《せんぱい》の測定結果は間違《まちが》っていると思うのに、わたくしの話は信じませんね」

「でも……」

黒橡さんはわたしの言葉を遮《さえぎ》った。

「あなたはいま、安心を得たいため、わたしの話を有害な虚偽《きょぎ》だと考えて購入《こうにゅう》しない選択《せんたく》をしています。あなたは夕賀《ゆうが》中学のコミュニティから浮《う》くわけにはいかない。卒業するまではそこに所属し続けなくてはならないという足かせがあるのです。

人によっては美しいと感じる、都合のいい言葉があります。絆《きずな》です。絆とは、本来、手かせや足かせをつけて自由を奪《うば》うもののことです。友情の絆、家族の絆、地域の絆。家畜《かちく》を使うように都合よく人を利用したい者たちが、人々に友情だの家族だのというきれいな言葉を率先《そっせん》して使うのです。

家畜に農具や荷車をつなぐくびきという道具と同じ役割ですよ。役に立つ家畜には、それなりに飼葉《かいば》が与《あた》えられる。空腹や飢餓《きが》のリスクのある自由よりも、つながれる不自由を望むものもいるわけです。まあ、たいていの人間はそうですが。特に、つながれることが能力の高さだと思わされ、だれかに対して責任を持てば持つほど、失敗することが怖《こわ》くなります。冒険《ぼうけん》や批判は愚《おろ》か者のすることだと宣伝しておけば、ますますだれも危険は冒《おか》しません。冒険気分を味わいたければ、パッケージされた商品を選んで購入すれば賢《かしこ》い消費者とされるのです。あらかじめ用意された選択肢《し》があることを多くの人は良しとします。しかし自販機に百種類の飲み物があったとしたら不便なだけです。百種類から一つを選ぶより、十の選択肢から選ぶほうが簡単で、満足度は高いのです。

それでもうるさく言う人には、悪人のしるしをつけて、民衆の中に放りだせばいい。一人一人は非力でも、わかりやすい悪を見つけた匿名《とくめい》の民衆は津波《つなみ》のように襲《おそ》ってきますよ。ちっぽけな正義感で面倒《めんどう》なことに関わって、大損をするのは愚《おろ》かな生き方だと宣伝していますから。賢《かしこ》く生きるとは、常に自分が得をする選択《せんたく》をして、自分に似た階層の人から評価され続けることでしょう。違《ちが》う生き方や指向をする人は、別のレイヤーに生きる人ですから、すれ違うこともありません。異質なものに関わると、ストレスを感じますし、違う価値に触《ふ》れると、自分が揺《ゆ》らいでしまいます。人から与《あた》えられた価値しか持ちあわせていないと踏《ふ》ん張る根っこがどこにも生えていませんから、その根幹が揺るがされることが脅威《きょうい》なんです」

「黒橡さんはそういう人よりも賢いということなんですか」

「さあどうでしょう。ＢＣグループにとって飛び抜《ぬ》けた人材は一握《ひとにぎ》りいればいい。そのほかは自己不全感を抱《かか》えた素直《すなお》な消費者でいればいいのでしょう。それを知ったうえで、どう生きるかですよね。嘆《なげ》いたって仕方がない。わたくしたちは、この世界に存在してしまっているのですから、この箱の中で生きるしかない。

ＡかＢかを迫《せま》られた時、その選択肢《し》をＡやＢで設定することが正しいのかと考えてみることです。問題の立て方にほころびがあれば、どんな選択をしても正しい答えにはなりません。そうなれば人は永遠に満たされない。だから商品は売れるのです。失敗例を見せて先の不安をあおっておけば、いま必要がないものでも人は安心を得るために欲しがります。それがニセの商品だとしても。あなた、将来は大学に進学をしたいと思っているでしょう？」

「できれば行きたいですけど」

「なぜですか。みんなが行くからですか。行っておけば安心だからですか」

「それもあるけど、好きなことを勉強できたらいいなと思います。でも、たぶん無理です。マッチング・マップで調べたら、親に負担をかけたり奨学金《しょうがくきん》を借りたりしてやりたいことをやるにはお金が大変そうなんで」

「いいバイトがありますよ」

えっと思う。そんな話になるとは思わなかった。

「天狼《てんろう》朱華という子のように、BCグループに飼われたらいいんです。あなたならIICCの優《すぐ》れた使い手として、重宝されるかもしれません。あの子に頼《たの》んでみなさい」

「朱華にはずっと会えていません。あの……朱華はまだ中学生なのに、なぜ調査員をしているのですか」

「弱みでも握《にぎ》られているのでしょう。バイトの話は冗談《じょうだん》ですよ。どちらにせよ、わたくしたちは生きるためにはなにかしらの成果をあげなくてはならないと思い込《こ》まされているのです」

「どうしたら朱華に会えますか」

「BCグループの飼い犬のことは忘れなさい。プロジェクトが中止になればあの子は次の調査の現場に転校するだけです」

「そんな……」

投票日が迫《せま》るにつれて、選挙運動は盛り上がりつつある。

わたしが作ったポスターの評判は上々のようだった。

鳩羽くんの姿を、学校だよりに使われている学生キャラのイラストっぽく加工して、勉強、サッカー、給食、合唱、清掃《せいそう》、発表などの図を大きさを変えてバランスよく配置した。夕賀中学の生徒ならすぐ元ネタがわかるから目に留まる。背景につけた校舎の写真のシルエットには青空の模様と光のハレーションをつけ、大げさなほど爽《さわ》やかにした。

似顔絵と名前だけの手描《てが》きのポスターの中で、デジタル画像をプリンターで出力したそれは嫌《いや》でも目立ち、カレイドビューアーをつけているみたいに生徒を寄せつけていた。

自分で表現したものが人から注目されることに慣れてないから、はっきり言って恥《は》ずかしい。

「変わったポスターだね」とか「面白いけどセンスが微妙《びみょう》」とか話している人の後ろを通る時、ごめんなさいと謝りたくなる。でも鳩羽くんを応援《おうえん》することができたのだから、堂々としていていいんだ、と自分に言い聞かせた。

朱華はまだポスターを観ていない。

教室に来ていないだけでなく、学校にも来ていないのかを淡藤《あわふじ》先生に確認したら、とてもばつが悪そうにしていた。

「校長と一緒《いっしょ》に二度ほど家庭訪問はしてみたのだがな、家の人の話ではこれまで通っていた民間のフリースクールのほうにもどっているらしい」

裏切ってしまったという良心の疼《うず》きがないわけではないけれど、わたしだって朱華には騙《だま》されていた。朱華の目的は、BCグループの学生調査員としての被験者《ひけんしゃ》の観察。わたしは朱華にどういう感情を持ったらいいのかわからない。友だちじゃないと何度言われても、友だちだと思っていた。信じたい気持ちと、腹立たしさと、後悔《こうかい》と寂《さび》しさと……。

日々希が欲しいと言ってくれたのはなぜ？

朱華がいまどんな気持ちでいるのか、わたしには想像できない。

「天狼さんと話がしたいんです。わたしは天狼さんの嫌《いや》がることをしたし、天狼さんもわたしに嘘《うそ》をついていたから、できれば会って話がしたいです。フリースクールにもどったんだとしても、お互《たが》い気まずいままでずっと会えないのはよくないと思います」

「だな。蘇芳《すおう》の気持ちは、天狼の家の人に伝えておくよ」

叱《しか》り方のせいで不登校にもどってしまった、と思っている担任は、朱華に関するやっかいごとから逃《に》げて忘れてしまいたいようだった。朱華は一年生の時に夕賀中学校に転校して来てから一度も登校していない長期欠席者だった。もともと名前だけの存在だったのだから、余計なことをせずに民間の専門家に任せてそっとしておくのが良いと思っているのだろう。

「悪いがこれから緊急《きんきゅう》会議があるんだ。蘇芳は倒《たお》れないでくれよ」

淡藤先生はそそくさと会議室に向かっていった。

クラスでは欠席者が朱華を含《ふく》めて五人になっていた。ほかのクラスも似たようだった。謎《なぞ》の香《こう》料《りょう》（カレイドビューアー）とマイスコの測定の変調が原因ではないかということは、生徒の気持ちに鈍感《どんかん》な先生たちのあいだでも知られ始めていた。

柳《やなぎ》はしぶとくカレイドビューアーを使い続けている。でも、ひどく疲《つか》れた顔をして、唇《くちびる》に吹《ふ》き出物ができている。詩音《しおん》さんは使うのをやめたようだ。キラキラも気になる香《かお》りもしない詩音さんの席の周りには、一学期の時のようにだれも集まらなくなってしまった。その反動はしんどかったようで、きょうは体育の時間に貧血を起こして早退してしまった。

マイスコの測定結果のせいでいかがわしい噂《うわさ》を立てられる生徒や友だち関係が激変する生徒が現れ、当事者ではない生徒の中にも皮膚炎《ひふえん》が悪化してしまった子や突然《とつぜん》泣き出す子、声が出なくなる子、鼻炎や鼻血、咳《せき》がいつまでも止まらない子がいた。

そんな中、吹奏楽《すいそうがく》部のメンバーは、有能な顧問《こもん》と青空コンサートの成功という目標があることで、持ちこたえている。だけど本番で体調を崩《くず》す部員が出るかもしれないと、さんごや佳奈たちは心配していた。

青空コンサートの前日は投票日だ。

わたしはEタブで立候補者《りっこうほ》の掲示板《けいじばん》のポスターを撮《と》って、久しぶりにスクレポに投稿《とうこう》をした。

『生徒会長に立候補した二年A組の鳩羽蒼《そう》くんの選挙ポスターを描《か》かせていただきました。鳩羽くんとは一年生の時に同じクラスでした。明るくて楽しくて、人のよいところを見つけてくれる鳩羽くんを応援《おうえん》しています。みなさんよろしくお願いします。

ポスターのご意見ご感想もお待ちしています』

黒橡さんから聞いた話は信用できない。でも、あれから鳩羽くんの姿を見かけるたび、病の予兆を探そうとしてしまう。

とにかく生きてほしい。話しかけてほしいとか、好きになってほしいとか、そんなわたしの欲望より、鳩羽くんが別のだれかを好きでも、幸せになってくれたらそれだけでいいような気がした。

投稿にはすぐシムボタンがついた。その数字は時間が経《た》つごとに増えていき、話をしたことがない同学年の男子や別の学年の知らない人からも、はじめてシムボタンを押《お》してもらえた。それは本当にありがたかった。シムボタンが多くついた投稿は、上位に表示されやすくなる。つまり、選挙ポスターの画像が朱華の目に触《ふ》れる可能性が高くなるかもしれないということだ。

一番観てほしい人は、朱華だった。


『三年生に自殺未遂《みすい》をした子がいたみたい』

登校前に佳奈からのメッセージを読んでいた。だから学校でICT絆プロジェクトの中止が発表されたときは驚《おどろ》かなかった。生徒だけでなく学校の建物全体が、ホッと息を吐《つ》いたように感じた。

Eタブとマイスコが回収されることになった。だけど、Eタブ回収には抵抗《ていこう》を示す生徒が多かった。

「この半年でEタブは日常生活に欠かせないものとなっています。それを手放すことは自分の顔と両腕《りょううで》をもぎ取られるのと同じです」

絆委員だった三年生のだれかが校長にそう食ってかかったことに、佳奈は激しく同意していた。

「回収前にスクレポの投稿《とうこう》を別のブログにデータ移行できるようにしてほしいです」

そんな要望を受けて、先生方は目を泳がせていた。頼《たよ》りにしたいときに、非常勤のＩＣＴ支援《しえん》員の黒橡さんは出勤日ではないのだ。

校長先生の裁量で、九月中はＥタブの保持を認めるという結論になって、マイスコだけがその日に回収された。

マイスコなんて大嫌《だいきら》いだった。でもこれを手放すことは、『大きな雲』を——ＩＣＣをもう操作できなくなるということだ。それは、心のどこかではつないでいるつもりでいた朱華の手を離《はな》さなければならないのと同じ痛みだった。

黒橡さんは目的を果たしたのだ。

中止発表の翌日、予定通り生徒会選挙の立会演説会と投票が行われた。鳩羽くんが生徒会長になるのは確実だ。

トランペットの基礎練習を繰《く》り返す。

頭を空っぽにして、というより、イメージが勝手にわきあがるままに音を鳴らしていく。凍《い》てついた夜明けの音、バニラビーンズの入ったアイスクリームの音、つるつるすべる滑《すべ》り台を駆《か》け上がる音。太陽面に迫《せま》って蒸発していく彗星《すいせい》の音。そして『永遠の輪舞《ロンド》』。

練習しているあいだ、自分がすっぽりと『大きな雲』の中にいるような気がしていた。

22 ソラヲウシナウ

「あれ？　空がない」

　わたしのつぶやき声を耳にした桂奈《かな》が、ピッコロから顔を上げて呆《あき》れたように言った。

「ビルの地下から空が見えるわけないじゃん。なにわかりきったこと言ってんの？」

　わたしたちが待機していたのは夕賀《ゆうが》駅前の地上二十八階の錆猫《さびねこ》ビジネススクエアの地下一階で、エスカレーターの脇《わき》。すぐ前に吹《ふ》き抜《ぬ》けのイベント広場があって頭の上の空間はホールにいるように広く開放感がある。でも、見えるのは地上の三階部分の薄《うす》いグレーの天井パネルと照明部分だ。

「青空コンサートって名前だったから、少しくらい空が見えるのかと思ったんだよね……ビルの一階はガラス張りだし」

　わたしが桂奈に言い訳するように言うと、来海《くるみ》がアルトサックスのキーをパコパコ動かしながら「それはある。去年も思った」とかばってくれた。さっきからずっと、息を吹き込《こ》まずに指先だけをデタラメに動かしている。

「地下なのに青空コンサートって言うのなら、プログラムに『青空はイメージです』って書いておくべき」

来海から飛んできた言葉のボールを、桂奈が打ち返す。

「なにそれ、お菓子《かし》の袋《ふくろ》の写真じゃないんだから」

「イメージですって、いいかも」

わたしが軽く笑うと、来海も笑い返してくれた。そのあいだも指先で楽器のキーをパコパコ動かしている。まだリハーサルなのに、緊張《きんちょう》しているんだ。わたしもそう。トランペットを持つ手に冷たい汗《あせ》をかいてる。

「最初は野外のコンサートだったんじゃないかな」

わたしたちのやり取りを聞いていたさんごが言った。

「外はビル風が強いから、名前はそのままで会場だけ屋内に替《か》えたとかだと思うんだけど」

「それだ」

さんごの主張に可純《かすみ》が同調すると、桂奈も言った。

「あたしもそう思ってた。そんなもんだよねー、たぶん」

異論はないけど、それではつまらないと思う。

音楽室で合奏の練習をしているときも、家で演奏を振《ふ》り返っているときも、ステージにいる自分の頭の上には青い空が広がっているように思い描《えが》いていた。

「もしかしたら、青空みたいな気持ちになれるコンサートとか」

「なにそれ。空の気持ちって意味不明。日々希《ひびき》って、変なことばっかり」

桂奈に笑われてしまった。

「変かな、青空みたいな気持ちって……」

来海も笑いすぎないよう気をつかいながら笑ってる。

「柄《がら》にもなく緊張してる?」

「そりゃあ……」

青空コンサートは夕賀中吹奏楽部《すいそうがくぶ》の一、二年だけの新メンバーによるはじめての公式の演奏になる。緊張しないわけがない。

きょうは三十人の編成。フラットな床《ゆか》に折り畳《たた》み椅子《いす》を並べただけの即席《そくせき》ステージで、客席も四十席程度と少なめだ。その代わり、吹《ふ》き抜《ぬ》けの一階から三階までのテラスから立ち見のお客さんが三六〇度わたしたちを見下ろすことができる。

ビルの地下一階から三階には飲食店やクリニックなどがある。夕賀駅の地下改札の通路に抜けていくのにエスカレーターの脇《わき》のイベント広場を通る利用客も多いから、椅子はなくても足を止めて耳を傾《かたむ》けてくれる人はいるはずだ。

リハーサルの音出しをすると、いつもの音楽室とは違《ちが》って真上に抜けていく音の反響《はんきょう》の仕方だ。去年もここで演奏したのに、覚えていない。きっと、先輩《せんぱい》の足を引っ張るまいと夢中になって、ハーモニーなど聞こえていなかったのだ。

自分たちが円筒形《えんとうけい》の海底にいるようなイメージを持った。

海の上の遠い青空に向かって、音という虹《にじ》色の泡《あわ》がブクブクと立ち昇《のぼ》っていく。わたしたちは音楽を生み出す深海魚だ……。

成功の手ごたえを感じながら、午前の部の公演までわたしたちは夕賀タワーの周辺で待機した。

秋分の日がすぐ迫《せま》っているとは思えないほど、夕賀の九月はまだ夏だ。

「ちょっとタオルを濡《ぬ》らしてくる」

佳奈たちに言って、一人でトイレに向かう。

濡れタオルにハマった、と言ってあるけど、本当は体を拭《ふ》くためだ。

汗《あせ》っかきで、臭《にお》うとからかわれたことが、どうしても忘れられない。気休めでもいいから、拭けるときに体をこまめに拭いておきたかった。拭きすぎは肌《はだ》によくないとお母さんに言われているけど、不安でやめられない。

飲食店のそばのトイレは長蛇《ちょうだ》の列だった。洗面台は使えるとしても人前で拭くわけにはいかない。

諦《あきら》めて、別のトイレのある場所を探すことにした。エスカレーターで上の階に上がって通路を歩いていると気配を感じた。

気のせいか。

二度振《ふ》り返って、だれもわたしを見ていないことを確かめる。

ううん、いた。壁《かべ》の装飾《そうしょく》の柱の向こうに夕賀中の制服のスカートの模様がひだ一つ分隠《かく》れきれずに見えている。

顔を見る前に確信した。朱華《はねず》だ。

22

ソラヲウシナウ

そっと、でもすばやく近づいて、逃《に》げられないように先に手をつかむ。ほぼ同時に、向こうからもわたしの手を握《にぎ》り、引き寄せてきた。まるで社交ダンスでもするみたいな格好になった。お互《たが》い驚《おどろ》いた顔で相手を見ていた。

「なんで……、なんで……」

わたしは口を開いたけど、それ以上、言葉が出てこなかった。

責めたかったんじゃない。会いたかったんだ。

朱華と話ができないことが、同じ居場所を共有できなかったことが、どんなに寂《さび》しかったのか、顔を見て、手を触《ふ》れて、欠乏《けつぼう》していた「朱華」がわたしの心に充電《じゅうでん》されてきて、はじめてわかった。

「聴《き》きに来てくれたの？」

少し顔色がよくない。それを含《ふく》めて、目をそらせないほどきれいではかなげだ。

朱華は小さく言った。

「行こう」

「どこへ？」

「わからない。ここではないところ」

「遠くには行けないよ。開場時間にはもどらないと」

その時、すぐ後ろの壁に隙間《すきま》ができて、清掃《せいそう》道具を持った作業員が出てきた。壁側に取っ手のない、壁に同化した扉《とびら》があったのだ。

朱華は閉まりきる直前に扉《とびら》を支え、わたしをそこに引っ張り込《こ》んだ。

中は狭《せま》く、ビル管理の人用の物置兼控室《けんひかえしつ》のようになっていた。薄明《うすあか》りの照明で、洗剤《せんざい》や清掃《せいそう》用品のストックの箱が積まれているほか、丸椅子《いす》が二つあるだけだ。

「勝手に入ったらしかられるよ」

「そんなみんなと一緒《いっしょ》の服を着ていて恥《は》ずかしくないの？」

わたしは夕賀中学吹奏楽部と書かれたおそろいのチームTシャツを着ていた。朱華だって制服を着ているのだから、みんなと同じ服に違《ちが》いはないのに。

「みんなと一緒じゃないと吹奏楽はできないよ。中学生のわたしたちでも力を合わせれば、いまここでしか聴《き》けない音楽で大勢の人の胸を打つ演奏ができるの。一人でなんでもできるすごい人になれたらいいけど、いますぐは無理だし、いまの自分でも、できることがあるって思えたことがとても心強いと思ってる。朱華はそういう経験をしたことはないの？」

「日々希《ひびき》は一人で十分やっていける。むしろ一人でやるべきだと思う」

「未公開のIICCの中で？　それとも二人だけの『大きな雲』の中で？　もうマイスコもないのに」

「使えるように頼《たの》んでみる。だから一緒に来て」

「いますぐは無理だってば。あとでちゃんと話を聞かせて。朱華のことも、色々」

「わたし、転校すると思う。プロジェクトが中止になったから、別の学校に飛ばされる」

「飛ばされるって……なんで朱華がスパイみたいなことをしてるの？　そんなことを子どもにさ

せる大人がいるなら、その大人、ヤバすぎだよ？」

「嫌《いや》。言うことを聞いてくれないと嫌」

朱華はぬいぐるみを引き寄せるようにわたしを抱《だ》き寄せた。

「ちょっ……苦しいよ」

「ずっとわたしのそばにいれば、ほかのみんななんていらなくなるでしょう。だれの視線も気にしないで、好きな時に好きなことを考えていいの。わたし、ずっと考えていた。どうして日々希はわたしじゃないんだろうって。日々希が欲しいの。日々希がわたしの体の一部分だったらよかったのに」

朱華の腕《うで》の締《し》めつけは強くなり、背中に食い込んでくる。

「ちょっと待ってよ。わたしはわたしだし、どんなに大好きな人であってもその人の体の一部分にはなれないよ。そうしたら、わたしがわたしじゃなくなっちゃうし。気持ちだけなら、好きな人のそばにいたいと思うけど」

「嫌。日々希がわたしの一部になってくれたら、ずっと一緒にいられる。そうなれば、寂《さび》しいなんて無意味な感情で凍《こお》りつけられることなく、この世界に二度と絶望することもない」

「なんでわたしが朱華の一部なの？　朱華がわたしの一部になったら？　ううん、そんなふうになってほしいわけじゃないよ。朱華は朱華のままでいて。そのほうが完璧《かんぺき》なんだから」

「完璧だと思うのは間違《まちが》いだった。日々希の記憶《きおく》に侵入《しんにゅう》したとき、わたしははじめて孤独《こどく》が怖《こわ》いと感じた。それまで孤独は空気みたいなもので、ありふれたものと思っていた。でも違う。日々希のいない孤独《こどく》な時間は苦痛でしかない。教室でクラスの中の一人として扱《あつか》われるのも耐《た》えがたい苦痛。わたしたちは離《はな》れていてはいけないんだって、確信した」

一緒《いっしょ》に夢中で遊んだあと、バイバイするのが悲しくて泣き出してしまう小さな子どもみたい。生きていれば無数に現れるその小さな終わり。それをこれまでの生活の中で体験することがなかったのだろうか。だとしたら、朱華にとっては、世界が消滅してしまうような巨大《きょだい》な恐怖《きょうふ》と同じレベルなのかもしれない。

「ねえ朱華、『大きな雲』を使った時、わたしは翼《つばさ》を手に入れたみたいだった。自由になれたの。朱華はわたしの思い描《えが》く世界を、称賛《しょうさん》に値すると褒《ほ》めてくれた。友だちだから褒めるんじゃなくて、わたしをそのまま褒めて、わたしがわたしでいることを受け入れてくれた。わたしたち、友だちというものの捉《とら》え方が全然違《ちが》っていたよね。だけど、わたしは朱華を友だちだと思ってる。でも、わたしは朱華の孤独《こどく》を埋《う》めるパーツじゃないよ。朱華とは違う、意思を持った別の人間だから。もうもどらないと。みんな、すぐもどってくると思っているし」

ハグから抜《ぬ》けてノブの代わりの扉《とびら》のつまみに手をかけようとすると、後ろから朱華が手をついてバンと阻止《そし》した。金属の扉が揺《ゆ》れた。わたしは扉と朱華の体に挟《はさ》まれ、少しでも動いたら、朱華の胸が背中に当たってしまう状態になり、動けない。

「逃《に》がさない」

背後から耳元に息がかかった。朱華のほうが約七センチ背が高い。体が密着しそうでしないのはくすぐったくて産毛をなでられているみたいにぞわぞわした。寸止めのこの距離《きょり》ならいっそそのこと耳に噛《か》みついてくれれば、なにも考えずに力いっぱい抵抗できたのに。

「は、離《はな》れてよ、暑苦しいじゃない。通して」

冷静さを装《よそお》って言う。

「吹奏楽部がなければいいのに」

「それは違うよ。そういうことを言うと、朱華のこと、嫌《きら》いになるよ」

朱華は扉から手を離したけど、体で開閉つまみをふさぐように立った。

「わたしに惹《ひ》かれているのに、嫌いになれるの？」

「なる。わたしの大切なものを壊《こわ》そうとする人は大嫌い。特別扱《あつか》いなんてしないから」

朱華はしだいに冷静さを欠いて、声を上ずらせていった。

「日々希は嘘《うそ》ばかり。嘘ばかりで友だちのふりをして、友だちのふりをするのが友だちだと思っていて、友だちのふりをした友だちと友だちのふりをして、その中で壊れずにうまくやっていけるのはどうして。みんなのことなんて本当はそんなに好きではないのに、みんなが大切なふりをして、どうしてふつうの顔をしていられるの」

「朱華だって嘘をついていたじゃない。わたしは、一人では生きていけないからだよ。みんなが必要だから。朱華みたいに強くないから。自分にズルをしても、みんなには嫌われていたくないから」

「みんなってなんなの！　みんななんて人間は、どこにもいない。化け物なのよ。日々希は一人でも凄《すご》いのに、わたしといればそれで十分なのに、みんなっていう化け物にとり憑《つ》かれている」

「わたしたちは、学校やこの社会の箱の中で化け物と関わっていかなくちゃならないから、狙《ねら》われないように上手に生きているの」

「箱に収まらなくてはいけないって、なぜ受け入れてしまえるの？　嘘《うそ》と詭弁《きべん》にまみれて、汚《よご》れていくのね。弱虫の集まりが、狭《せま》い箱の中で蠢《うごめ》きあって、やがて死ぬ。ただそれだけなのに、屍《しかばね》に埋《う》もれまいと強がっている」

「そうやって、自分だけ特別だと思っていればいいよ。朱華だって、みんなの中の一人なんだから。絶対に違《ちが》うと思っていたって、朱華のほうがこの世界の一部分なんだから。

どうやっても独りなんだということに突然《とつぜん》とらわれて目の前が真っ暗になってしまった時の朱華の不安な気持ち、わたしはわかるよ。でも、朱華の言う通りには、いまはできない。わかりあいたかったら、蓋《ふた》をしていちゃだめなんだ。わかってほしいときは、わからない相手のこともまるごとわかってあげなくちゃ、わかってもらうことなんてできないんだ。なにもかもわかることなんてできないけれど、きれいな蓋をつけて隠《かく》していたら、中身のことはなにひとつわからない。

でもそういう蓋だって必要なときはある。

時間があるときに、ちゃんと話し合おうよ。話し合わなくちゃダメなんだよ。もう行くから。通してくれなかったら、乱暴なことをしてでも行く。朱華に怪我《けが》をさせたくないから、通して。

通さないと大声を出すから」

「人と人がわかりあうなんて、わからなくてもいいなんて、おとぎ話みたいなものね。おとぎ話ならよかったのに……」

ゆらっと朱華が動いた。扉《とびら》を開けてくれるの？　と期待した瞬間、両頬《りょうほお》を掌《てのひら》で包むように挟《はさ》まれた。唇《くちびる》になにかが触《ふ》れた。それが朱華の思いだったのだ。だけど、そんな一方的なもの、わたしには受け入れられなかった。

「やめてよ！」

強く押《お》しのけると、朱華はその反動を利用して向きを変え、わたしを扉の隙間《すきま》から外に押し出した。

「日々希はわたしの一部だから。絶対にそれは譲《ゆず》れないから」

バタンと扉が閉まり、壁《かべ》の模様と同化する。

朱華は出てこない。

まるでわたしが朱華の心から締《し》め出されたみたいに、この広い現実の世界に一人取り残された。

わかりあえると思っていた。わかりあえなくても、わかっていると思っていたかった。

「日々希、なにぼんやりしてたの！」

佳奈に急《せ》かされて、ケースからトランペットを取り出す。意外にも、佳奈がわたしを待っていてくれた。

青空コンサートのはじまりのアナウンスが流れだした。腰《こし》をかがめて一年生のあいだを進んで、それぞれの位置に滑《すべ》り込《こ》むように着席した。指揮の灰梅《はいうめ》先生が紹介《しょうかい》されているあいだに楽譜《がくふ》を広げる。間に合った。

同じフロアの四十の客席は全部埋《う》まっている。

吹《ふ》き抜《ぬ》けの上の階からも、地下一階のこちらを見下ろしている人の姿がたくさん見えた。一階も、二階にも、三階にも……？　上のほうがざわついている。

はっきり聞こえなかったけれど「おい！」「やめなさい！」と大きな声がした。

指揮棒を上げようとしていた灰梅先生にもその声は届いたようだ。指揮台から一歩離《はな》れて、騒《そう》音《おん》のもとを確かめるように上を見た。部員たちもお客さんも、つられて上を見た。

うわっと息をのむ。

三階の手すり付近で人が揉《も》み合っている。吹《ふ》き抜《ぬ》けの地下一階までは四階分の高さになるのに、あんな危険な場所でケンカ？　なにがあったんだろう。見ているだけでハラハラする。一人が手すりを乗り越《こ》えようとして、周囲の人から押《お》さえつけられている。なんと迷惑《めいわく》な。

「あれってうちの学校じゃないですか？」

隣《となり》にいたトランペットの一年に言われ、あたしは「あっ！」と立ち上がって譜面台《ふめんだい》を倒《たお》した。演奏前に雑音を立ててしまった。でも、気にしている場合じゃない。

朱華の体が、手すりを越えた。腕《うで》を捕《つか》まえられているのを必死で振《ふ》りほどこうとしている。

「下がって、危険ですから下がってください！」

灰梅先生が客席に呼びかける。その声に驚《おどろ》いた人たちがまた悲鳴を上げる。

「早く下がって！　だれか警備員を。だれでもいいから、早く子どもを助けに！　クッションになるようなものはないですか！」

地下のパニックがどれだけ朱華の耳に届いているのかわからない。

「もどって朱華！　落ちないで!!」

朱華は足をじたばたさせながら、落ちないよう支えてくれている人たちの手を噛《か》もうとしている。朱華はここに飛び降りる気で乗り越えたんだ。わたしが朱華より優先した吹奏楽部を命と引き換《か》えに破壊《はかい》するために？

なんてバカなことを。

「朱華！　あとでちゃんと話し合おうって言ったじゃない！」

「下がってください。きみたちも下がりなさい！　安全な場所に早く」

顧問《こもん》の言葉に、さんごが部員を誘導《ゆうどう》し始めた。狭《せま》い場所に人が集まっているから、そう簡単に動けない。

その間、三階で朱華の体を支えている腕が、一本だけになってしまった。しかも服の襟《えり》を後ろから指先で摑《つか》んでいる形になって、宙づりの朱華の頸《くび》が締《し》まりそう。応援《おうえん》に駆《か》けつけた人の手はどれも朱華の体まで届かない。上半身を乗り出して支える男性が巻き添《ぞ》えで落ちないようほかの人たちがしがみついている。

「朱華！　壊《こわ》さないで!!　いなくならないで!!」

頸が締まって苦しかったのだろう、朱華が全身で大きくもがいた。

灰梅先生が朱華の真下に寄っていく。そのあと、どすんと重い鈍《にぶ》い音が床《ゆか》に響《ひび》いた。

ぞっとして足がすくんだ。

四階分の高さから落ちる人を受け止められるはずがない。

「灰梅先生！」

「カピ！」

「女の子は無事なのか」

「救急車を呼んでください！」

「慌《あわ》てて動かさないで」

「おい、返事をしなさい！」

「なんてこと、なんてことなの」

青空コンサートの会場が大混乱になっている様子を、わたしはトランペットを片手にぶらんと下げたまま、ぼんやり眺《なが》めていた。

これが現実の出来事だなんて、どうしても思えなかった。


黄色い砂丘《さきゅう》の砂が強風に飛ぶ。

青空の一角が濁《にご》っていく。

砂嵐《すなあらし》だ。

足元の砂まで流されて、地形が変わっていくのがわかる。

丘《おか》は削《けず》られて谷に、谷は埋《う》められて丘に。

息ができない。目もあけていられない。

㉓ エイエンケツボウ

その人は、居住まいをただすように、少し背筋を伸《の》ばして言った。

「お会いになってくださり、ありがとうございました。本日、わたくしは二つの立場で参りました。一つはBCグループの研究員として、もう一つは天狼朱華《てんろうはねず》の保護者として。このたびは、大変なご心労をおかけしまして、大変申し訳ございませんでした……」

深々と頭を下げたその人は、朱華にまったく似ていない。面長で、漂白《ひょうはく》した長茄子《ながなす》みたいな、特徴《とくちょう》の薄《うす》い中年女性だ。

同席しているスクールカウンセラーに目で求めると、養育里親だと説明された。朱華はなんらかの事情で里親のもとで暮らしていたらしい。

同情する余地はあるのかもしれないが、大事件を起こした朱華のことは許せない。

あれは転落事故ではなかったし自殺未遂《みすい》でもなかった。殺人未遂事件だ。

朱華を助けようとした灰梅《はいうめ》先生は、脊椎《せきつい》を損傷し、復帰の見込《みこ》みが立ってない。数回の手術が成功したとしても肢体《したい》に麻痺《まひ》が残るため、今後ステージで指揮棒を振《ふ》ることはないだろう。空元気を出して、藍《あい》ちゃんのお墓参りに行けるようリハビリを頑張《がんば》ると親しい人には伝えているらしい。

朱華は灰梅先生を狙《ねら》ったわけではないけれど、下で巻き込《こ》まれる人がいると知ったうえで飛び降りた。

もしだれも巻き込まれなければ、事件ではなく中学生の転落事故で済んだかもしれない。そんなふうに灰梅先生の行動を批判する人もいた。だけど、先生は正義感とか過信とか無謀《むぼう》ではなく、子どもを死なせたくなかったのだと思う。

あの日以来、吹奏楽部《すいそうがくぶ》は活動停止状態になっている。

「朱華はいま、どこにいるのですか」

「医療《いりょう》少年院で、心身の治療《ちりょう》と更生《こうせい》教育のプログラムを受けています」

救急車で運ばれるところを見た記憶《きおく》はぼんやりと残っている。あの日から二か月が過ぎたとはまだ思えないし、霧《きり》ばかりたちこめて時間などどこにも流れていない気がしてる。

「何年くらいそこにいるんですか」

「一年後には退院になると思います」

「たった一年?」

「そうお思いになるのは仕方がありませんが、標準的なプログラムではそのようになっているのです。退院後の保護観察のあいだは、絶対にみなさんの学区には近づかせませんので」

その女性は朱華のした迷惑《めいわく》を再び詫《わ》びた。

「なぜ本人が謝らないんですか」

「クラスメイトとの面会や手紙のやり取りはできません。更生教育の中で謝罪の手紙を書くことになるはずですが、いまはまだその段階ではありません。この件に関しては、後日改めて対応させていただきたいと存じます。

さて、本題に入ります。本日は、あなたにとってとても良いお話を一つお持ちいたしました。ご両親にも先にご許可をいただいております」

相談室のテーブルに書類が広げられていく。

「弊社《へいしゃ》が開発中のＩＩＣＣ『インター・インナー・クリエイティブ・センター』を使用した蘇芳《すおう》日々希《ひびき》さんの成果物を確認させていただきました。ＩＩＣＣの不正アクセス、無断使用につきましては、学生調査員による誘導《ゆうどう》を確認しており、この件に関する請求《せいきゅう》はございません」

まるでわたしに非があるような言い方だった。

「朱華がプログラミングしたと言っていたんです」

「そのようですね。我々はあなたのＩＩＣＣの成果物を高く評価しています。天狼調査員からの報告にも上がっていましたが、あなたにはＩＩＣＣのクリエイターとしての適性があるようです。そこで提案があります」

女性は新たな書類を置いた。そこにはわたしの両親の写真と折れ線グラフが書かれている。

「ＩＩＣＣの専属デモンストレーターとしてＢＣグループの学生調査員に契約《けいやく》いたしませんか。義務教育期間は体験ボランティアという形になりますが、その期間も含めた貢献《こうけん》の成果に基《ふく》づき、進学費用と大学卒業までの生活費用をバックアップいたします。これはＢＣグループの社会貢献事業のうちの子ども未来育成研究部門によるものです。

現在、日々希さんのお父様はアルコール依存症《いぞんしょう》の治療《ちりょう》を中断されていますね。過去の同様の状《じょう》況《きょう》から三か月以内にトラブルを起こして失業する可能性は大きく、年齢《ねんれい》的にも再就職は容易ではないでしょう。傷害事件を起こすことになれば次は実刑《じっけい》が確実です。失業しアルバイトとしての収入を想定したグラフがこちらです。過度なアルコール摂取《せっしゅ》により、近い将来に予想される医療《いりょう》費などの支出をここに加えた場合、現在のお母様の月収をキープしてやりくりしていかれたとしても、ご両親の全資産は、あなたが高校一年生の夏のころからマイナスになります。

ところでお母様は十代のころから長期間、精神科の通院歴がございますね。いまは安定されているようですが、お父様が失業や収監《しゅうかん》をされれば心労から再発の危険性は高くなるでしょう。もしも生活保護を受給するとなると現在の制度では日々希《ひびき》さんのご希望の学部の大学進学は大変難しくなります。さらにこの時点で消費者金融《きんゆう》を利用し始めた場合……」

「もうやめてください！　そうやってお金を引き換《か》えにして朱華にもスパイのようなことをさせていたのですか」

いつだったか、黒橡《くろつるばみ》さんに言われたことがある。「BCグループに飼われたらいいんです」って。

黒橡さんは、ICT絆《きずな》プロジェクトの中止が発表されてから一度もわたしたちの前に姿を現さなかった。

週刊誌に『狂気《きょうき》の監視教育に子どもたちが壊《こわ》された！　小保方《おぼかた》区政の崩壊《ほうかい》ドミノが始まる』と

いう記事が出たとき、記事にコメントを寄せた学校関係者というのが黒橡さんなのではないかと騒《さわ》がれた。学校にマスコミが押《お》しかけてきて、しばらく混乱が続くのではないかと先生たちは警《けい》戒《かい》していたけれど、翌日、若い人気芸能人の不倫《ふりん》スキャンダルが報道されたことで、学校の前のマスコミの集団は一気にどこかに行ってしまった。BCグループが報道に圧力をかけたのだと主張する生徒もいたけれど、真相の解明よりもみんなは静かな学校生活のほうを歓迎《かんげい》していた。

噂《うわさ》では、黒橡さんは不正アクセスの疑いで警察に追われて、逃亡《とうぼう》生活をしているらしい。

「心外です」

朱華の里親だというその女性は淡々《たんたん》と言った。

「彼女《かのじょ》にも、無理強いをさせた覚えはありません。調査の協力をしていただくことで学習費用の支援《しえん》をするという流れは、なにもせずにお金を得たという後ろめたさ、スティグマを持たせないための、わたくしどもの善意です」

「でも、そのために縛《しば》られるものがあるじゃないですか。朱華はマインドプロテクターをつけていつも《保護》されていました。そのせいもあってクラスで浮《う》いてしまって……」

「《保護》していたのは調査員だからではありません。聞いていませんでしたか。彼女はあなたには心を開いていたようですが……」

「開いてなんかいません！」

とっさに言い返した言葉が、ブーメランとなって自分の胸に刺《さ》さった。

「開いていたら、あんなことにはなりません。朱華はわたしのことなんて、どうでもよかったんです。あの子は……友だちなんて必要なかったから」

「それはどうでしょう。でしたら、あのような事件を起こす理由もありません。いいえ、あなたを責めたいのではありません。彼女《かのじょ》は乳児院と二か所の児童養護施設《しせつ》と三か所の里親のもとで育てられてきたのです。そのあいだ、彼女を捨てた実の親から二度誘拐《ゆうかい》され監禁《かんきん》されて虐待《ぎゃくたい》を受けました。彼女は身勝手な両親に三度捨てられたのです。問題行動のすべてを生い立ちのせいにはできませんが、特殊《とくしゅ》な生育環境にいたのは間違《まちが》いありません。わたくしの家庭に来る前、彼女は長く美しかった髪《かみ》を実母から切りとられました。その母親は、娘の髪で自分を飾《かざ》るウイッグを作らせていたのです……」

　わたしは朱華に、いつ髪を切ったのかと訊《き》いたことがある。そのときの過剰《かじょう》な反応には、理由があったのだ。

「父親はおぞましい写真を何枚も撮りました。彼女は必要な時にだれかに大切にされるという経験をほとんどしてきませんでした。そのため、常に自分を守るために行動しなければならず、自分以外の存在を思いやるという余裕《よゆう》を持てませんでした。彼女の中にあるのは、どす黒い怒《いか》りです。生まれたことに対して、自分が存在することに対して、激しい怒りを持っているのです。

　夕賀《ゆうが》中学校にマインドスコープが導入されるとわかった時、我々は事前に入手して測定をしました。怒りの思考の公開か《保護》か、どちらがベターな選択《せんたく》か何度も協議を重ね、本人の同意も得ています。マインドプロテクターを朱華の体に埋《う》め込《こ》んだのは、彼女を守りたかったからです。彼女の過去をだれにも知られることなく、ふつうの中学生のように過ごしてほしかった。彼女にも学校で学んでほしかったのです。

ＩＣＴ絆プロジェクトの話をすると、彼女は珍《めずら》しく乗り気になりました。それまでは学校以外の場所で彼女にできそうな課題を与《あた》えていましたが、今回はやりがいを感じたようです。特にマインドスコープを使う人たちを調べてみたいと言ったのです。人はなぜ自分以外の存在に関心を持つのか。彼女なりに確かめたかったのでしょう。あなたに調査の対象を移してからは、毎日本当に楽しそうでした。人に執着《しゅうちゃく》することのなかった子が、調査対象と口論をしたと嬉《うれ》しそうに話してくれた。だれかに対してそのような気持ちになったのははじめての事だったのです」

「だったら、どうして酷《ひど》いことをしたんですか」

「だれかと密度の濃《こ》い時間を共有するという経験を、彼女は知らないでいました。『大きな雲』を介《かい》して、孤独《こどく》を心で理解し、自分と同等の他者を発見すると同時に、あなたを失うかもしれないとパニックに陥《おちい》ったのです。あなたが讃美《さんび》するものは、生みの親に由来するあの子の外見の美しさと、ありもしないプログラミングの才能でした。あの子はあなたを自分に取り込んで同一化すれば不安から逃《のが》れられると考えたのですね」

「朱華はいつも一方的すぎます！」

「彼女をモンスターにさせないために、人の心に育て直さなくてはなりません。あの子のためにも、多大な影響《えいきょう》を与《あた》えてしまったあなたの人生の、支援《しえん》をしていきたいと考えているのです。あなたにはＩＩＣＣのクリエイターとしての適性があります。それは従来の映像や音楽、文芸作品の制作の仕方では生きることのない、新しい技術ではじめて発揮される才能です。ＢＣグループのほかでその能力を生かす機会はございません」

「でも、わたしは、ＢＣグループに関わりたいと思えません。とても怖《こわ》いことをする会社だと思いますから」

「お返事はいますぐされなくてもよいのです」

その人は、批判は慣れているという顔をして微笑《ほほえ》んだ。

そして小さな味気ない字体でプリントされた紙を差し出してきた。

「事件前、彼女《かのじょ》が家のパソコンに残していたものです。だれかに宛《あ》てたものではないのかもしれませんが、一度あなたに目を通していただきたいと思いまして」


自由とは、守ることだと感じていた。物や手や言葉、集団の沈黙《ちんもく》や視線でわたしに触《ふ》れて、わたしの甲冑《かっちゅう》を剥《は》がそうとする人をひそかに憎《にく》んできた。冑《かぶと》のひもを緩《ゆる》めたとたんに、きっとわたしは消えてしまう。その硬《かた》い外壁《がいへき》で守られるほどの価値があるなにかが、わたしの中にあるとは思えなくて。だからこそ、隠《かく》し通していたかった。春先の路上の水蒸気より儚《はかな》いけむり。そよ風ほどにもなにかを動かす力はない。薄《うす》らぼんやりと、すかすかしたわたしがそこにいるのだ。しかも、わたしがいると感じたところで、本当にそこにいるという根拠《こんきょ》はない。わたしはいつ消滅《しょうめつ》してもおかしくない。消滅したとしても、存在していた証拠《しょうこ》がなければ、消滅したという根拠もない。だからわたしは、あいまいで、空っぽ同然の中身を守るため、透明《とうめい》で頑丈《がんじょう》な甲冑を身に着け、心の部屋にも鍵《かぎ》をかける。鍵を、鍵を、鍵を。鍵のためのさらなる鍵を……。それでもわたしは待っていたらしい。わたしをここから連れ出してくれる存在を。永遠に来るはずのない存在を。わたしは、「わたし」に触《ふ》れてほしかった。そこになにがあるのか、確かめたかった。特別な、あたたかな、弱さの実体。それを知るためには鍵を外さねばならない。矛盾《むじゅん》。自分を守るための鍵は、自分を閉じ込めている鍵なのだ。変わることは望まない。このままで、強くなりたい。猛毒《もうどく》は孤独《こどく》。甲冑を着ているのがわたしだ。空っぽなわたしで十分だったのではないか。なぜ求めてしまうのだろう。永遠の無になりたい。自由はわたしを束縛《そくばく》する。守るものなどないはずなのに。

㉔　ヒビキツヅケ

「ねえ、響《ひびき》プロジェクトのサイト、見てくれた？」

佳奈《かな》はケースから出したピッコロを磨《みが》きながら、わたしに訊《き》いた。

「えっと……うん……」

「花火の動画、すごくきれいでかっこいいよね。響プロジェクトの中心メンバーのセラムって、本名、性別非公開になってるけど、まだ中学三年生なんだって。うちらと同い年であんなの作っちゃうって、すごくない？」

「うーん、そうだね……」

「わたし、響プロジェクトのVR体験イベントに応募《おうぼ》した。もし当たったら、一緒《いっしょ》に行こう。動画であの迫力《はくりょく》なんだから、VRの最新装置で観たらもっとすごいよね」

「えっと……競争率、高いんじゃないかな」

「だよねー。だから絶対当たりたい。すごい話題だもん」

佳奈の相手をしながら、どう反応するべきか困ってしまった。響プロジェクトのセラムがわたしだなんて、BCグループの関係者以外、だれも知らないこと。

ヒビキツヅケ

お父さんが六月に起こした交通事故と入院をきっかけに、わたしはＢＣグループの学生調査員としてＩＩＣの専属デモンストレーターになっていた。

「夕賀《ゆうが》中の二、三年生はちょっと来て」

桜井《さくらい》先生が手招きをした。

新年度に切り替《か》わる時、夕賀中の吹奏楽《すいそうがく》部に新しい顧問《こもん》となる先生が来た。音楽が担当の若い女性の先生で、自己紹介《しょうかい》がてらにさらっと弾《ひ》いたショパンは、リサイタルをしてもいいくらいうまかった。でも吹奏楽は未経験だ。

「先生、もうすぐ開場ですよ。三番目だから待機しておかないと」

部長のさんごが言う。

わたしたちはいま、中学生吹奏楽コンクールの府中の予選会場にいる。

「そうね、でも、ちょっとだけ客席を見てらっしゃい。すぐもどってくるのよ」

桜井先生はにこりと笑う。

さんごはなにかを察し、偶然《ぐうぜん》目が合ったわたしに「行こう！」と言った。

去年の九月の灰梅《はいうめ》先生の大怪我《けが》があって、わたしたちの吹奏楽部は活動休止状態になっていた。

だれも楽器に触《さわ》る気持ちになれなくて、そのままバラバラになってしまうのだと思っていた。

だけど、冬が近づくにつれ、自主練をしにぽつりぽつりと音楽室に部員がもどり始めていた。

「合奏をしたいよね」

音楽は不安な気持ちやるせない気持ちを吹《ふ》き飛ばしてくれた。音はお互《たが》いを支えるようにして別の世界に連れていってくれた。中学生のわたしたちにも、美しいものが作り出せる。そのことを灰梅《はいうめ》先生が教えてくれたから。無力なままで、終わらせたくなかった。

「また、カピに聴《き》いてもらいたいね」

「聴いてもらおうよ」

年明けには、スプリングコンサートを目指して部員の有志の気持ちがまとまり始めた。残念ながら手続き上の問題で開催することはできなかったけれど、思いは届き、吹奏楽部は四月から新たな顧問《こもん》を迎《むか》えて復活したのだ。


わたしたちは小走りで通路を抜《ぬ》け、ステージ前席のドアから予選の行われるホールの客席を覗《のぞ》いた。

「先生！　灰梅先生！」

真っ先にさんごが気づいて、客席のあいだの階段を駆《か》け上がっていく。

車椅子《くるまいす》席のスペースに、特注の電動車椅子の灰梅先生と奥《おく》さんと、その横に介助《かいじょ》ロボットがいた。先生に指揮者のころの眼光はなく、まだ痛々しい姿だけれど、一時的でもこうして外出ができるように回復したことは嬉《うれ》しいことだ。

灰梅先生の奥さんはタヌキ顔だ。

「やあ」と言ったとたん感極まってしまったカピの代わりに奥さんが言った。

「ＢＣグループの社会貢献《こうけん》事業に移動支援《しえん》サービス研究開発部門というのがあるって病院の人に

紹介されてね、書類を出したら運よくそこの体験モニターに選んでもらえたんです。それできょう、灰梅はここに来ることができました。みなさん、頑張《がんば》ってくださいね」

「さんごの指揮する時の顔って、カピバラにそっくりなんですよ！」

佳奈が余計なことを言って、みんなで笑った。

あいさつを終えて控室《ひかえしつ》にもどる時、さんごは嬉しそうだった。

「BCグループって大きいだけじゃなくて、社会に貢献して立派なんだね」

そうかな……。

わたしのお父さんの起こした事故は、不自然だった。お母さんの勤め先も取り引き先の倒産《とうさん》のあおりを受けて、業績が悪化していて近く人員整理をするらしい。

わたしがIICCの専属デモンストレーターになってBCグループに協力する道しか選べないように、少しずつ包囲されているような気がした。先延ばしにすればするほど、もっと悪いことになると思った。

選ばされている、とわかっていたけれど、家族の状況《じょうきょう》とわたしの学習環境を冷静に見たら、それ以外にましな人生があるとは思えない。そして、自分の可能性を大きく広げられそうな道も、その道しかなかった。

拾われてラッキーだった、ともっと素直《すなお》に喜ぶべきなのか。自分にとってはいい選択だとわかっていても、ポジティブな思考になれなかった。

今年もまた、地区予選の結果は銀賞だった。だけど去年のような悲愴感《ひそうかん》はない。

夕賀駅で解散をしたあと、かき氷を食べていこうと佳奈たちに誘《さそ》われた。

「ごめん、このあとすぐに塾《じゅく》に行かなくちゃ」

「最近日々希《ひびき》は勉強熱心だねえ」

来海《くるみ》がからかいを含《ふく》んだ声を上げると、それを批判するように可純《かすみ》が言った。

「受験生だから仕方がないよ」

さんごがしみじみと言う。

「これでわたしたち、引退だね。灰梅先生にも聴《き》いてもらえたし、今年もコンクールに出場できたことは、とにかく奇蹟《きせき》だったね」

「うちらの代は立派。堂々たる銀賞でしょ。かわいい後輩《こうはい》たちが来年やってくれるよ」

佳奈の言葉に、タイミングを合わせたわけじゃないのに四人の声が重なる。

「やってくれるよね」

みんな、きょう一番の笑顔になった。一人のままでいたら、この気持ちは味わえなかった。

かき氷を求めに行く四人と別れて、わたしは手を振《ふ》りながら言った。

「今年はちゃんとお疲《つか》れ様会をやろうね!」

「やろう。でも、ハワイのあとにしてね」

佳奈の言葉に、みんなでまた笑った。

㉔

ヒビキツヅケ

BCグループ傘下《さんか》の個別指導塾の一角の、わたしのために作られたブースに滑《すべ》り込《こ》む。

パスワードを打ち込みログインする。

ヘッドホンと一体型のVRゴーグルをつけ、イメージンググリップを握《にぎ》る。ブース内ではマインドスコープのレンズに似たセンサーにぐるりと囲まれ、あらゆる心身の変化が計測される。

学校のパソコン室のPCではなく、正式な仕様で使うIICCは、時間の止まった無重力の空間のようだった。ブースごと動いているように感じることもあるし、自分は生まれる前の胎児《たいじ》で、これからの人生の夢をみているのではないかと錯覚《さっかく》することもある。この空間にいると、わたしは心底ほっとする。わたしは邪魔《じゃま》なものを脱《ぬ》ぎ捨てた偽《いつわ》りのない魂《たましい》の姿でいられるような気がする。

IICCの専属デモンストレーターとして、わたしは実験的な課題をこれまでにいくつかクリアしていた。建築士との巨大《きょだい》宇宙客船の設計デザインのコラボレーション。いくつもの人気映画のシーンを行ったり来たりする四次元コラージュと香《かお》りの記憶《きおく》の融合《ゆうごう》。

脳の疲労《ひろう》で気を失うこともあったけれど、別の場所からIICCにアクセスしている研究員がオペレーター役で見守っているらしく、たいていの不調はすぐに気づいてもらえた。

最近の課題に多いのは、ミュージックビデオ風のものだ。

BCグループの子会社が、IICCの廉価《れんか》版を一般《いっぱん》向けに売り出すつもりでいる。そのPRのサンプルとしてわたしの作成したデモンストレーションが使われて、「響プロジェクト」として配信され、話題になっていた。

きょうの課題は「鏡」。

わたしは仮想空間の私物のファイルボックスを開く。おもちゃ箱のように未整理のイメージが詰《つ》め込《こ》まれている。

ユメハネとセラム花子。スプリにクリスタル。コンペイトウ人間やリバーシブル人間。魚の花火。電子音。ノイズ。明け方の自然な音。草笛。女の子の鼻歌。素朴《そぼく》な民族楽器の音。オーケストラのぶつ切り。金管楽器の宇宙を拓《ひら》くファンファーレ。虹《にじ》。しょっぱい風。

まずユメハネとセラム花子を並べた。

（わたしたちの冒険《ぼうけん》は永遠に続くわ）

（永遠なんて、ありませんよ。終わりのないものには始まりもありません）

二人は似て非なるもの。これでは「鏡」の課題に合わない。

セラム花子の体を形作る花やパールのパーツを視野いっぱいにバラバラ分散させて消し、ユメハネをコピーして二人並べた。線対称に動かしてみる。ノリのいいリズムをつけて、音を置いていく。角度を変えて、回転させる。鏡ごしに入れ替《か》える。

悪くはないけど、「鏡」の課題としてはありきたりかもしれない。

しばらくいじくってみたけど、それ以上のアイデアが出ない。

全部消して、一人だけユメハネを出す。

鏡の迷路を歩かせる。大小の鏡にたくさんのユメハネが上からも斜《なな》めからも映されて、どれが本物かわからなくなる。鏡に切り取られたユメハネの一部はなんの予兆もなく破裂《はれつ》して、角のとがったパズルのピースに変わる。

散った鋭利《えいり》な破片で指を傷つけながらも、ユメハネは自分の像をもどそうとする。

ううん、パズルのピースが突《つ》き刺すのは、わたしの心だ。

痛み。

わたしはユメハネと入れ替わっていた。

割れた鏡の破片が漂《ただよ》う危険な宇宙空間に、わたしだけがいた。

《間違《まちが》えたみたい。キャラクターが消えちゃいました》

わたしはどこかで監視《かんし》しているはずのオペレーターに問いかけた。

《きょうはコンクールでいつもより疲《つか》れているから、集中が続きませんでした》

遠くから声が返ってきた。

《そのままでいいよ。気にしないで、好きなように考えて》

なにも思いつかない。大きなため息を吐《つ》いて銀河の闇《やみ》の中をキラキラ浮遊《ふゆう》している一番大きな鏡の破片を捕《つか》まえた。

そこに映ったわたしの顔は、ユメハネでも蘇芳《すおう》日々希でもなかった。

あの日の朱華《はねず》だ。

もしもあの日にもどれたら、わたしはうまくやり直すことができるだろうか。

事件直後は、朱華が憎《にく》くて仕方がなかった。朱華のしたことは絶対に許せない。

だけど、月日が経つにしたがって、朱華に会えないことが再び寂《さび》しく思えてしまった。魂《たましい》の半分をどこかでなくしてしまったように、わたしは自分が一個の完全な自分ではないような気がする。

彼女《かのじょ》の孤独《こどく》に、わたしは気づいていた。

猛毒《もうどく》は孤独《こどく》。朱華は特別な存在である証明をしたかったのではなかった。消えてしまいそうなこころもとない小さな中身を隠《かく》すため、鎧《よろい》をつけて頑丈《がんじょう》であろうとした。自分が存在していることを確認して、この世界に固定するために、もう一人の自分にクビキをつけようとした。どんな魔法にかけられたのかわからないけど、こんなわたしに彼女もまた惹《ひ》かれていたのだから。

でも、それが愛かどうかはわからない。

おとぎ話ならよかったのに。

矯正《きょうせい》教育が予定通りに進んでいれば、あと二か月あまりで出院するのだろう。保護観察となったあとのことはわからない。朱華の保護者の天狼《てんろう》さんからは、しばらくは会わないほうがいいと言われている。

会えば傷つく。お互《たが》い、まだ許すなんてできないだろう。

でもいつかは会うのだろうか。どこかでまた会ってしまう気がする。

あの日、わたしは壊《こわ》された。飛び散ったがらくたの寄せ集まりがいま、わたしのふりをして生きている。朱華も同じように壊れたがらくたであり続けるべきだ。朱華はわたしのことを忘れたりしないだろうか。大人になっていく途中《とちゅう》で、わたしはこの気持ちをどこかに置き忘れてしまわないだろうか。

わたしたちは愛されてみたかったのだ。だけどこの世界にあったのは、愛を真似た巨大《きょだい》な欠乏だった。

（ダイ……キライ……）

彼女は硬《かた》くて冷たくて曇《くも》りのないわたしの鏡だ。

わたしたちは、鏡ごしにキスをした。

あとがき

小学五年生の時、学校のトランペット部がメンバーを募集している、と担任の先生が言いました。小さいころからエレクトーンを習っていたので、生の楽器に興味がありました。小学校で「部」というのがあるのも面白い。やってみたいと思い、あとで一人で先生に伝えに行くと「あなたがやりたがるとは思わなかった」と言われてしまいました。入ってみると、ほかのメンバーは仲の良い友だちと一緒《いっしょ》に参加していて、担当の先生が来る合奏の練習以外わたしはいつも一人でした。そのことをつらいと思ったことはありません。ううん、つらかったのかもしれません。サボり始めたときに担任から注意され、叱《しか》られたくなくてまた行くようになったのだけど、真面目な生徒はおしゃべりしないで一人で練習するものなんだ、とそのときからは思うようにしました。それで卒業するまでは続けられて、運動会の時に部でファンファーレを吹《ふ》いたので、クラスの子にカッコイイねと言ってもらえました。

でも、中学では吹奏楽部《すいそうがく》には入りませんでした。なんとなく、小学校のトランペット部より何倍も大所帯のあの集団にはなじめないような気がしたのです。トランペットの合奏の時、先生からタイミングを合わせるようによく言われたけれど、わたしにはタイミングの細かな違《ちが》いがよくわかりませんでした。

大人になって、小説の取材という名目でバイオリンを習い始めました。それなりに音が出せるようになったのでアンサンブルをやりたいと思い、弦楽《げんがく》合奏やオーケストラのクラスに参加してみました。やはりここでもタイミングがつかめません。楽譜《がくふ》は読めるしリズムはわかっているのに、ほんの少しずれるよう。不器用なんだ、ということに大人になってやっとはっきり気づきました。そして集団行動がとても苦しいということも。

中学時代、吹奏楽部を回避《かいひ》して入ったバドミントン部にもわたしはなじめませんでした。練習でペアになる時、なぜかわたしだけいつも一人になったのです。このときも「友だちと一緒に入部する」という根回しをしてなかったのでした。

自分がやりたいことをするときに、なぜ友だちを頼《たよ》るんだろう。それが不思議でたまりませんでした。そのまま大人になって、いまも興味の向くままに単独行動をしています。何度か意識してグループ行動にチャレンジしたけど、長くはできません。過度に緊張《きんちょう》して体の具合が悪くなってしまうし、なにがあろうと人の中に居続けたいとは思えなかったのです。

時々、猛烈《もうれつ》に寂《さび》しくなります。情けないとも思います。だけどこれでいいのです。一人になればなるほど、こうやって自分の世界にどっぷりつかって小説が書けるのですから。

わたしは砂漠に行きたい子どもでした。火星とか、宇宙とか、人間のいない広大な世界を想像して、幸せな気分に浸《ひた》っていました。人間とは、文字を通して付き合うくらいがちょうどいい。人生の途中《とちゅう》からでもインターネットが使える時代に生きられてよかったなあとしみじみと思います。

音楽作成ソフトやボカロ、美術館でメディアアートを知ったとき、自分の子ども時代にこういったものがあったら、その分野を目指しただろうと思い、あとから生まれた人を少しうらやましく感じました。家でも学校でも慢性的《まんせいてき》な酸欠状態にあったわたしを生きさせてくれたのは、音楽や小説やお絵描《えか》き遊びで、しかしそれは大人の目には上質のものには見えない子どもだましの無価値なものでした。なにかを創っていると思えるとき、息をしなければならないこととか理由のわからないいらだちとか自分に欠けているなにかとかを意識しないでわたしは過ごせました。二十一世紀のいま、創るための道具はたくさんあります。ありすぎて使いかたがわからないほど。だから、と言うわけではありませんが、わたしはシンプルに文字を書くことにしました。

作中の『昇陽よ、明日も』という曲のイメージは、二〇一三年の課題曲Ⅱ祝典行進曲「ライジング・サン」(白岩優拓・作曲)を聴《き》いて発想しました。『センチュリア』はジェイムズ・スウェアリンジェン作曲の、実際にある曲です。興味のある方はぜひ聴いてみてください。どんな映像が浮《う》かんだか、お手紙やメールで教えてもらえたら、とても嬉《うれ》しいです。

『キズナキス』の執筆を始めたのが二〇一三年夏。年内には出版の予定だったのに書けども書けどもゴールが見えず、途中で何度もプロットを変更したものだから、完成まで四年も編集部を待たせてしまいました。申し訳ない気持ちで「書いてます。信じられないでしょうがずっと書いていています」とメールしました。これまでの人生でわたしが一番多く謝った相手は、この本の担当者だと思います。長いあいだ気にかけていただき、ありがとうございました。
校正ゲラを読み返して、なんでこんなに悲しい話を書いたんだろう、と自分のしでかしたことにショックをうけ、少しのあいだ椅子《いす》から動けませんでした。でも、この話が書きたかったのです。多数派でないにしても、この子たちを大切に思ってくれる読者がいると確信しています。嘘《うそ》の結末は書きたくない。わたしにとってこの小説はリアル世界の話なのです。

二〇一七年九月

梨屋アリエ

梨屋アリエ ARIE NASHIYA

児童文学作家、YA作家。法政大学兼任講師。
『でりばりぃ Age』で第39回講談社児童文学新人賞、『ピアニッシシモ』で第33回児童文芸新人賞を受賞。『空色の地図』が2006年度、『ココロ屋』が2012年度の読書感想文全国コンクール課題図書に選ばれるほか、『プラネタリウム』『プラネタリウムのあとで』『夏の階段』『きみスキ』『きみのためにはだれも泣かない』など著書多数。

キズナキス

2017年11月15日　初版第1刷

著者 梨屋アリエ
発行者 松岡佑子
発行所 株式会社静山社
〒102-0073 東京都千代田区九段北1-15-15
TEL 03-5210-7221
http://www.sayzansha.com
ブックデザイン アルビレオ
印刷・製本 中央精版印刷株式会社
編集 荻原華林

ISBN 978-4-86389-398-6